Missão Romance

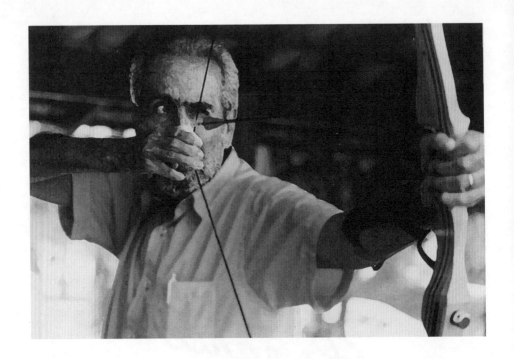

O Arqueiro

GERALDO JORDÃO PEREIRA (1938-2008) começou sua carreira aos 17 anos, quando foi trabalhar com seu pai, o célebre editor José Olympio, publicando obras marcantes como *O menino do dedo verde*, de Maurice Druon, e *Minha vida*, de Charles Chaplin.

Em 1976, fundou a Editora Salamandra com o propósito de formar uma nova geração de leitores e acabou criando um dos catálogos infantis mais premiados do Brasil. Em 1992, fugindo de sua linha editorial, lançou *Muitas vidas, muitos mestres*, de Brian Weiss, livro que deu origem à Editora Sextante.

Fã de histórias de suspense, Geraldo descobriu *O Código Da Vinci* antes mesmo de ele ser lançado nos Estados Unidos. A aposta em ficção, que não era o foco da Sextante, foi certeira: o título se transformou em um dos maiores fenômenos editoriais de todos os tempos.

Mas não foi só aos livros que se dedicou. Com seu desejo de ajudar o próximo, Geraldo desenvolveu diversos projetos sociais que se tornaram sua grande paixão.

Com a missão de publicar histórias empolgantes, tornar os livros cada vez mais acessíveis e despertar o amor pela leitura, a Editora Arqueiro é uma homenagem a esta figura extraordinária, capaz de enxergar mais além, mirar nas coisas verdadeiramente importantes e não perder o idealismo e a esperança diante dos desafios e contratempos da vida.

CLUBE DO LIVRO DOS HOMENS

Missão Romance

LYSSA
KAY
ADAMS

ARQUEIRO

Título original: *Undercover Bromance*

Copyright © 2020 por Lyssa Kay Adams
Copyright da tradução © 2022 por Editora Arqueiro Ltda.

Publicado em acordo com Berkeley, selo do Penguin Publishing Group, uma divisão da Penguin Random House LLC.

Todos os direitos reservados. Nenhuma parte deste livro pode ser utilizada ou reproduzida sob quaisquer meios existentes sem autorização por escrito dos editores.

tradução: Regiane Winarski
preparo de originais: Rayssa Galvão
revisão: Midori Hatai e Rayana Faria
projeto gráfico e diagramação: Valéria Teixeira
capa: Jess Cruickshank
adaptação de capa: Miriam Lerner | Equatorium Design
impressão e acabamento: Cromosete Gráfica e Editora Ltda.

CIP-BRASIL. CATALOGAÇÃO NA PUBLICAÇÃO
SINDICATO NACIONAL DOS EDITORES DE LIVROS, RJ

A176m

Adams, Lyssa Kay
  Missão Romance / Lyssa Kay Adams ; [tradução Regiane Winarski]. - 1. ed. - São Paulo : Arqueiro, 2022.
  320 p. ; 23 cm.

  Tradução de: Undercover bromance
  Sequência de: Clube do Livro dos Homens
  ISBN 978-65-5565-245-1

  1. Ficção americana. I. Winarski, Regiane. II. Título.

21-73936   CDD: 813
                      CDU: 82-3(73)

Camila Donis Hartmann - Bibliotecária - CRB-7/6472

Todos os direitos reservados, no Brasil, por
Editora Arqueiro Ltda.
Rua Funchal, 538 – conjuntos 52 e 54 – Vila Olímpia
04551-060 – São Paulo – SP
Tel.: (11) 3868-4492 – Fax: (11) 3862-5818
E-mail: atendimento@editoraarqueiro.com.br
www.editoraarqueiro.com.br

Para minha mãe

Obrigada por fazer de mim uma mulher forte e por me ensinar que, na verdade, não existe outro tipo de mulher.

UM

Braden Mack parou o Porsche SUV em uma vaga nos fundos do estacionamento escuro e esperou o sinal. Virado para ele, duas fileiras mais à frente, estava um Suburban ligado, os faróis acesos.

Um minuto se passou. E então dois.

Por fim, o Suburban piscou o farol alto duas vezes.

Estava na hora.

Ele desligou o motor, botou o celular no silencioso e o enfiou no bolso da jaqueta de couro. Quando saiu do carro, os homens no outro veículo fizeram o mesmo. Um a um, os grandalhões deixaram o Suburban, a respiração se transformando em vapor. Mack os encontrou no meio do caminho entre os dois automóveis.

– Você está atrasado – disse Del Hicks, um dos melhores amigos de Mack.

– Tive que salvar um casamento.

– Outra esposa solitária? – perguntou Derek Wilson, empresário da região.

– Os homens nunca aprendem.

– E é por isso que estamos aqui, não é? – indagou Malcolm James, a voz grave e calma por trás da barba densa que chegava quase ao ombro.

– Certo. – Mack examinou cada um dos homens, avaliando coragem e comprometimento. – Quem quiser pular fora, a hora é agora, porque, assim que começarmos, não tem mais volta.

– Estou dentro – anunciou Derek.

– Isso aí, cara. – Del bateu as mãos enluvadas. – Vamos lá.

– Que porra é essa que vamos fazer mesmo? – resmungou Gavin Scott, um dos mais novos do grupo, os ombros encolhidos por causa do vento frio. – Além de congelar as bolas?

Mack se virou e olhou para o prédio. Um letreiro vermelho iluminava a calçada movimentada que seguia por todo o shopping a céu aberto: MUSIC CITY BOOKS. Por três anos, o clube do livro se manteve nas sombras. Eles leram em segredo. Reuniram-se a portas fechadas. Eram dez no total: atletas profissionais, políticos, gênios da tecnologia e empresários. E, no caso de Mack, dono de vários bares e casas noturnas em Nashville. Todos unidos pelo amor aos livros que os tornaram homens melhores, amantes melhores, maridos melhores.

Exceto por Mack, nesse último quesito. Ele era um dos últimos solteiros do grupo.

– O que nós vamos fazer? – repetiu o próprio Mack, encarando os amigos. – Nós vamos comprar romances em público.

Ele firmou as mãos na cintura e esperou uma reação dramática. Talvez a trilha sonora de um filme ou um viva dos rapazes. Mas a única resposta foi um peido alto do quinto integrante do grupo, um jogador de hóquei que todo mundo chamava de russo e que tinha uma intolerância chata a queijo.

O russo botou a mão na barriga.

– Preciso de um banheiro.

Mack balançou a cabeça.

– Vamos logo.

O russo saiu andando na frente com um gingado meio torto. Os outros foram atrás, liderados por Mack. Eles se detiveram no limite do estacionamento, esperando que uma fila de carros passasse, antes de darem uma corridinha até a calçada. O russo desapareceu loja adentro sem nem olhar para trás, os passos mais rápidos. As coisas estavam ficando tensas. O banheiro não tinha ideia do que o aguardava. Seria o fim do encanamento da livraria.

Mack respirou fundo, com a mão na maçaneta. Ele olhou mais uma vez para os outros.

– Olha só, as regras são as seguintes: todo mundo tem que comprar pelo menos um livro para o resto do clube avaliar como próxima leitura. Nada de esconder a capa. E, se alguém perguntar, não estamos comprando para dar de presente. Estamos comprando para nós mesmos. Alguma dúvida?

– E se alguém reconhecer a gente? – resmungou Gavin.

De todos ali, ele devia ser o mais famoso e reconhecível. Como jogador do time de beisebol da liga principal de Nashville, o Legends, Gavin tinha sido catapultado para a fama no ano anterior, quando fez um *home run*, o *grand slam* que garantiu a vitória numa final.

– E daí se a gente for reconhecido? – retrucou Malcolm, outro rosto famoso. Ele era o *running back* do time de futebol americano de Nashville. – Passamos tanto tempo falando que sentimos vergonha de gostar de romances por pressão da sociedade, tão cheia de masculinidade tóxica, mas compramos nossos livros escondidos. Está na hora de seguirmos nossa própria cartilha.

– Eu não poderia ter dito melhor – concordou Mack, se empertigando.

– Claro que não. – Gavin riu. – Malcolm tem QI de gênio, otário.

Mack mostrou o dedo do meio para ele.

Gavin retribuiu o gesto.

Del suspirou e abriu a porta.

– Eu vou na frente.

Eles chamaram atenção assim que entraram, mas Mack duvidava que fosse por terem sido reconhecidos. Com que frequência homens bonitos e musculosos entram numa livraria, todos juntos? Mais pareciam a ofensiva da Liga Literária do Tennessee.

– Onde fica a seção de romance? – perguntou Del, baixinho.

Mack balançou a cabeça, examinando as placas penduradas no teto.

– Não estou vendo.

– Vamos ter que pedir ajuda – anunciou Malcolm.

Gavin soltou um palavrão e puxou a aba do boné mais para baixo, tentando encobrir o rosto.

Eles se aproximaram do balcão, e uma mulher usando uma camiseta com a frase *Eu leio livros proibidos* ergueu o rosto da tela do computador.

– Em que posso ajudar?

– Você sabe onde fica a seção de romance? – perguntou Malcolm.

Ela estreitou os olhos.

– Tipo livros para ajudar o casamento, autoajuda?

– Não – respondeu Mack, parando ao lado de Malcolm. Ele apoiou uma das mãos na bancada e se inclinou na direção dela com um sorriso.

– Tipo livros românticos mesmo.

– Vocês estão procurando a seção de livros de romance – concluiu a atendente, cada palavra carregada de ceticismo.

– Estamos, sim. – Mack deu uma piscadela.

A atenção recebida deixou a mulher corada.

– Nunca vi homens comprando romances.

Mack se inclinou para a frente e baixou o tom de voz para um nível entre a sedução e o segredo. Ela ficou ainda mais vermelha.

– Nós somos muitos – murmurou ele.

A atendente apontou para os fundos da loja.

– As últimas prateleiras da direita.

Malcolm liderou o grupo. Gavin soltou um grunhido de desgosto e perguntou a Mack:

– Você consegue não flertar com alguém?

Mack deu de ombros.

– Não é culpa minha se nasci com esse charme.

Pararam em um corredor nos fundos, com uma seleção muito pobre de livros. Só uma parede tinha sido separada para romances.

– Que desgraça – comentou Malcolm, balançando a cabeça.

Gavin olhou em volta, nervoso.

– Eu não me importaria de continuar comprando on-line.

– Ah, onde está seu orgulho? – rebateu Mack, virando a cabeça para ler a lombada dos livros.

O russo apareceu.

– O banheiro daqui é bom. Muito limpo.

Ele sabia identificar os melhores banheiros públicos das grandes cidades dos Estados Unidos. Se um dia se cansasse do hóquei, poderia criar um aplicativo com um ranking de banheiros públicos e ganhar muito mais dinheiro do que sua carreira de jogador lhe proporcionava.

Mack localizou sua autora favorita e pegou o livro mais recente dela, *O protetor*. Era um suspense que envolvia um romance entre um agente do Serviço Secreto e a filha do presidente. Ele adorava uma dose de perigo e amava histórias de pessoas que se detestam e acabam se apaixonando. Era uma satisfação ver duas pessoas descobrirem que o que as faz brigar também é o que as torna perfeitas uma para a outra.

– A gente vai se reunir sexta à noite? – perguntou Gavin, examinando um livro de lombada vermelha. – O jogo só deve acabar lá pelas sete, e Del e eu não podemos ficar até muito tarde.

– Vai ter que ser no sábado – disse Mack, abrindo o livro para ler a primeira página. – Tenho um encontro com Gretchen na sexta.

Mack sentiu um frio na barriga. O dia seguinte marcaria oficialmente três meses com Gretchen, uma advogada que conhecera numa festa, e ele não economizaria para tornar a noite especial para ela. Tinha mexido todos os pauzinhos possíveis para conseguir uma reserva impossível no Savoy, um dos restaurantes mais badalados de Nashville, comandado por um chef que era uma celebridade da televisão. E, se tudo corresse bem, pretendia fazer o que nunca tinha feito na vida: ter *aquela* conversa. A conversa sobre exclusividade.

O silêncio atrás dele de repente ficou óbvio demais para ser coincidência. Mack se virou e viu os outros se entreolhando com gestos e sobrancelhas erguidas. Del enfiou a mão na carteira e entregou 20 dólares para o russo.

– Que porra é essa? O que vocês estão fazendo?

Os dois deram um pulo, com expressões iguais de culpa.

– Ele me devia uma grana – explicou o russo, enfiando a nota no bolso.

– Mentira. Do que vocês estão falando?

O russo deixou os ombros caírem, parecendo um cachorrinho que levou bronca por ter feito xixi no tapete.

– Ele ganhou a aposta.

Mack franziu a testa.

– Que aposta?

– De que você escolheria um suspense romântico – disse Del rapidamente.

Mack cruzou os braços, enfiando o livro debaixo do braço.

– Querem que eu acredite que vocês fizeram uma aposta sobre qual tipo de livro eu escolheria?

O russo assobiou e olhou ao redor. Del deu um tapa na nuca dele.

– Puta que pariu. – Gavin suspirou. – Eles apostaram sobre quanto tempo vai levar até você dar um pé na bunda da Gretchen.

Mack piscou.

– Vocês estão de sacanagem comigo?

– Foi ideia dele – defendeu-se o russo, apontando para Del.

Del não negou. Só deu de ombros.

– Já perdi muito dinheiro, mas estou impressionado por você estar há bastante tempo com ela. Deve ser seu recorde.

Mack ficou surpreso. Tentou não se sentir ofendido, mas o que era aquilo? Era verdade que devia merecer a reputação de solteirão convicto, o tipo de cara que aparece com uma mulher diferente a cada fim de semana. Mas a questão era que nunca tinha conhecido alguém com quem se imaginasse comprometido. Apesar do que a maioria pensava dele, Mack queria ter um relacionamento sério e sossegar. Mas seu próprio amigo apostando contra ele? Se isso não era uma punhalada nas costas, o que mais poderia ser?

Mack apontou para Del.

– Seu otário, eu estou há bastante tempo com ela porque gosto dela. Gretchen é bonita, inteligente e ambiciosa.

– E é a pessoa errada para você – interveio Malcolm, abrindo a boca pela primeira vez. Depois de ter passado quase toda a conversa olhando as prateleiras, ele se virou com quatro livros nas mãos enormes.

– Como é que é? – questionou Mack, gaguejando. – Por que ela é errada para mim?

– Porque todas as mulheres com quem você sai são erradas para você – debochou Gavin.

Mack gaguejou de novo antes de responder:

– Cara, você me conhece há menos de seis meses.

– É, e nesse período você saiu com seis mulheres diferentes. Mulheres incríveis. Todas inteligentes, talentosas, lindas. *Perfeitas*.

– E isso é um problema? – Mack se sentia na defensiva. Deviam estar comprando livros, não analisando sua vida amorosa.

Gavin deu de ombros.

– Você que tem que saber. Foi você quem largou todas elas.

– Porque não deu certo com nenhuma – retrucou Mack, com um rosnado.

– E com Gretchen é diferente?

– É.

– Como? – perguntou Malcolm.

Mack não tinha resposta para isso. Era diferente com Gretchen porque, porque... droga, porque estava pronto para que fosse diferente. Não era o bastante? Estava cansado de ver os amigos viverem felizes para sempre enquanto procurava inutilmente a futura Sra. Mack, alguém que pudesse mimar e adorar para sempre, envelhecendo ao seu lado. Era fundador da droga do clube do livro, mas era o único que não tinha experimentado uma verdadeira história de amor. Então, sim, estava se esforçando muito para o relacionamento funcionar porque, caramba, queria seu próprio "felizes para sempre".

Gavin ergueu as mãos, como se pedisse uma trégua.

– Olha, só estamos dizendo que, para um especialista em romance, parece que você está deixando passar a lição mais importante que esses livros ensinam.

– Que é...? – O tom de Mack chegou perto da petulância, mas não gostava de ouvir sermão sobre as lições dos manuais (que era como chamavam os romances) vindo logo do membro mais novo do clube.

– Existe uma grande diferença entre viver um romance com alguém e amar alguém.

Mack revirou os olhos.

– Para você é fácil falar. Você se apaixonou à primeira vista pela mulher perfeita.

Gavin ficou sério.

– Minha esposa não é perfeita. Ela é perfeita *para mim*. E não tem nada de fácil no nosso casamento.

Mack sentiu-se culpado. Gavin e a esposa, Thea, quase tinham se divorciado havia seis meses, antes de o clube do livro intervir para ajudá-lo a recuperar o casamento.

Mas, em vez de pedir desculpas por ser um cretino, Mack disse, furioso:

– Vou provar que vocês estão errados.

Então, tirou a carteira do bolso de trás, o coração disparado com a arrogância de ter algo a provar. Colocou uma nota de 100 na mão de Del.

– Aposto 5 para 1 que, depois da noite de amanhã, estarei oficialmente namorando.

DOIS

– Você está linda.

Mack estendeu a mão por cima da mesa para segurar a de Gretchen. Ela sorriu. Ele acariciou com o polegar os dedos magros dela. Os brincos que lhe dera de presente de aniversário na semana anterior enfeitavam suas orelhas delicadas e cintilavam à luz das velas.

– Obrigada – respondeu ela. – Você diz tanto isso que acabo me sentindo bonita mesmo.

– Vestido novo?

Ela riu e olhou para o próprio corpo.

– Hum, não. Comprei na Macy's, uns dois anos atrás. Na liquidação.

– É lindo.

Ela puxou a mão de volta.

– Obrigada. De novo.

Gretchen desviou o olhar e examinou o ambiente. A mesa VIP no mezanino lhes dava uma vista completa da decoração *urban chic*. Lustres de ferro fundido pendiam do teto alto e paredes de tijolos expostos davam a aparência de uma obra inacabada. Mas, junto com a madeira escura e a decoração em tons de dourado, havia a opulência do velho mundo.

– Sempre quis saber como era aqui dentro – comentou Gretchen.

– O que achou?

– É, hum... – Ela fez uma careta, relutante em criticar. – É meio exagerado.

– Assim como Royce.

– Você o conhece?

Mack ajeitou o paletó esporte enquanto se recostava na cadeira.

– Já nos encontramos várias vezes em torneios beneficentes de golfe, esse tipo de coisa. Como somos empresários, acabamos frequentando os mesmos círculos.

– Ah. Claro. – Ela estreitou os olhos. – Eu não costumo frequentar esses círculos.

– Seus círculos são mais importantes. – Gretchen era defensora pública com especialização em casos de imigração.

O garçom se aproximou com uma garrafa gelada de Dom Pérignon. Mack pediu a bebida logo que fez a reserva, junto com a sobremesa da casa, o cupcake Sultan. Era tão elaborado e caro que precisava ser encomendado com antecedência. Mal podia esperar a reação de Gretchen.

– Champanhe? – perguntou ela, quando o garçom retirou a rolha.

– Estamos comemorando – explicou Mack, com uma piscadela.

O garçom serviu duas taças altas e deixou a garrafa em um balde de gelo ao lado da mesa, antes de dizer que voltaria para anunciar os pratos da noite.

– Entendi – disse Gretchen, aceitando a taça. – E qual é a ocasião?

Mack ergueu a própria taça.

– Fechei o contrato do prédio novo hoje – respondeu. – Só que, o mais importante, devemos fazer um brinde a nós. Três meses. E espero que sejam os primeiros de muitos.

O sorriso de Gretchen não chegou aos olhos quando ela tocou sua taça na dele. Mack primeiro achou que estava imaginando coisas, mas ela desviou o olhar assim que tomou um gole.

– Está tudo bem?

Ela engoliu a bebida e assentiu.

– Isso é maravilhoso.

– Você também é.

Lá estava de novo. O sorriso *não tão sorriso assim*. Mack pousou a taça na mesa e pegou a mão dela de novo.

– Tem certeza de que está tudo bem?

– Eu estou bem. É que... Para ser sincera, eu não me sinto confortável em um lugar assim.

– Por quê?

– Meus clientes mal conseguem alimentar os filhos.

– Isso não quer dizer que eu não possa mimar você, não é mesmo?

– Eu não preciso ser mimada, Mack.

– Mas merece. – Ele tentou de novo a piscadela e o sorriso. Dessa vez, deu certo. Sentiu os dedos dela relaxarem em sua mão.

– Obrigada. Você sabe mesmo como fazer uma mulher relaxar com um bom jantar e um bom vinho.

– Eu gosto de agradar. – Mack apertou os dedos dela uma última vez, então os soltou. – Agora, espero que você esteja com fome. Porque tenho uma surpresa depois.

Gretchen tomou um gole de champanhe e olhou o relógio.

– Meu Deus, por que não queimar dinheiro logo de uma vez?

Liv Papandreas se afastou da bancada de aço inoxidável para observar sua mais recente obra-prima culinária. Balançou a cabeça, enojada. Como chef confeiteira do Savoy, não deveria mais se impressionar com quanto dinheiro os ricaços desperdiçavam, mas, infelizmente, ainda se surpreendia. E, assim que o chefe incluiu no cardápio o cupcake com infusão de ouro, soube que os famosos e os exibidos da cidade o encomendariam só porque podiam pagar.

Bom, e também para poderem postar uma foto digna de Instagram com Royce Preston, o chef celebridade, apresentador de TV e babaca que assinava os contracheques de Liv.

Toda semana, milhões de fãs assistiam ao reality show dele, *Chefão da cozinha*, para uma dose do seu charme de fala mansa. Mal sabiam que aquele charme era tão falso quanto o cabelo do apresentador. Quando as câmeras estavam desligadas, Royce era um cretino beligerante que roubava quase todas as receitas da própria equipe. Liv conseguira sobreviver um ano inteiro na cozinha dele, principalmente graças ao desdém que nutria pelos ricos. Quem imaginaria que uma carreira adolescente violando regras e entrando em conflito com figuras de autoridade um dia ajudaria tanto?

Diziam que o otário do cupcake daquela noite era dono de uma boate. Liv não teria como saber; não curtia boates por causa das pessoas. Também não curtia pessoas.

De repente, sua colega de prisão – quer dizer, de restaurante –, Riya Singh, deu um tapinha nas suas costas.

– Você não acha que seu talento vale mil dólares?

– Eu acho que meu talento vale bem mais. Só não acho que uma porcaria de cupcake valha isso tudo. Cada pessoa que pede um desses deveria ser obrigada a assinar um cheque em nome do restaurante comunitário do centro da cidade.

– Começando pelo Royce.

Ah, claro. Homens como Royce não doavam dinheiro para caridade. Eles guardavam, exibiam. Pagavam para conseguir colocar os filhos na faculdade. E Royce estava prestes a ganhar bem mais. Em um mês, seria publicado o primeiro livro oficial do *Chefão da cozinha*, cheio de receitas que ele roubara. Tinha uma de Liv, uma versão de baklava com romã e mel.

– Ainda não entendo por que você não pede demissão e aceita a proposta da sua irmã – disse Riya. – Você poderia se livrar deste lugar para sempre, é só querer. Já nós não temos escolha senão ficar aqui.

A irmã de Liv, Thea, oferecera várias vezes o dinheiro necessário para abrir o próprio negócio. Thea era casada com um jogador da liga principal de beisebol que ganhava um salário compatível. O que ninguém parecia entender, inclusive a própria Thea, era que Liv não queria ter sucesso às custas de outra pessoa. Se fosse o caso, era só ligar para o pai rico e aceitar as infinitas propostas de comprar de volta um espaço na vida dela. Mas Liv não queria o dinheiro cheio de culpa dele.

E Liv tinha trabalhado muito e superado coisas demais para recorrer ao caminho fácil agora. Tinha a motivação e o talento necessários para chegar ao sucesso sozinha, e era o que ia fazer. Se suportasse mais um ano ali, teria plena condição de seguir a impiedosa profissão de chef, porque todo mundo sabia que quem sobrevivesse a Royce era capaz de lidar com qualquer coisa. Cada dia era uma luta, mas Liv tinha se esforçado bastante para agora arriscar a carreira colocando veneno de rato na vitamina matinal do chefe.

Não que tivesse pensado nisso, obviamente.

Jessica Summers, uma jovem recepcionista que começara no trabalho um mês antes, se aproximou da bancada mordendo o lábio.

– É isso? – perguntou, sem fôlego, olhando o cupcake.

– É – respondeu Liv.

– Todo dia alguém pede isso. Dá mesmo para comer o ouro? – Ela se inclinou para observar o cupcake, os olhos arregalados. – Tem gosto de quê?

– De ganância e ostentação.

Jessica levantou o rosto.

– Isso é bom?

– Os ricos acham que é.

As portas de vaivém da cozinha se abriram. Todos prenderam a respiração quando Royce entrou. Estava com o uniforme de sempre: terno sob medida, camisa branca passada com os três primeiros botões abertos, revelando a cabeleira do peito e um colar de couro que ele alegava ter sido presente de uma tribo indígena, mas que Liv apostaria dinheiro vivo que era uma bijuteria barata comprada em alguma loja no centro.

– Olivia! – gritou Royce, porque se recusava a chamá-la pelo apelido, como todo mundo. Era uma excentricidade para demonstrar poder.

Jessica engoliu em seco, as bochechas vermelhas, e fechou os olhos quando Royce se aproximou. Ela não duraria muito se não conseguisse aturar os gritos dele. Era preciso saber gritar em resposta.

– Isso vai ficar pronto a tempo? – rosnou Royce.

– Alguma vez eu já me atrasei?

O rosto do chef ficou num tom de vermelho intenso. Ele a olhou de cima a baixo e balançou a cabeça.

– Limpe-se antes de levarmos isso lá para fora.

Ah. Além de ter que fazer aquelas monstruosidades cobertas de ouro, ela tinha que entregá-las pessoalmente ao cliente junto com Sua Santidade. Royce gostava do espetáculo. Liv baixou os olhos. Tinha chocolate em seu dólmã. Ossos do ofício. Royce estalou os dedos para Riya.

– Dá o seu dólmã para ela. Agora. Anda.

Um dólmã limpo foi enfiado na cara dela de repente. Liv lançou um olhar de desculpas para a amiga enquanto tirava o dólmã sujo e o trocava.

– Volte ao trabalho – Royce ordenou a Riya.

Ele saiu andando, e Jessica soltou o ar. Liv poderia jurar que viu lágrimas nos olhos da garota. É, ela não duraria muito. *Nota mental: ajudar Jessica a arrumar outro emprego antes que ela tenha um colapso nervoso.*

Ou antes de Liv realmente batizar a vitamina dele com veneno de rato.

Ela ergueu a bandeja do cupcake com muito cuidado e encontrou Royce na porta. Tentou não revirar os olhos quando ele lhe disse para não deixar aquela porra cair.

Como se isso já tivesse acontecido alguma vez.

Assim que entraram no salão, Royce se transformou no chef carismático do programa que todo mundo conhecia e amava. Um burburinho empolgado se espalhou conforme ele passava, e ele absorveu tudo. Acenou animadamente para os presentes. Câmeras de celular capturaram cada movimento dele e, logo atrás, Liv fingiu sentir orgulho do doce dourado que carregava. Segurou a bandeja bem no alto, com a mão direita, e estampou um sorriso para disfarçar seu desejo de que Royce entrasse em combustão espontânea. Seguiu o chef até a área VIP do restaurante, onde uma corda de veludo vermelho separava os escolhidos dos meros mortais. Esperou que Royce se aproximasse da mesa primeiro, claro. Era o show dele. A 3 metros de distância, à luz fraca, Liv identificou as silhuetas de duas pessoas à mesa: um homem de ombros largos com um paletó esportivo e uma mulher de cabelo brilhante e olhar afiado. Fosse quem fosse o sujeito, estava esbanjando naquele encontro. Os pratos revelavam sobras de filé, lagosta e patê trufado.

– Amigos – cumprimentou Royce, com sua melhor voz de apresentador de TV. – Gostaria de lhes apresentar o Sultan.

O homem se virou na cadeira e... Ah, droga. Liv o conhecia.

Como era o nome dele? Mike? Não. Mack. Brad Mack? *Braden*. Braden Mack. Era amigo de seu cunhado, Gavin. Foi o cara que o arrastou para um clube do livro esquisito e secreto, só para homens, onde liam uns romances, para ajudar Gavin a convencer Thea de não se separar dele. E o mais importante: era o cretino que tinha devorado as sobras de comida chinesa que ela guardara na geladeira, quando se conheceram. Que tipo de pessoa comia o *lo mein* dos outros? O mesmo tipo que não via problema em gastar mil dólares em um cupcake, pelo visto.

O homem se levantou e estendeu a mão.

– Royce. Bom te ver de novo.

Claro que eles se conheciam. Um cara capaz de desperdiçar um salário mínimo num jantar definitivamente frequentava os mesmos círculos de Royce Preston.

Royce apertou a mão de Mack e fez aquele gesto masculino de meio abraço e meio batida nas costas.

– Eu não sabia que você estava aqui hoje. Vou ter uma conversa com a recepcionista sobre isso.

Ah, não. Pobre Jessica. Talvez Liv conseguisse avisá-la antes que Royce a massacrasse.

– Esta é Gretchen Winthrop – apresentou Mack, indicando a acompanhante com um gesto galanteador. – Ela é advogada.

– Advogada, é?

A mulher ergueu a mão para cumprimentar Royce, mas ele a levou aos lábios e beijou seus dedos.

– Linda *e* inteligente – elogiou Royce. – É um prazer.

Liv teve ânsia de vômito.

A mulher retirou a mão com delicadeza.

– Igualmente.

Só que não pareceu sincera. Liv gostou dela na hora. Era muito inteligente para aqueles caras.

– Como estão os negócios? – perguntou Royce, enquanto Mack voltava a se sentar.

– Ótimos – respondeu Mack. – Acabei de assinar o contrato de um prédio novo na antiga área industrial.

– Foi você?

– Sim, fui eu.

– Eu estava de olho naqueles prédios.

Mack espalmou as mãos num falso pedido de desculpas.

– Desculpa. Estou querendo abrir um restaurante.

– Ah, expandindo o império – comentou Royce. – Esperto. Vamos conversar e ver se conseguimos elaborar alguma coisa.

Era o tipo de baboseira evasiva no melhor estilo *estamos juntos* que Royce dizia para todos os homens ricos que entravam no Savoy. Mas não iria para a frente. Royce não compartilhava sua riqueza nem seus holofotes.

– Peço desculpas por interromper – disse Gretchen, de repente. – Mas me sinto mal de vê-la ali parada esse tempo todo segurando a bandeja. Ela poderia pelo menos deixar a sobremesa?

Royce lançou um olhar enganosamente inexpressivo para Liv, mas fervia de fúria. A sobrancelha esquerda tremeu de forma quase imperceptível. Ainda assim, ele abriu um largo sorriso.

– Claro. Olivia, por favor.

Liv se adiantou, mantendo os olhos em tudo, menos em Mack, e baixou a bandeja de modo que o cupcake ficasse na altura dos olhos de Gretchen. Inclinou o rosto para longe de Mack, mas ele provavelmente não a reconheceria. O chapéu de chef escondia seu cabelo cacheado, e ela duvidava que Mack tivesse reparado o suficiente em seu rosto para lembrar agora.

– O Sultan é a sobremesa principal da casa, que inclui chocolates de doze países diferentes – continuou Royce. – Recheio de geleia de champanhe e adornos comestíveis em ouro, é servido com uma colher de ouro de 24 quilates e uma bola do melhor sorvete de fava de baunilha de Uganda.

– Uau – disse Gretchen, a voz tão mordaz que fez Liv decidir que deveriam ser melhores amigas. – Quase dá medo de comer.

– Que tal uma foto? – sugeriu Royce, posicionando-se atrás da cadeira de Gretchen.

Só daquela vez, Liv amaria ver alguém recusar a foto.

E, maravilha das maravilhas, seria bem naquele dia.

– Ah... não, obrigada – respondeu Gretchen e, em algum lugar, os anjos começaram a cantar.

Se Gretchen fosse telepata, ouviria o cérebro de Liv gritar *VOCÊ É A MINHA MELHOR AMIGA*.

A sobrancelha de Royce tremeu de novo. Já era ruim uma mulher ter recusado a foto, mas fazer isso na frente de uma de suas funcionárias... Ah, a gritaria naquela noite seria alta. Pelo menos valeria a pena.

Liv pigarreou baixinho e estava prestes a colocar o cupcake sobre a mesa quando...

– Ei, eu conheço você. – Mack se inclinou para a frente e observou o rosto dela. – Você é irmã da Thea.

Sem esperar confirmação, Mack assentiu para a acompanhante.

– Isso é incrível! Eu não fazia ideia de que ela trabalhava aqui. Lembra que eu te falei sobre Gavin? Ela é cunhada dele.

– É um prazer conhecer você – disse Gretchen. – Eu apertaria sua mão, mas, obviamente, está ocupada. Aliás, isso parece delicioso. Obrigada.

Liv sorriu.

– É um prazer conhecê-la também.

Royce limpou a garganta. Ah, merda. Ela tinha falado, não tinha? Isso era ruim. Pagaria por aquilo mais tarde.

– Juro que não sabia que você trabalhava aqui – disse Mack, ainda perdido. – Gavin só me contou que você trabalhava num restaurante na cidade.

– Olivia trabalha para mim há alguns meses – interveio Royce, sem querer ficar de fora.

– Um ano – corrigiu Liv, baixinho.

Royce pigarreou de novo. Baixo. Com firmeza. Como quem diz *Você está morta*.

Mack se levantou de repente.

– A gente deveria tirar uma foto. Vou mandar para Gavin.

Liv lançou um olhar para Royce, cujo sorriso forçado sugeria que não estava feliz em ser jogado para escanteio. Ele não costumava compartilhar os holofotes com ninguém.

– Agradeço o gesto – disse Liv, com firmeza. – Mas prefiro ficar nos bastidores.

– De jeito nenhum – retrucou Mack. – Você precisa receber o crédito pelo seu trabalho.

Liv imaginou a cabeça de Royce explodindo, ejetando a peruca, mas ele era showman demais para fazer qualquer outra coisa além de sorrir e dizer:

– Claro. Olivia, por favor.

Ela pagaria por isso depois. Não importava que não tivesse feito nada para encorajar aquilo. Royce não veria dessa forma.

– Espere – pediu Mack. – Você prefere Liv ou Olivia? Só ouvi Gavin chamar você de Liv.

– Liv. Mas Royce me chama de Olivia.

– Por quê?

Liv ergueu o rosto.

– É, Royce. Por quê?

O sorriso falso de Royce ficou tão gélido que poderia ter cantado "Ice Baby".

Mack deu de ombros e entregou o celular para Royce por cima da mesa. O queixo de Liv caiu. Ele estava... ele estava *pedindo a Royce* que batesse a foto? Ninguém fazia isso com Royce. Ninguém. *Ah, meu Deus, não sorria. Não sorria.* Se sorrisse, acabaria *dentro* do cupcake, em vez de servi-lo.

Royce assentiu, ainda sorrindo, mas Liv conhecia aquele sorriso: escondia uma fúria explosiva que ele certamente liberaria mais tarde, em uma torrente de cuspe e de *Eu já conheci cortes de carneiro mais inteligentes que você*. Mas o que Liv poderia fazer? Bater com a bandeja na cabeça de Mack e sair correndo?

Até que era uma ideia tentadora.

Mack contornou a mesa e parou ao lado dela, então passou o braço pelos seus ombros e...

A bandeja balançou nas mãos dela. Liv tentou corrigir o movimento, firmando-a com a outra mão, mas seus reflexos foram lentos demais.

O tempo desacelerou enquanto o cupcake deslizava até a beirada da bandeja. Ficou equilibrado ali por um momento, oscilando como num daqueles filmes em que um carro para pouco antes de cair de um penhasco.

Foi tempo suficiente para toda a sua carreira passar diante de seus olhos. Suficiente para ela imaginar todas as formas possíveis de matar Braden Mack por aquilo. Suficiente para uma única palavra se arrastar por toda a extensão de sua língua.

– Pooooorra...

E o cupcake caiu no colo de Gretchen.

– Ah, meu Deus, me desculpe. – Liv se ajoelhou ao lado da cadeira da mulher.

– Está tudo bem – respondeu ela, erguendo as mãos, os dedos cheios de cobertura.

– Foi culpa minha – disse Mack. – Eu derrubei a bandeja das mãos dela.

– Olivia, vá para a cozinha! – bradou Royce. – Vamos preparar outro para vocês.

– Não será necessário – disse Gretchen, tirando o cupcake do colo e colocando-o no prato.

– Posso ajudar a limpar? – pediu Liv. – Por favor. Me permita...

Royce a interrompeu:

– Obviamente, o jantar de hoje fica por nossa conta.

Liv gemeu.

– E me permita cobrir o custo da limpeza do vestido.

– Sério, não é necessário – recusou Gretchen. – Foi um acidente.

– Foi culpa minha – repetiu Mack.

– Minha equipe é treinada para lidar com qualquer situação – disse Royce. – Se há uma falha, nós resolvemos.

– Não há nada para resolver – insistiu Gretchen, tranquila. – Acidentes acontecem.

– Vamos mandar alguém para limpar a sujeira imediatamente.

– Me desculpe – pediu Liv para Gretchen, mais uma vez.

– Isso é tudo, Olivia.

Liv lançou outro olhar homicida para Mack antes de pegar a bandeja, então deu meia-volta e seguiu rapidamente na direção da cozinha sem nem olhar para trás. Liv achava que tinha uns noventa segundos de vantagem em relação a Royce. Talvez fosse tempo suficiente para acalmá-lo.

Foi direto para o vestiário dos funcionários e tirou o chapéu. Sentou-se em um banco na frente do armário na hora em que Riya entrou correndo.

– O que aconteceu? – perguntou, desabotoando o dólmã que Liv lhe entregara.

– É melhor você não ficar perto de mim.

– Ah, merda, por quê?

– Eu deixei cair!

Riya fez uma careta.

– Ah, Liv...

A porta de vaivém bateu na cozinha e as duas se sobressaltaram.

– OLIVIA!

Liv se preparou. Empertigou-se ao ver Royce entrar no vestiário. Ele tremia da cabeça aos pés, o rosto vermelho como uma lagosta na panela de água quente.

– Você! – gritou ele, apontando para Riya. – Fora!

Riya apertou o braço de Liv em solidariedade antes de sair.

Royce colocou o dedo em riste na frente do rosto de Liv.

– Na minha sala. Em vinte minutos.

Ele se virou e saiu, gritando no caminho:

– Chamem a Jessica!

Merdamerdamerda.

Mack quase tinha ido atrás de Liv para pedir desculpas de novo, mas se lembrou de Gretchen. Ele se virou e a viu limpando as mãos no guardanapo.

– Você está bem? – perguntou, agachando-se ao lado da cadeira dela.

– Só derrubaram um cupcake em mim, Braden. Não levei um tiro.

– Não, mas não era assim que eu queria que a noite terminasse.

– Estou um pouco mais preocupada com o fim desta noite para a sua amiga, Liv.

– Ela não é minha amiga.

Gretchen reagiu franzindo a testa. Mack se apressou em esclarecer:

– Quer dizer, eu mal a conheço. Mas, sim, também espero que ela não fique encrencada por conta disso.

Gretchen apoiou as mãos nos braços da cadeira e começou a se levantar.

– Vou ao banheiro me limpar.

– Certo. Claro. – Mack se levantou e estendeu a mão para ajudá-la.

A extensão do dano no vestido ficou evidente quando Gretchen se afastou da mesa: uma mancha marrom-escura marcava a seda verde delicada. Mack sabia o bastante sobre tecidos finos para concluir que aquele vestido era causa perdida.

Ele tirou o paletó.

– Quer esconder com isso?

Gretchen sorriu, mas balançou a cabeça.

– Acho que só tornaria tudo um pouco mais óbvio.

Mack a viu se afastar e sentou-se de novo. Que ótimo. Ótimo mesmo. Estava tudo indo perfeitamente bem até aquele momento.

Dois atendentes de preto chegaram com bacias plásticas e panos úmidos. Depois de sussurrarem pedidos de desculpa pela sujeira, os dois começaram a recolher os restos do cupcake do chão e da cadeira de Gretchen.

Mack saiu da frente e pigarreou de leve.

– Vocês, hã, sabem se a mulher que fez o cupcake... Se ela vai ficar encrencada por isso?

Os dois jovens trocaram um olhar nervoso, numa espécie de diálogo silencioso. Um deles deu de ombros e balançou a cabeça.

– Não sabemos de nada.

Quando eles foram embora, Mack deixou algumas notas de 20 dólares sobre a mesa. O jantar seria cortesia, mas isso não queria dizer que os funcionários deveriam ficar sem gorjeta.

Gretchen voltou para a mesa alguns minutos depois com uma mancha úmida no lugar onde havia cobertura de chocolate.

– Podemos ir? – perguntou Mack. – Pensei em levá-la para casa, para variar, e...

– Mack – interrompeu ela, com toda a calma. -- Quanto custou aquele cupcake?

Ah, merda. Mack nunca tinha ouvido uma pergunta tão cheia de insinuações.

– Por que você quer saber?

– Porque uma mulher no banheiro me contou que o Sultan custa mil dólares. É verdade?

Mack sentiu que estava prestes a entrar em um campo minado. Ele resolveu ir com calma para testar o terreno.

– Eu queria que você tivesse a experiência completa do Savoy.

Gretchen começou a abanar o rosto como se fosse desmaiar.

– Ah, meu Deus – sussurrou ela. – Você ia gastar mil dólares em um *cupcake*?

– Todo mundo com quem eu falei disse que valia a pena.

– *Nenhum* cupcake vale mil dólares!

Ele abriu um sorriso e tentou ignorar os olhares dos outros clientes.

– Que bom que a gente não precisou pagar, então, não é?

Opa. Tinha pisado numa mina. Gretchen pegou a bolsa; Mack notou uma familiaridade nos movimentos dela que o fez suar.

Ele se levantou junto com ela.

– Desculpe se passei do limite. Eu só queria que tudo hoje fosse perfeito.

Gretchen balançou a cabeça.

– Eu tenho que ir.

Mack foi atrás quando ela se afastou da mesa, na direção oposta à que fora antes. Desta vez, ela estava mesmo indo embora.

– Gretchen, espera. – Ele a alcançou na escada. – Quer ir para casa trocar de roupa?

Ela sorriu, mas negou.

– Acho que vou pedir um Uber.

Mack passou na frente para abrir a porta para ela, então a seguiu até o lado de fora.

– Me deixe levar você para casa. Não quero que a noite termine assim.

Ela se virou e colocou a mão no braço dele.

– Vou ser sincera com você.

Droga. Não tinha como aquilo acabar bem. Parecia o tipo de coisa que alguém dizia antes de dar um fora. Só que Mack não sabia como era, nunca tinha levado um fora.

– Eu me diverti muito.

– Eu também.

– Mas tenho a sensação de que não conheço você muito bem – concluiu ela.

Aquilo o deixou meio perdido. Ele abriu e fechou a boca duas vezes antes de responder:

– Eu? Não tem como. Eu sou Mack. Sou um livro aberto.

– Só que não.

– O que você quer saber?

Gretchen deu de ombros.

– Sei dos seus negócios, dos seus carros, mas não sei nada sobre *você*. Passamos tanto tempo falando de mim, mas, quando pergunto sobre a sua vida, fora as coisas superficiais, você se fecha.

– Não me fecho, não. Eu só quero saber mais sobre você.

– Você teve mais interação significativa com *Liv* nos cinco minutos que ela ficou ali, parada com aquele cupcake, do que comigo em três meses.

Mack estava ocupado refletindo sobre essa declaração quando Gretchen baixou os olhos para o celular.

– Meu motorista chegou.

– Eu leio romances – disse Mack, de repente.

Gretchen ergueu o olhar. Piscou duas vezes.

– Você… você lê romances.

– Leio. Eu participo de um clube do livro com outros homens, e todos leem romances em segredo.

– Hum, certo.

– Você disse que queria saber alguma coisa sobre mim. Isso é alguma coisa.

Ela ergueu as sobrancelhas.

– É mesmo. E também explica algumas coisas.

– Como assim?

– Os jantares chiques, os vinhos caros, o fluxo de entrega de flores... – Ela ajeitou a bolsa debaixo do braço.

– O que tem isso?

– É tudo perfeito.

– E perfeito é ruim? – Meu Deus, por que de repente todo mundo parecia se opor à perfeição?

– É, quando não significa nada. – Ela olhou para a rua, procurando o carro.

– Gretchen, espera. Por que você acha que não significa nada?

Ela se virou.

– Olha, agora tudo faz sentido. O sexo foi incrível e, para ser sincera, foi um dos motivos para eu ter continuado com isso. Porque, uau, todas as vezes... Eu tinha mesmo a sensação de que você devia ter lido um livro sobre prazer feminino.

E ele tinha lido mesmo. Tudo que sabia sobre sexo, sobre como dar prazer a uma mulher, tinha aprendido nos livros. Ninguém nunca reclamara. Ele se orgulhava de garantir que nenhuma mulher saísse insatisfeita de sua cama.

– E como isso pode ser ruim?

O carro parou, e Gretchen abriu a porta de trás e se virou para ele.

– Porque nenhuma mulher quer sentir que foi tratada na cama seguindo um manual de instruções. Ela quer que seja real.

Mack apoiou a cabeça nas mãos. Aquilo não estava acontecendo.

– Você sabe ser romântico com uma mulher, Mack. Mas não sei se sabe *estar* com uma mulher.

Ela entrou no carro sem lhe dar chance de responder. Como se ele pudesse responder. Porque Gretchen praticamente dissera a mesma coisa que Gavin no dia anterior.

Mack viu o carro se afastar.

O que tinha acabado de acontecer?

Del acabara de ganhar 500 dólares. Isso era o que tinha acabado de acontecer.

TRÊS

– Se eu não sair dessa viva, quero que você fique com isto.

Liv entregou seu fouet favorito a Riya. A amiga aceitou sem as banalidades que alguém poderia dizer em uma situação como aquela, e Liv a adorou por isso. Todos sabiam o que significava quando Royce convocava alguém para a sala dele. Mesmo que mantivesse o emprego, Liv entraria oficialmente na lista de merda do Royce. Isso significava que, de qualquer modo, sua vida estava prestes a virar uma poça de bosta. Pegaria os piores turnos de trabalho (como se houvesse algum turno bom no Savoy), as piores tarefas e o pior do assédio moral. Todo o trabalho árduo, tudo o que suportara por um ano, não teria valido de nada.

Tudo por causa de Braden Mack.

Liv sentiu o lábio se curvar. Provavelmente não era justo culpá-lo, mas nada daquilo teria acontecido se ele não tivesse pedido a droga do cupcake. Mack merecia levar a culpa por *alguma coisa*.

Riya deu um abraço rápido nela.

– Boa sorte.

– A sorte não pode me ajudar.

– Não, mas parece grosseria dizer *Ainda bem que é você e não eu*. Sem ofensas.

– Não me ofende.

Liv sentiria a mesma coisa se a situação estivesse invertida. No Savoy, era cada um por si, mesmo entre amigos.

Ela pegou o elevador até o terceiro andar, onde ficavam as salas da administração. As portas se abriram no fim de um corredor longo e escuro – um mau presságio, sem sombra de dúvida. Quase todos os funcionários tinham ido embora horas antes, e os cubículos agora brilhavam num tom de azul sinistro por causa dos monitores de computador. Liv só tinha subido ali duas vezes no ano inteiro em que trabalhara no Savoy. A primeira vez foi ao ser admitida, quando teve que preencher a papelada e assinar um acordo de confidencialidade. Na época, pareceu besteira, mas agora ela entendia por quê. O único jeito de Royce conseguir proteger sua imagem perfeita era garantindo que ninguém o dedurasse ao sair.

A segunda vez foi para um "treinamento de sensibilidade" obrigatório de toda a equipe da cozinha, que não passou de um teste de autocontrole de uma hora. O pessoal dos recursos humanos já tinha ouvido Royce na cozinha? Ou eles não faziam ideia do que acontecia lá embaixo ou eram totalmente hipócritas.

A sala de Royce ficava no fim do corredor. Ocupava todo o comprimento do andar e tinha vista para a rua agitada abaixo. Nas outras duas vezes em que esteve lá, Liv conseguira ver o escritório dele pelos janelões internos do chão ao teto, que desconfiava que Royce tinha mandado instalar só para exibir o cômodo luxuoso e humilhar os otários dos cubículos. Mas, naquela noite, a persiana dos janelões tinha sido fechada.

Liv se esforçou para seguir em frente. Só precisava acabar logo com aquilo. Não importava o que a esperava lá dentro; ela daria um jeito. A porta da sala estava entreaberta, uma fresta deixava um pouco de luz escapar. Liv já ia bater, mas o murmúrio baixo de vozes fez sua mão parar no ar.

– Por favor, Royce. Me desculpe. Eu não sabia que precisava avisar que ele estava lá.

Puta que pariu. Ele ainda estava brigando com a coitada da Jessica?

– Você gosta desse emprego? – perguntou ele.

– G-Gosto.

– E quer ficar nele?

– Quero, mas não assim. Por favor.

Um suor frio umedeceu as axilas de Liv. O que estava acontecendo lá dentro? Ela ficou mais à esquerda da porta, para não ser vista pela fresta, e inclinou a cabeça para ouvir melhor.

– Eu tenho que voltar ao trabalho – disse Jessica.

– Seu turno acabou, querida.

– Mas eu ainda tenho coisas para fazer.

– Você é recepcionista. O que tem para fazer?

– E-Eu tenho que bater o ponto e...

– Se quer ficar no emprego, você sabe o que precisa fazer.

A raiva transformou o estômago de Liv em ácido puro enquanto a indecisão dominava sua mente acelerada. Não havia como ir embora. Liv jamais se perdoaria se deixasse a pobre garota lidando com aquilo sozinha, mas confrontar Royce certamente poria um fim em sua carreira. Não apenas seria demitida, como Royce cuidaria para que ela nunca mais trabalhasse no ramo.

– Royce, espere – suplicou Jessica, de repente.

Liv prendeu a respiração. O que diabos estava acontecendo? Ora, quem ela queria enganar? Sabia exatamente o que estava acontecendo, e Royce parecia ter prática naquilo.

– Eu posso impulsionar sua carreira – insistiu Royce, com a voz de serpente.

Liv sentiu o estômago embrulhar quando imaginou o que aquilo significava.

– Por favor, Royce. Eu tenho que ir.

– Você não está interessada em aprender... coisas novas?

– Eu só quero fazer o meu trabalho.

– Acho que você quer mais do que isso.

Houve um ruído. Pés se arrastando no tapete. Um sussurro que ela não conseguiu ouvir.

– Pare, por favor – pediu Jessica, de repente.

Liv tinha ouvido o suficiente. Abriu a porta a tempo de ver Royce encostar a boca na de Jessica.

– Tira essas mãos nojentas dela, seu babaca.

Jessica se afastou dele, ofegante, e cambaleou para trás tão rápido que se chocou contra a mesa e derrubou o porta-retratos com a foto da esposa de Royce. Ele se virou e...

– AH, MEU DEUS, ESCONDE ISSO.

Liv tampou os olhos com as mãos, as retinas queimando com uma imagem que nunca tiraria da memória: a calça de Royce aberta, o pênis murcho parecendo um pedaço de peixe cru.

– Ah, meu Deus! Eu vi! Eu vi! Vou precisar de terapia! – Ela tirou as mãos dos olhos e se dirigiu a Jessica. – Vai. Sai daqui agora. Eu ouvi tudo e posso ajudar você a fazer uma denúncia.

Jessica piscou várias vezes, muito rápido.

– Uma... denúncia?

Royce não se apressou para guardar o membro e fechar a calça.

– Isso não é da sua conta, Olivia. Sugiro que você vá embora e volte quando eu mandar.

– Eu vim quando você mandou. Para a sorte da Jessica, você obviamente não sabe ver a hora. – Liv olhou para a outra mulher. – O RH tem uma linha de emergência para horários alternativos. – Liv estreitou os olhos para Royce. – Ele não vai escapar disso. Se bem que algo me diz que já escapou muitas vezes.

Royce se aproximou dela de um jeito lento e ameaçador.

– Sugiro que você vá embora agora.

– Não tem a menor chance, babaca. Com quantas mulheres você fez isso?

– Cuidado, Olivia – avisou ele, com desprezo.

– Vamos, Jessica – disse Liv, recuando na direção da porta.

– Não.

A recusa foi tão baixa, tão relutante, que Liv e Royce a encararam sem entender.

– *O quê?*

– Não... não aconteceu nada – gaguejou Jessica, ajeitando a blusa.

– Você entendeu errado. Não passou de um mal-entendido. Eu... eu entrei quando ele estava, hum...

– Saindo do banheiro – concluiu Royce.

– Não tem nada para denunciar – insistiu Jessica, com a voz frágil.

A descrença tomou conta de Liv e a fez perder o fôlego.

– Você está falando sério?

– Está tudo bem. Por favor...

– Jessica, eu ouvi tudo. Meu Deus, eu *vi* tudo. Isso foi assédio sexual. Ele não pode fazer isso com você.

– Não, está tudo bem... Por favor, só esqueça isso.

– Ele não vai parar! Quem sabe com quantas mulheres ele fez isso antes de você e com quantas vai fazer depois?

– Você já era – chiou Royce. – Eu ia deixar que você implorasse para continuar no emprego depois da besteira que fez hoje porque, apesar da sua atitude de merda, você é uma confeiteira incrível, mas agora já era. É o seu fim. Você está demitida.

– Não! – gritou Jessica. – Royce, por favor.

Royce andou até o outro lado da mesa, pegou o telefone e apertou um botão.

– Venha aqui.

– Por favor, Royce – insistiu Jessica, suplicante, segurando o antebraço dele. Ele se soltou com tanta força que ela cambaleou de novo.

Jessica olhou para Liv.

– Desculpe. Eu não queria que isso acontecesse.

– Não é culpa sua, Jessica.

– Eu preciso desse emprego – implorou ela. – Desculpe. Você não pode contar para ninguém.

Royce desligou o telefone.

– Cala a boca, Jessica.

A mulher engoliu em seco e se afastou dele.

Royce fuzilou Liv com o olhar.

– Você nunca mais vai trabalhar nesse ramo, Olivia. Está me ouvindo? Você já era!

– Você adora fazer essa ameaça, não é?

– Eu não preciso fazer ameaças. Eu só faço promessas.

– Eu também. E prometo que, se você tocar nela de novo, vai mijar sangue pelo resto da vida.

O rosto de Royce ficou tão vermelho que a imagem de um vulcão prestes a entrar em erupção veio à mente de Liv. Eca. Não. Não queria pensar em Royce expelindo nada.

Ele assentiu de repente para alguém atrás dela.

– Tire-a daqui.

– Desculpe por isso, Liv. – Alguém segurou o braço dela. Era Geoff, um dos seguranças.

Liv se desvencilhou.

– Você sabe o que ele faz aqui?

– Eu só sigo ordens – respondeu Geoff, segurando-a de novo.

– Claro. Como um homem de verdade.

Liv se virou... e quase deu de cara com o peito enorme do outro segurança de Royce, Sam. Ela ergueu o olhar do pescoço grosso e das faces com cicatrizes até alcançar os olhos azul-gelo.

Liv sempre supusera que os fortões do tamanho de armários fossem só enfeites, porque não há nada que expresse melhor a ideia de "sou um homem grande e importante" do que ter um guarda-costas. Mas, ao que parecia, Royce também os usava para intimidar as pessoas que demitia. Como agora.

Sam fechou a mão grande no braço dela.

– Vamos.

Liv soltou o braço.

– Se você tocar em mim de novo, vai perder uma das bolas.

– Fiquem de olho quando ela for esvaziar o armário – disse Royce. – Se ela tentar roubar alguma coisa, chamem a polícia.

Liv se virou de repente.

– Que ironia! Isso vindo do cara que vai lançar um livro com receitas roubadas dos outros.

Os olhos de Royce se esbugalharam tanto que Liv temeu que estivesse tendo uma convulsão.

– Tirem essa mulher da minha frente!

Sam a puxou para fora da sala.

– Você não é muito apegado às suas bolas, é? – observou Liv, tentando se soltar de novo. Desta vez, ele só a segurou com mais força.

No fim do corredor, Geoff abriu a porta do elevador, o rosto pálido olhando para todos os lados, menos para Liv. Sam teve menos vergonha: praticamente a jogou lá para dentro.

Ela esfregou o braço onde Sam tinha apertado.

– Quanto vocês recebem para acobertá-lo?

Os dois a ignoraram e assumiram poses iguais de pernas abertas na frente dela, como se Liv fosse sair correndo assim que chegassem ao térreo.

– Vocês sabem o que eu vi lá dentro? O que ele estava fazendo?

O elevador apitou quando passaram pelo segundo andar.

– Vocês trabalham para um *predador*. Quem sabe o que o maldito está fazendo com Jessica agora!

Com um leve sacolejo e o gemido de metal contra metal, o elevador chegou ao térreo. As portas se abriram, e o silêncio repentino na cozinha foi tão pronunciado quanto o som de uma banda ao vivo num festival de música country. Sam e Geoff deram um passo para o lado, para segurar as portas abertas e permitir que ela saísse.

Durante o ano em que tinha trabalhado ali, Liv viu outros seis funcionários fazerem o mesmo percurso da vergonha. Agora que era com ela, sentiu-se culpada por todas as vezes que se comportou exatamente como seus companheiros detentos se comportavam agora. Os olhares desviados. O suspiro de *Graças a Deus não sou eu* quando ela passou. O fedor de suor de nervosismo. Liv tinha sentido o odor por vezes suficientes no tempo que passara ali, e agora quem fedia era ela.

Ou talvez fossem os capangas. Eles fediam a intimidação musculosa e talvez a sanduíche de salame. Esse cheiro era uma surpresa, porque Liv sempre supôs que Royce os deixava trancados no porão com pó de shake de proteína para cheirar entre cada série de supino e rosnados incoerentes.

Riya foi a única que correu o risco do contágio fedorento e ousou falar com ela.

– Sinto muito – disse ela, abraçando a confeiteira.

– Eu vou sobreviver – respondeu Liv, retribuindo o gesto. Aproximou a boca da orelha de Riya e baixou a voz: – Tome cuidado.

– Como assim?

Sam deu um empurrão não muito delicado no ombro dela.

– Vamos.

– A gente se fala – disse Liv para Riya.

A amiga assentiu, os olhos castanhos semicerrados de preocupação, e Liv foi tomada por um pensamento horrível. E se Riya fosse a próxima da lista de vítimas de Royce? E se já tivesse sido alvo do assédio dele? Liv olhou em volta depressa, examinando as pessoas, que tão obviamente evitavam encará-la. Quantas mulheres Royce teria assediado? Quantas estariam escondendo um segredo sombrio como o de Jessica?

E, o pior de tudo, quantas mulheres Liv estava deixando para trás, para enfrentarem Royce sozinhas?

Liv foi até o vestiário com Sam e Geoff em seu encalço. Quando entraram, duas mulheres estavam encolhidas em um canto, sussurrando. Elas pararam de falar na mesma hora e saíram depressa, os olhos grudados no piso de ladrilho. Uma delas talvez tivesse até tapado o nariz.

– Você pode pegar seus itens pessoais, mas todo o resto fica – disse Sam. – Lembre-se também de que assinou um acordo de confidencialidade quando começou a trabalhar aqui.

Geoff pigarreou.

– Podemos providenciar uma cópia se você precisar.

Liv deu umas batidinhas na têmpora com o dedo.

– Não preciso. Está salvo bem aqui. O que acontece no Savoy fica no Savoy, certo?

– Qualquer violação desse acordo vai resultar em litígio civil – explicou Sam.

– É bom você ter cuidado. São palavras bem difíceis para sua capacidade – provocou Liv, enfiando artigos de higiene pessoal na bolsa. Ela ergueu o desodorante. – Algum de vocês quer isto? É extraforte.

Sam nem piscou.

– Qualquer item pessoal deixado no seu armário será descartado.

Liv deu de ombros e jogou o desodorante na bolsa.

– Eu estava tentando ser discreta, mas acho que vou precisar ser mais direta: vocês estão fedendo.

Sam ergueu uma sobrancelha. Geoff voltou o rosto na direção da axila.

– Devem ser os esteroides. Essa porcaria faz um mal danado. – Liv fechou o armário e pendurou a bolsa no ombro. – Bem, rapazes, foi divertido. Agora, por que vocês dois não vão se foder e depois morrem?

Cinco minutos depois, ela saiu na noite. A bolsa batia na perna a cada passo furioso que a afastava da viela iluminada nos fundos do Savoy e a levava até a esquina. O carro estava numa garagem a dois quarteirões dali, porque Royce era pão-duro demais para oferecer estacionamento no local para os funcionários. Havia espaço mais do que suficiente no prédio, mas não... somente Royce podia estacionar lá. Liv e todos os outros funcionários tinham que enfrentar um jogo noturno de desviar dos cretinos na Broadway. Pelo menos ia poder deixar aquilo tudo para trás. Seu emprego seguinte seria o mais distante possível dali.

Sentiu o gosto amargo do pânico arder no fundo da garganta. Seu emprego... Espera. Haveria outro emprego? Que merda, aquilo estava mesmo acontecendo. Tinha sido demitida. Sua mente disparou com mil pensamentos conectados por uma única pergunta: *O que eu sei?*

Chamar a polícia? O homem tinha *assediado* Jessica... que pediu para ele parar. Suplicou. E ele a beijou mesmo assim. A fúria voltou e transformou seu sangue em fogo líquido. Seus dedos seguraram a alça da bolsa com tanta força que o couro falso rangeu. Por que homens como Royce Preston achavam que podiam se safar de tudo? Porque realmente *se safavam*. Sentiam prazer com o poder.

Precisava falar com alguém, mas não podia. Não só por causa do acordo de confidencialidade, mas porque Jessica não queria que ninguém soubesse. Como explicaria o motivo de sua demissão? Todo mundo ia pensar que ela não tinha aguentado, que tinha sido mais uma casualidade do inferno ardente da cozinha de Royce. Depois de tudo o que aguentou e pelo que lutou, sua carreira agora ficaria manchada para sempre.

Obviamente isso não se comparava ao que Jessica estava passando. Por que ela não permitira que Liv o denunciasse? Por que ia querer trabalhar para um babaca abusivo?

Parou na esquina enquanto esperava o sinal fechar. Malditos homens.
– Liv?
Ela se virou.
Claro.
Braden Mack dos infernos.

– Ah, merda, o que você quer?
De todas as coisas que Mack esperava que Liv dissesse quando a chamou, aquela não era uma delas. Estava indo para sua boate porque ficava a poucos quarteirões dali e porque voltar para uma casa vazia era deprimente demais. Foi quando a viu. Andando pela rua como se a bolsa estivesse pegando fogo.
O sinal fechou e Liv se virou de volta para a rua. Nem esperou que ele respondesse à pergunta.
– Liv, espera. – Mack correu para alcançá-la.
Ela o olhou de cara feia por cima do ombro enquanto atravessava na faixa de pedestres.
– Você está me seguindo?
– Não. Estou indo para a minha boate. O que você está fazendo?
– Indo para casa.
O gosto amargo do medo surgiu na boca de Mack.
– O que aconteceu?
Liv olhou ao redor.
– Cadê sua namorada? Você a enfiou no porta-malas, por acaso?
– Ela foi para casa.
– Sorte a dela.
Tinham chegado ao outro lado da rua, e Liv não tinha a menor intenção de desacelerar o passo para conversar com ele.
– Liv, espera. Calma. – Mack a segurou pelo braço.
Ela se virou, desvencilhando-se.
– Não encosta em mim.
Mack levantou as mãos, num gesto de trégua.
– Desculpa. Meu Deus, espera. Fala comigo. O que houve?

Liv bufou com deboche.

– O que você acha?

– Ah, merda. Você foi demitida? Agora?

– Não, ontem. Eu só decidi vir trabalhar hoje de graça porque sabia que você estaria lá e queria fazer algo realmente especial para jogar no colo da sua namorada.

Mack sabia que merecia o sarcasmo. Ela se virou de novo e recomeçou a andar.

– Liv, espera. – Estava dizendo muito isso naquela noite. – Meu Deus, me deixa fazer alguma coisa. Vamos para a minha boate. Eu pago uma bebida.

– Não, obrigada. Você já fez o suficiente.

Gavin o mataria por aquilo.

– Pelo menos me deixa ir com você até o carro.

– Por quê?

– Não é seguro você andar sozinha a esta hora.

Liv parou no meio da rua e o encarou.

– Você está de sacanagem? – Era uma pergunta retórica, porque ela continuou falando: – Eu não preciso de você. Eu ando até aquele estacionamento sozinha há um ano. Por que você não vai fazer o que quer que você faça quando não está gastando mil dólares num cupcake idiota?

– Liv, me desculpa.

Ela se virou de novo, então Mack se deu conta: podia dar um jeito na situação.

– Espera.

Liv soltou um grunhido.

– O quê?

Mack correu para ficar na frente dela e começou a andar de costas. Teria sorte se não caísse para trás.

– Eu quero contratar você.

Liv parou tão rápido que a bolsa caiu do ombro. Houve uma pausa, e ela inclinou a cabeça para trás e riu.

– Qual é a graça?

– Eu não vou trabalhar para você. – Ela pendurou a bolsa outra vez. – Saia da minha frente.

De frente para Liv, Mack foi para a esquerda quando ela foi para a direita.

– Liv, eu me sinto péssimo. Por favor...

Ela o empurrou para o lado e, pela segunda vez naquela noite, Mack viu uma mulher abandoná-lo.

QUATRO

Na manhã seguinte, a última coisa que Mack queria fazer era encarar os rapazes do clube do livro em uma porcaria de encontro, ainda mais na casa de Gavin. Mas, se não aparecesse, eles o encheriam de mensagens de texto e gifs obscenos. Não havia como evitar. Assim, pouco antes do meio-dia, estacionou na frente da casa de Gavin, pegou o livro e a caixa de pizza e subiu os degraus da varanda para bater à porta.

Um latido alto no interior o cumprimentou segundos antes de a porta ser aberta. A esposa de Gavin, Thea, sorriu e segurou o cachorro, um golden retriever chamado Manteiga.

– Oi – cumprimentou ela. – Entra.

Mack se deteve por uma fração de segundo, observando o rosto dela em busca de algum sinal de que ia bater nele pelo que acontecera com Liv na noite anterior. Como não houve reação, ele se inclinou e deu um beijo no rosto dela.

– Oi, Thea. Obrigado por nos receber.

– É um prazer. Os rapazes estão lá atrás.

– Cadê as meninas? – Gavin e Thea tinham gêmeas, Ava e Amelia, que haviam acabado de fazer 4 anos.

– Cochilando, graças a Deus. – Thea riu. – Elas quase não dormem mais de dia, mas Gavin deu uma canseira nas duas hoje de manhã, ensinando a rebater uma bola curva.

A imagem de alegria doméstica em família provocou uma pontada no peito dele que azedou ainda mais seu humor. Mack tinha certeza de que poderia ter compartilhado isso com Gretchen.

Levou a pizza sala adentro, passando pelas portas de vidro que davam no quintal, um pátio de tijolos, onde finalmente os encontrou: Malcolm, Del, Derek, Gavin e o russo.

Gavin olhou para trás ao ouvir a porta se abrir.

– Cara, você está atrasado – disse, com a boca cheia do que parecia ser um sanduíche de frango grelhado.

Durante a temporada, ele se alimentava da forma mais saudável possível e isso irritava Mack, porque ele queria se permitir uma porcaria de pizza com cerveja.

Mack deixou a caixa de pizza sobre a mesa e enfiou a mão no bolso do short. Tirou os 500 dólares que devia a Del e entregou a ele.

– O que é isso? – perguntou Del, com um misto de cautela e curiosidade.

– O que acha? Você ganhou a porra da aposta.

Os rapazes ficaram um tempo em silêncio.

Del pegou o dinheiro.

– Então… você e a Gretchen…?

– Parabéns – resmungou Mack. – Acho que levei um pé na bunda ontem. Feliz?

Malcolm pigarreou.

– Você *acha* que levou um pé na bunda?

– Eu juro que não estou debochando – disse Gavin, hesitante –, mas como você não sabe se levou ou não um pé na bunda?

Mack ergueu as mãos.

– Porque eu nunca levei um fora, está bem?

Dessa vez, o silêncio foi seguido por uma explosão de risadas que fez as janelas vibrarem e a mesa estremecer. Gavin riu tanto que chegou a se inclinar para a frente com o braço apoiado na mesa.

– É, engraçado pra cacete mesmo, seus babacas – resmungou Mack, puxando uma cadeira para se sentar.

Del bateu no ombro dele.

– Desculpa, cara, mas, caramba... Bem-vindo ao mundo real, Mack. Como está sendo a experiência?

– Uma merda, obrigado.

– O que houve?

– Sei lá. As coisas estavam indo bem, mas, um minuto depois, Liv deixou um cupcake cair, então Gretchen se afastou de mim com um pretexto...

– E-e-espera – interrompeu Gavin, a gagueira revelando a tensão repentina. – O que você disse sobre a Liv? O que ela tem a ver?

Ah, merda. Foi por isso que Thea não falou nada quando ele chegou: ela e Gavin não sabiam. *Merda.* Mack engoliu em seco e olhou em volta.

– Ela, hã... ela não contou?

– Não – disse Gavin. – Não contou. E você tem uns trinta segundos para começar do começo, senão esse pé na bunda que você levou vai ser a menor das suas preocupações.

Mack engoliu em seco.

– Ela, hã... ela foi demitida ontem à noite.

Mack já tinha encarado bastante gente intimidadora, mas Thea Scott estava entre as piores, sem dúvida. A mulher tinha 1,60 metro e pesava menos do que uma das pernas dele, mas, se mexesse um dedinho que fosse, Mack se cagaria.

Gavin o arrastara para dentro de casa para contar o que tinha acontecido. Ele engoliu em seco de novo.

– Juro por Deus, Thea, isso é tudo que eu sei.

Como Mack poderia saber que Liv ainda não tinha contado para a irmã que fora demitida na noite anterior? Era quase uma da tarde, porra. Ele olhou para os outros rapazes em busca de apoio, mas de repente todos descobriram algo superinteressante no tapete, nas paredes ou no quintal. Que bela ajuda.

– Ela falou que está vindo para cá? – perguntou Gavin à esposa, ainda hesitante.

Thea assentiu, os braços cruzados, a mandíbula firme.

– Tio Mack, vem brincar com a gente!

Ava e Amelia correram para a sala com Manteiga logo atrás. Ava abraçou as pernas de Mack. Ele a levantou de cabeça para baixo e a jogou sobre o ombro. Ava gritou de alegria. Amelia pulava e pedia:

– Agora eu, agora eu!

Graças a Deus as crianças existiam.

– Querem pular na cama elástica?

As duas meninas exclamaram:

– Quero!

– Tio Mack está de castigo – interveio Thea. – Por que não chamam um dos outros para ir lá fora com vocês?

Os rapazes não perderam a oportunidade: correram todos juntos na direção da porta, chegaram a se esbarrar. Malcolm empurrou Derek para tirá-lo da frente. Derek caiu de joelhos. Del estendeu a mão para a maçaneta. O russo bateu na mão dele e conseguiu abrir a porta. Os quatro caíram em uma pilha de covardia. Alguém gritou que estava sangrando, e outro falou que era para correr.

– Comece do começo – ordenou Thea, assim que as meninas saíram para o quintal.

– Eu a encontrei no Savoy. E talvez tenha arrumado confusão entre ela e o chefe, então...

Gavin levantou a mão.

– "Talvez tenha arrumado confusão entre ela e o chefe"? O que isso quer dizer?

– Eu pedi aquele cupcake de mil dólares...

Thea engasgou. Mack deu de ombros.

– Eu queria impressionar Gretchen.

– E obviamente deu errado – disse Gavin.

Mack mostrou o dedo do meio para ele.

– Continue – ordenou Thea.

– Acho que ela precisa entregar aquela merda pessoalmente ao cliente, então a reconheci e falei "Ei, eu conheço você. Você é irmã da Thea", aí perguntei se ela preferia ser chamada de Liv ou Olivia, ela respondeu "Liv. Mas Royce me chama de Olivia"...

– Puta que pariu – rosnou Gavin. – Qual é o fim da história?
– Ela deixou cair – concluiu Mack, de repente.
Thea engasgou de novo.
– Ela deixou o cupcake cair?
– No colo da Gretchen.
– Ah, meu Deus – sussurrou Thea, até oscilando um pouco.
– Ela estava *trabalhando*, Mack – disse Gavin. – Você não podia tê-la deixado em paz?
– Eu ia ignorá-la? Seria uma grosseria sem tamanho!
– Talvez ela ainda tivesse um emprego se você tivesse ignorado!

Houve uma batida à porta, seguida do latido rápido de Manteiga. Thea levantou a mão para silenciá-los. Mack engoliu em seco e tentou acalmar a respiração. *Merdamerdamerda*. Liv estava ali e provavelmente sentia muita raiva dele. Mais do que na noite anterior. E Mack tinha quase certeza de que a única pessoa mais apavorante do que uma Thea furiosa era uma Liv furiosa. E tinha mais certeza ainda de que, na noite anterior, ele só tinha experimentado uma pequena amostra da irritação dela.

Thea atravessou a sala até o saguão que levava à porta. Manteiga latiu e correu para o lado da dona, alheio ao fato de que uma bomba-relógio esperava na varanda.

Gavin olhou para Mack, passou um dedo pelo pescoço e moveu os lábios em silêncio: *Você está morto*.

Momentos depois, ouviram uma voz agora familiar.

– Seu babaca. Mal pôde esperar para dar a boa notícia?

Liv pisava duro pela entradinha da casa da irmã e quase se chocou com Mack. Passara a manhã toda trabalhando no currículo e tentando pensar em como contar o que tinha acontecido para Thea quando o telefone tocou e a irmã gritou do outro lado: "*Você foi demitida?!*"

Mack levantou as mãos.

– Por que você não contou para eles?

Liv enfiou o dedo no peito dele.

– Porque minha irmã surta por qualquer coisa, e eu ainda estava pensando na melhor maneira de contar! Mas, graças a você...

Thea estava logo atrás dela.

– Ei, eu não surto por qualquer coisa.

Gavin e Liv trocaram um olhar não muito sutil de *Ah, tá*.

– Bom, descobri pelo Mack que você foi demitida ontem à noite, então tenho todos os motivos para surtar.

Liv se virou.

– Eu ia contar hoje.

Thea cruzou os braços.

– Quando?

Liv fez a mesma pose.

– Quando eu terminasse as minhas tarefas.

Atrás dela, Mack sussurrou para Gavin:

– Tarefas?

– Ela meio que mora em uma fazenda – retrucou Gavin.

– Não acredito que você não me contou na hora – desabafou Thea. – Por que não me ligou?

– Porque eu ainda estava em choque.

– E você foi para casa? – perguntou Thea, com o mesmo nível de incredulidade que teria se Liv tivesse anunciado que decidira andar nua pela Broadway.

– Sim. Voltei para casa, analisei minha conta bancária e joguei dardos numa foto do Royce. O que as pessoas fazem quando são demitidas?

Mack se aproximou.

– Você deixou de fora a parte em que recusou minha oferta de emprego.

Liv se virou.

– Meu Deus, tem mais alguma coisa que não é da sua conta e você quer falar para eles?

– O quê?! – exclamou Thea. – Do que ele está falando? Alguém pode me explicar que merda aconteceu ontem à noite?

A explosão da irmã mergulhou a casa no silêncio. Até Manteiga se deitou no chão, choramingando. Liv inspirou fundo, fulminou Mack com o olhar mais uma vez e baixou a voz.

– Posso falar com você a sós, por favor? – pediu a Thea.

– A gente vai esperar lá fora – disse Gavin. Os passos apressados dos dois na direção da porta pareciam coisa de desenho animado.

Liv seguiu Thea até a cozinha e se sentou em uma das cadeiras altas junto à ilha de granito. Ficou olhando, em silêncio, a irmã retirar da geladeira os ingredientes do que talvez fosse uma omelete.

– O que você está fazendo? – perguntou Liv, vendo a irmã ir até o fogão com ovos, leite e queijo ameaçando cair dos braços dela.

– Preparando alguma coisa para você comer.

– Eu não estou com fome.

– Bom, eu preciso fazer qualquer coisa para não gritar.

– Então pode ser panqueca?

Thea deixou os ingredientes na bancada com um gesto brusco e olhou para Liv de cara feia. Aquilo era um *não* para panqueca.

Ela tirou uma frigideira do armário, colocou-a no fogão e acendeu o queimador. Quebrou um ovo agressivamente na borda da bancada e o despejou na frigideira.

– Ainda não acredito que você não me contou ontem à noite – disse, descontando a rispidez em outro ovo.

– Eu não queria que você se preocupasse.

– É meu dever me preocupar com você.

E lá vamos nós...

Liv conteve um suspiro cansado. Com 26 anos, Thea era só um ano mais velha do que ela, mas agia como se a diferença fosse de vinte. Os pais das duas passaram por um divórcio muito complicado quando Liv tinha 9 anos, e elas acabaram indo morar com a avó por um tempo. Como era a irmã mais velha, Thea assumiu o papel de mãe e, mesmo agora, já adultas, tinha dificuldade de abrir mão dessa posição. Não que Liv fosse reclamar. Se não fosse o apoio de Thea, provavelmente ainda seria uma fracassada sem objetivo, sem futuro e sem diploma de gastronomia. Então, não, não ia reclamar da superproteção de Thea naquele momento.

Thea atacou os ovos com um movimento cruel.

– Espero que isso signifique que você finalmente vai aceitar o meu dinheiro.

Liv soltou um grunhido de *Até parece*.

– Não.

– Você é tão teimosa!

– Olha quem fala, você aí dando uma surra desnecessária nos ovos – declarou Liv. – Você sabe que o segredo para um bom ovo mexido são fogo baixo e movimentos suaves, né?

Thea olhou para ela de cara feia.

– Não me venha com sermão sobre como eu cozinho.

– Então não me dê sermão sobre dinheiro.

– Você não tem dinheiro.

– Não é verdade. Eu tenho o suficiente para uns dois meses.

Thea apagou o fogo e serviu os ovos sem cerimônia nenhuma em um prato. Ela se virou e colocou o prato na frente de Liv. Um copo de suco de laranja surgiu em seguida.

– Você vai me dar um garfo?

Thea praticamente jogou o talher nela.

Liv se abaixou.

– Por que você está com raiva de mim?

– Eu não estou com raiva de você. Estou preocupada. E eu fico tensa e com raiva quando estou preocupada.

Liv ergueu o garfo sobre os ovos.

– Sim, eu sei.

Thea se sentou ao lado dela.

– E o que você vai fazer?

– O que posso fazer? Arrumar outro emprego. – *E cuidar para que aquele filho da mãe pague pelo que fez.*

– Talvez Alexis esteja precisando de ajuda.

Uma amiga de Liv, Alexis, tinha um café.

– Thea, eu estou bem. Não se preocupe. Vou dar um jeito, ok?

– Já vi esse filme.

As palavras foram como uma faca numa ferida antiga.

– Eu não sou mais aquela ferrada de antes, Thea. Me dá um crédito.

Thea recuou.

– Eu *nunca* chamei você de ferrada – retrucou, com sinceridade suficiente para Liv se sentir culpada.

Era verdade. Thea nunca tinha dito aquilo para Liv. Ela só era protetora. Liv falou que era ferrada tantas vezes na vida que acabou se tornando uma profecia autorrealizável. Mas achava que tinha superado aquela época. Agora, ali estava ela: desempregada e carregando um segredo com o qual não sabia lidar.

– Por favor, me deixe ajudar – pediu Thea, se inclinando para a frente de novo. – Me deixe pagar seus empréstimos ou...

– Não.

– Gavin e eu temos mais dinheiro do que conseguimos gastar, e você é minha irmã.

– Para, Thea. Eu não vou aceitar seu dinheiro.

Thea ergueu os braços com um grunhido frustrado.

– Por quê? O que tem de errado em aceitar minha ajuda?

– Porque foi o que eu fiz a vida toda! – desabafou Liv.

Então se arrependeu na mesma hora. Thea fez aquela cara, aquela expressão meio mãe, meio melhor amiga, o equilíbrio que sempre definiu a relação das duas.

– Olha, eu vou arrumar outro emprego – disse Liv, depressa, antes que Thea pudesse começar um sermão. – Não sei quando nem onde. – *Nem se Royce vai arruinar minha carreira.* – Mas eu vou conseguir.

Thea mordeu o lábio.

– E quanto à oferta do Mack?

Liv soltou um ruído debochado.

– Hã... não.

– Por quê?

Ela comeu mais um pouco e tomou um gole do suco de laranja.

– Passei três anos trabalhando em um bar, na época da escola de gastronomia. Não quero isso de novo.

– Mas seria temporário, só até você conseguir outro emprego de chef confeiteira.

– Não.

Thea abriu a boca para discutir mais, mas aparentemente mudou de ideia. Preferiu direcionar sua ira a Royce.

– Não acredito naquele cretino! Depois de tudo que você aguentou, as horas que trabalhou, os feriados que perdeu, o abuso que teve que suportar. Assim, do nada, é demitida por causa de um erro?

Não exatamente. Liv não falou isso, não corrigiu o mal-entendido. Não sabia o que ia fazer, mas sabia de uma coisa: não ia contar para a irmã a verdadeira história sobre como e por que tinha sido demitida. Isso significaria envolvê-la, e Liv não ia arrastar Thea para aquela confusão. Já lhe causara problemas demais ao longo da vida. Os dois anos anteriores tinham sido os primeiros em que não fora um fardo para a irmã. Não ia regredir agora.

A porta de correr da sala foi aberta, salvando-a daquela conversa. Ava e Amelia entraram na cozinha correndo, as marias-chiquinhas balançando em sincronia.

– Tia Livvie! – gritou Ava, se jogando nas pernas de Liv.

Liv se agachou e deu um abraço apertado nas meninas. Cheiravam a ar livre e xampu de morango.

– Você pode brincar com a gente? – perguntou Amelia.

– É que eu tenho que ir...

– O quê? – interrompeu Thea. – Aonde você vai?

– ... mas prometo que volto para brincar, está bem?

As meninas assentiram e recuaram. Liv se levantou na hora em que Gavin e Mack entraram na cozinha, parecendo nervosos. Eles olharam de Liv para Thea, como se pedissem permissão.

Precisava sair ali antes que o interrogatório recomeçasse.

– Minha proposta continua valendo, Liv – disse Mack, sério de um jeito que ela não esperava.

– Eu agradeço. De verdade. Mas vou encontrar outra coisa – respondeu ela, olhando para Thea. – E não posso aceitar seu dinheiro. É uma coisa que preciso resolver sozinha.

– Não precisa, não – interveio Thea.

– E você consegue aceitar o que eu quero?

O rosto de Thea se transformou, compreendendo, uma expressão que Liv só tinha visto em outra pessoa. Se não fossem Thea e vovó, Liv estaria perdida.

Aproximou-se da irmã e a envolveu num abraço apertado.

– Confie em mim – sussurrou. – Eu vou ficar bem.

Thea a abraçou forte e sussurrou:

– Eu confio em você.

Liv escapou antes que a irmã pudesse ver quanto aquelas palavras significavam para ela. E quanto queria, desesperadamente, merecê-las.

CINCO

Na manhã seguinte, a senhoria de Liv, Rosie, botou uma galinha chamada Gladys debaixo de um braço e apoiou a mão livre na cintura.

– Queimei sutiãs há quarenta anos, mas essas merdas continuam acontecendo.

Liv enfiou a mão no ninho e tateou até os dedos encontrarem mais dois ovos. Colocou-os numa cesta e fechou a tampa.

– Você fez a coisa certa – disse Rosie. – Não podia permitir que ele fizesse aquilo com a pobre garota.

– Pena que a pobre garota não quis se defender. – Liv abriu a porta do porão onde Rosie guardava os ovos, as verduras e os suprimentos de frango. – Como ela pôde não querer denunciar? Ela não sabe que ele nunca vai parar?

– A maioria não denuncia.

– Eu não entendo.

– Acho que não dá para entender sem estar no lugar delas.

Rosie colocou Gladys no chão, que se juntou às vinte outras galinhas ciscando nos canteiros de flores recém-mexidos. Ela esticou o pé para afastar o galo, Randy, determinado a emprenhar o máximo de galinhas que pudesse na vida. Liv não sabia por que Rosie não se livrara dele ou preparara uma canja. Provavelmente porque a qualidade redentora do animal era odiar homens tanto quanto Rosie e espantar qualquer ser com pênis que tentasse entrar na fazenda.

Talvez fosse por isso que Liv vivia ali também. Dois anos antes, tinha respondido ao anúncio de Rosie em busca de alguém para morar no apartamento em cima da garagem e ajudar com a fazenda orgânica, o que não era a atividade favorita de Liv, mas ela não podia se dar ao luxo de viver no centro e não queria se intrometer na vida familiar da irmã.

No dia em que se mudou, Liv encontrou um exemplar surrado do livro feminista *Our Bodies, Ourselves* na mesa de cabeceira como se fosse uma Bíblia em um hotel. Ela se apaixonou pelo local e por Rosie na mesma hora.

Liv segurou a cesta de ovos com a outra mão e começou a andar na direção da casa. Sua respiração se condensava diante do rosto no ar frio da manhã. Mesmo no Tennessee, as manhãs de abril costumavam ser bem geladas. Rosie morava em um terreno de 8 hectares a meia hora da cidade, no que antes era só terreno de fazenda, mas agora tinha por perto shoppings a céu aberto e lojas de redes do subúrbio.

Rosie balançou a cabeça e começou a murmurar de novo enquanto saía do porão.

– Não acredito que ainda estamos lutando contra essas merdas. Eu protestei como louca nos anos 1970 para que sua geração não tivesse que conviver com filhos da mãe como esse.

Liv seguiu Rosie casa adentro pela porta dos fundos, que levava a uma lavanderia com um antigo conjunto de lavadora e secadora, uma pilha de botas de borracha cobertas de titica de galinha e outras sujeiras típicas de fazenda, além de uma fila de ganchos onde penduravam os casacos e chapéus. Rosie tinha tricotado cada um deles. Ela estava numa fase de tricô. Disse que precisava de um hobby para não enlouquecer com as notícias. Todas as galinhas agora tinham suéter, para quando ficava muito frio. E isso não era tão louco quanto parecia. Rosie assinava uma revista sobre galinhas de quintal, e suéteres estavam na moda entre as loucas das galinhas.

Rosie continuou murmurando sozinha enquanto ia até a cozinha para preparar o café da manhã. Liv ajudava a cozinhar sempre que estava em casa, embora Rosie sempre dissesse que não precisava. *Eu te pago para cuidar dos animais e do jardim, não para cozinhar.* Liv não sabia como dizer (ou talvez só sentisse vergonha de falar) que gostava. Cozinhar com Rosie lembrava os anos em que ela e Thea moraram com a avó. Foi na cozinha da vovó que descobriu seu amor pela culinária. Algumas das suas melhores lembranças eram de vovó, Thea e ela preparando o jantar juntas, ouvindo a vovó contar histórias e compartilhar sabedoria. Foi a única época da vida de Liv em que sentiu que ela e Thea tiveram uma família de verdade.

Uma batida à porta dos fundos interrompeu seus pensamentos, seguida de um arroto alto. Momentos depois, Earl Hopkins entrou.

Hop, como era chamado, era um ajudante de meio período que estava loucamente apaixonado por Rosie, só que Rosie nem fazia ideia ou talvez não se importasse, porque não poderia haver duas pessoas mais diferentes. Ele era um veterano do Vietnã que gostava de tomar cerveja e falar mal da imprensa de esquerda, e ela era uma hippie declarada que já tinha protestado contra a guerra e agora assistia ao programa da liberal Rachel Maddow no volume máximo todas as noites.

– Pode acender o fogo? – pediu Rosie, fingindo não olhar para a bunda de Hop quando ele se agachou na frente da lareira da sala.

– Para de me dar ordens – reclamou ele.

– Se não gosta, pode ir tomar café da manhã em outro lugar.

– Seria melhor mesmo. Você vai me envenenar, qualquer dia desses.

Liv colocou a cebola numa pilha e jogou as cascas numa tigela, que Rosie depois levaria para os bodes. Eles não ficariam muito animados, mas comeriam – aqueles bichos comiam qualquer coisa. O repolho era o favorito. Ah, não, o segundo favorito. Eles mais gostavam era dos biscoitos de Rosie.

Meu Deus, aquela era a vida dela. Conhecia os hábitos alimentares de galinhas e bodes. Liv gemeu, abaixou a cabeça e bateu na testa duas vezes.

– O que eu perdi? – perguntou Hop, ofegando um pouco ao voltar para a cozinha.

– Livvie foi demitida ontem à noite.

Hop deu um tapinha no ombro dela.

– Acabou dizendo onde ele devia enfiar a espátula, é?

Liv riu.

– Quem me dera.

Rosie se virou da pia com a faca apontada como uma arma.

– Vou contar o que aconteceu. Ela pegou o desgraçado assediando sexualmente uma universitária, e ele a demitiu por isso. Típico macho.

– Falou a típica feminista.

Liv suspirou e balançou a cabeça. Aquela briga seria longa. Tirou a faca da mão de Rosie.

– Eu termino de cortar as batatas.

Rosie deu um tapa na mão dela.

– Vá para o seu quarto relaxar. Eu levo a comida quando estiver pronta.

Liv pensou em protestar, mas Rosie e Hop tinham começado uma discussão acalorada e estava exausta demais para bancar a juíza. Saiu pela porta dos fundos e seguiu na direção da garagem. Uma escada ali levava ao seu apartamento, que era aconchegante, porém pequeno. A porta se abria para uma copa-cozinha que dava para uma salinha de estar. Um corredor levava ao quarto de um lado e ao banheiro do outro. Tinha um leve cheiro de poeira da garagem embaixo, mas ela conseguia disfarçar com algumas velas bem localizadas.

Liv se sentou na cozinha e ligou o notebook. Mentiu quando disse a Thea que já tinha se organizado e já adiara a tarefa por tempo demais. Precisava fazer umas contas. Acessou o site do banco e fez uns cálculos básicos.

Depois de dez minutos prendendo o ar, Liv percebeu que tinha o suficiente para três meses sem salário. Demoraria tanto tempo assim para arrumar outro emprego? Será que conseguiria outro emprego? E, se conseguisse, seria em Nashville? Não queria ir embora. Thea, Gavin e as gêmeas moravam lá. E Rosie era como uma avó para ela.

E se Royce tentasse mesmo acabar com sua carreira? Agora que ela o vira em ação, Royce sabia que Liv era uma ameaça para ele e provavelmente cumpriria a promessa de cuidar para que ela nunca mais arrumasse algo no ramo. Um homem que assediava as funcionárias não veria problema em destruir a vida de alguém para proteger seu segredinho sujo.

Isso se fosse mesmo segredo. Quantas mulheres teriam passado pela sala dele? Quantas ele teria assediado ou demitido para encobrir o crime? Quantas pessoas o tinham ajudado?

Parte dela queria gritar: *Não é justo!* Mas nada na sua vida tinha sido muito justo, e choramingar nunca ajudou.

Talvez estivesse sendo burra. Talvez só devesse ceder, aceitar a proposta de Thea, abrir seu próprio restaurante e agradecer a ajuda da irmã nesse começo. Mas o dinheiro mudava as relações entre as pessoas. Corrompia. Não queria aquilo entre ela e a irmã. Thea era importante demais para ela.

Quando Rosie bateu à porta, Liv levou um susto, então pediu que ela entrasse. Rosie equilibrava uma bandeja nos braços.

– Trouxe torradas e omelete.

Liv esticou os braços acima da cabeça.

– Obrigada. Não precisava.

Rosie colocou a bandeja sobre a mesa e apontou para Liv.

– Agora, me escute. Eu te conheço e sei que você está aí sentada e preocupada com essa merda toda, sem saber como vai pagar o aluguel. Pode parar. Eu não ligo para isso.

– Rosie, eu não posso morar aqui de graça.

– Você pode se eu disser que pode.

Liv engoliu em seco, tentando segurar a onda de emoções.

– Eu só quero que você decida o que vai fazer com aquele filho da mãe e como vai proteger aquela garota – disse Rosie.

– Eu acho que ela não quer ser protegida.

– Então você vai ter que convencê-la, não é?

Liv andou até a sala para olhar o terreno da fazenda.

– Não sei o que fazer.

– Tire a coitada de lá, Livvie. Seja como for, só tire-a de lá.

SEIS

Dois dias depois, Liv estacionou seu Jeep junto ao meio-fio do ToeBeans Cat Café, a cafeteria e confeitaria de sua amiga, Alexis.

Alexis era a única pessoa na face da Terra que odiava Royce tanto quanto Liv, e esse deve ter sido o motivo de elas terem se aproximado tão rápido no breve período em que trabalharam juntas no Savoy.

Alexis estava lá havia quase dois anos quando Liv começou, mas saiu dois meses depois para cuidar da mãe doente. Ela e Liv continuaram amigas e, quando a mãe dela faleceu, Liv a ajudou com o sonho de abrir um negócio próprio, um sonho que as duas compartilhavam.

A julgar pelo tamanho da fila do caixa, os negócios iam bem. Claro, era terça, e as terças sempre eram movimentadas para Alexis, porque era o dia em que uma organização de resgate de gatos levava adultos e filhotes que estavam para adoção. Alexis tinha uma queda por coisas perdidas e criaturas solitárias.

E esse era outro motivo para, pela lógica, ela ser a única pessoa que Liv podia procurar para pedir ajuda. Alexis nunca recusaria Jessica. Se ela aceitasse contratá-la, Jessica não teria motivo para ficar no Savoy.

Liv desviou do fim da fila. Alexis a viu e levantou a mão num aceno entusiasmado, fazendo os cachos amarrados no alto da cabeça dançarem. Ela abriu os dedos e moveu os lábios silenciosamente: *Cinco minutos?*

Liv apontou para a porta de vaivém que levava à cozinha. Alexis assentiu e voltou a atenção para o cliente na frente dela. A cozinha pequena estava limpa e iluminada, com azulejos *metro white* nas paredes e prateleiras abertas exibindo pratos e cumbucas nas cores do arco-íris. Um único cozinheiro manobrava febrilmente entre uma grelha e uma bancada de aço inoxidável, onde montava pratos de sanduíches, saladas e doces. Ele mal ergueu os olhos quando Liv entrou. Ela entendia: quando a cozinha estava pegando fogo, não havia tempo para interações.

Liv saiu da frente dele e seguiu até os fundos, onde uma bandeja de scones esfriava em cima de uma grade. Tinham o aroma de uma aconchegante manhã de sábado com um cobertor quentinho. O estômago de Liv roncou na hora.

– Limão e lavanda – explicou Alexis, chegando por trás dela. – Mas ainda não sei se o sabor está bom. Pode experimentar um e me dizer o que acha?

Liv pegou um e deu uma mordida. O doce derreteu na boca.

– Está perfeito – sussurrou, tirando uma migalha do lábio.

Alexis sorriu de alívio.

– Tem certeza? É minha quarta tentativa.

Liv deu outra mordida e assentiu.

– Coloque isso no cardápio, sério.

– Se tem seu selo de aprovação, é certeza de que vou colocar. – Alexis desamarrou o avental e o pendurou em um gancho ao lado da salinha no canto. – Você pode ficar por uns minutos? Está indo para o trabalho? Como está Riya? Você precisa me contar sobre os planos do lançamento do livro de receitas. Royce está deixando todo mundo louco?

Liv tentou acompanhar a típica metralhadora de perguntas de Alexis enquanto a amiga abria a porta do escritório.

– Entra... Roliço, não!

Um gato laranja do tamanho de uma criança pequena tentou fugir pela fresta da porta. Liv esticou a perna na hora certa para bloquear a passagem e ganhou um olhar fulminante que parecia dizer que Roliço tentaria matá-la mais tarde. Outro gato, um malhado chamado Berrador, correu para baixo da mesa de Alexis antes de espiar com um olhar maligno.

– Eu os deixo no escritório às terças – explicou Alexis, fazendo sinal para Liv se sentar. – Eles odeiam gatos estranhos.

Berrador e Roliço tinham sido resgatados e moravam no café em tempo integral para encantar os clientes entre eventos de adoção e, aparentemente, para criar planos assassinos à noite.

Alexis se sentou na cadeira barulhenta atrás da mesa. Soltou um suspiro dramático e deixou a cabeça pender no encosto da cadeira.

– Meu corpo todo está doendo. Eu só tenho 30 anos. Como eu posso sentir tanta dor aos 30?

– Porque você fica de pé o dia todo e não dorme nunca.

– Você me conhece bem demais. – Alexis levantou a cabeça e estreitou os olhos. – Tem alguma coisa errada. O que é?

Liv engoliu em seco o sabor amargo do nervosismo e da culpa. Alexis era dona de um negócio, mal devia ter lucro. Odiava pedir favores, mas tinha que tirar Jessica das garras de Royce.

– Eu preciso pedir um favor.

– Claro. Qualquer coisa.

– Preciso que você contrate uma pessoa.

Alexis inclinou a cabeça.

– Uma pessoa específica?

– É.

– Certo – disse Alexis lentamente. – Quem?

– Uma jovem chamada Jessica. Ela trabalha no Savoy.

O rosto de Alexis ficou inexpressivo por um breve momento. Mas, com um piscar rápido, o momento passou.

– E você precisa que eu a contrate porque...?

Liv soltou o ar.

– É que aconteceu uma coisa.

Alexis se sentou mais ereta.

– Que tipo de coisa?

Cinco minutos depois, a história pairava no ar entre as duas como um odor rançoso, do tipo que exalava de contêineres de lixo de becos sempre que algum funcionário saísse para fumar numa noite quente. A expressão de Alexis continuava a mesma, contraída e enojada.

Um movimento de engolir apertou os tendões do pescoço de Alexis.

– O que você... o que você vai fazer?

Liv deu de ombros.

– O que puder para ajudar Jessica e impedir Royce.

Alexis fez aquela coisa de piscar rápido de novo.

– Como assim, impedir Royce?

– Impedir que ele faça isso de novo. Não tem como Jessica ser a única mulher com quem ele fez isso, mas vai ser a última.

Alexis se levantou e abriu a porta. Roliço e Berrador viram sua chance de escapar, mas Alexis não reparou ou não ligou quando passaram pelas pernas dela em direção à liberdade. Liv parou na porta do escritório, a boca aberta enquanto via Alexis pegar uma garrafa de bourbon e dois copos. Alexis não era de beber. Nunca tinha sido. Mas, quando ela voltou para o escritório, serviu uma dose e bebeu de uma vez, Liv sentiu o duplo golpe do choque e da percepção.

– Você não está surpresa de ouvir isso, não é?

Alexis encheu os dois copos e entregou um para Liv.

– Royce sempre teve essa reputação.

– *Reputação?*

Alexis olhou para a segunda dose, mas a empurrou para longe.

– Você *sabia* que ele era assim?

Alexis se sentou de novo.

– E nunca passou pela sua cabeça me contar?

Alexis fez uma careta.

– Eu queria poder contratar Jessica, mas não posso. Sinto muito. Eu mal consigo sobreviver com a equipe que já tenho.

– Ela nem deve ganhar muito. Talvez ela possa começar...

– Eu não posso, Liv. Desculpe. – O tom ríspido não deixou espaço para discussão.

Liv queria sentir raiva, mas não tinha esse direito. Era uma chance pequena, mesmo.

– Tudo bem. Eu não devia ter pedido isso.

– E você? – perguntou Alexis.

– Eu vou arrumar alguma coisa.

– O Parkway Hotel está procurando gente para a cozinha. Eu conheço o chef. Posso ligar para ele amanhã.

Liv assentiu, distraída.

– Seria ótimo. Obrigada.

– Como você está de dinheiro?

Se qualquer outra pessoa tivesse feito aquela pergunta, Liv teria se irritado pela grosseria, mas tinha sido Alexis. Ela era prática e inflexível. Uma tia velha sábia no corpo de uma mulher de 30 anos.

– Eu tenho o suficiente para alguns meses.

– Tenho certeza de que Rosie vai dar um alívio no aluguel e nas contas.

– Ela já deu.

Alexis estendeu a mão por cima da mesa e apertou o braço de Liv.

– Sinto muito, Liv. Sei como pode ser decepcionante, depois do tanto que você se esforçou.

– Eu vou sobreviver.

A história da vida dela era assim. Aprendeu rápido, quando criança, a se adaptar a novas circunstâncias. Dava para aprender muitas lições quando se crescia com pais em pé de guerra, sempre ocupados demais em passar a perna um no outro para reparar que, a cada briga, a cada audiência de guarda, a cada desfeita mesquinha, eles estavam puxando o tapete das filhas. Tinha sobrevivido a coisa pior. Sobreviveria àquilo.

– Talvez seja um sinal – disse Alexis depois de uma pausa.

– De quê?

– De que você já se provou. Você é talentosa e ambiciosa. Por que não pega um empréstimo com a sua irmã e...

Liv sentiu a mandíbula se contrair.

– Não.

– Por quê?

– Não é porque conheço pessoas ricas que posso tratá-las como caixa eletrônico. O dinheiro destrói relacionamentos. Acredite, eu sei.

Alexis fez uma careta.

– Desculpe. Você está certa. Eu não sei como é.

Droga. Liv balançou a cabeça.

– Eu não devia ter falado assim. Desculpe. Eu sei que você só quer ajudar. É que... – Ela soltou um ruído de frustração e se interrompeu. – Nada me irrita mais do que injustiça.

– Eu sei. É por isso que eu te amo. Mas eu preciso que você me prometa uma coisa.

Liv ergueu as sobrancelhas.

Os olhos de Alexis ficaram sombrios.

– Tome cuidado. Royce é mais poderoso do que você pensa.

– Eu não tenho medo de Royce Preston. Ele é um idiota. Só foi pego porque não olhou o relógio.

Alexis ignorou a piada.

– Ele vai acabar com você.

– Não se eu acabar com ele primeiro.

– Você acredita mesmo que consegue, não é?

– Eu acredito que não tenho escolha. Eu não posso deixar pra lá sabendo o que ele está fazendo e já deve ter feito outras centenas de vezes. Não posso deixar outra pessoa entrar naquela cozinha sabendo que ele é um predador. Se eu tiver que derrubar aquele império idiota dele inteiro, é o que vou fazer.

Alexis se levantou e olhou para Liv com expressão de súplica.

– Por favor, não tome nenhuma atitude precipitada. Eu sei como você é e...

– Como assim?

– Você às vezes age sem pensar.

Liv se permitiu um momento de orgulho ferido antes de murmurar:

– Eu deveria ficar quieta e deixar que ele se safe?

– Só prometa que vai pensar nas consequências antes de ir atrás do Royce.

Liv se levantou e ficou cara a cara com Alexis.

– Eu vou impedir esse homem de machucar outras mulheres. Essas são as únicas consequências com que me importo.

– Mas não deveriam ser. Outras pessoas podem se machucar. Pense em quanta gente pode perder o emprego se você derrubar o império dele.

Liv balançou a cabeça, a decepção e a confusão formando um coquetel estranho em suas veias.

– Não estou entendendo. Achava que você iria ficar do meu lado.

– Eu *estou* do seu lado.

– Não parece.

– Só não quero que você se machuque.

– Estou mais preocupada com Jessica.

O suspiro de Alexis soou carregado de resignação e cansaço.

– O que exatamente você planeja fazer?

– Não sei. Mas vou pensar em alguma coisa.

Alexis mordeu o lábio inferior.

– Você me avisa?

– Aviso.

Uma jovem com camiseta do ToeBeans bateu à porta e enfiou a cabeça pela fresta.

– Roliço roubou o muffin de um cliente e tentou mijar num filhote.

– Vou nessa – disse Liv, mais que depressa. – Você precisa resolver isso.

O sorriso de Alexis pareceu forçado quando ela contornou a mesinha para lhe dar um abraço.

– Vou ficar de olho em vagas de emprego – falou durante o abraço.

Liv saiu pelos fundos e percorreu o quarteirão até o carro. Mas, em vez de sair dirigindo, ficou sentada no banco do motorista por vários minutos, olhando para o nada, pensando em seu passo seguinte. *Você às vezes age sem pensar.* Talvez não fosse a intenção de Alexis, mas ela atingiu um ponto sensível. Liv tinha se esforçado muito para superar as transgressões da juventude. E, embora sua preciosa vovó não tivesse vivido para vê-la terminar a faculdade de gastronomia, Liv gostava de pensar que a velhinha ainda estava lá em cima, orgulhosa por ter conseguido colocá-la num caminho melhor antes que fosse tarde demais. Liv não teria dado um jeito na vida nem se formado no ensino médio se não fosse a ajuda da vovó. E de Thea, claro.

Mas era possível compensar os erros do passado? Liv conseguiria? Será que faria o suficiente para compensar tanta confusão?

Liv enfiou a chave na ignição e esperou uma brecha no tráfego para sair da vaga. Não cairia sem lutar. Royce não escaparia. Mas, antes de lidar com ele, tinha que tirar Jessica de lá. E, se Alexis não podia contratá-la, Liv sabia de pelo menos uma pessoa que podia.

O desgraçado do Braden Mack.

O Temple Club era uma das boates mais luxuosas de Nashville, mas, no meio da tarde, era só uma tumba escura e vazia fedendo a cerveja choca e às esperanças perdidas que pairavam em todos os bares da rua. Quando Liv entrou, suas botas estalaram no piso de madeira.

– Abre às quatro – avisou uma mulher no bar, sem nem erguer o rosto. Ela usava o cabelo roxo em um corte assimétrico e tinha uma atitude que Liv admiraria em outras circunstâncias.

Liv se aproximou do bar.

– Meu nome é Liv. Estou procurando Mack.

– Ele não está. – A mulher ainda não tinha olhado para ela.

– Onde ele está? – insistiu Liv, se acomodando numa das banquetas.

A mulher ergueu o rosto, arqueando uma sobrancelha com piercing sobre a sombra verde gritante.

– Não aqui e nem é da sua conta.

– É da minha conta porque eu preciso falar com ele.

– Você e todas as mulheres de Nashville. Pegue uma senha.

Liv fingiu ânsia de vômito.

– Credo. Meu estômago é sensível.

A mulher sorriu de repente.

– Qual é mesmo seu nome?

– Diga para ele que é *Olivia*.

A mulher pegou o telefone e apertou alguns botões. Um momento se passou antes de ela falar:

– É a Sonia. Tem uma mulher aqui chamada Olivia que disse...

Houve uma pausa, um *ok* rápido, e Sonia desligou.

– Mack estará aqui em vinte minutos. Pode esperar na sala dele.
Liv desceu do banco e seguiu Sonia por um corredor atrás do bar.
– Quem é você, afinal? – perguntou a mulher, olhando para trás.
– Hã?
– Mack não faz isso, não deixa mulheres aleatórias esperarem na sala dele. Você deve ser alguém importante.
– Ele me fez ser demitida semana passada. Vim me vingar.
– Posso assistir?
– Eu até deixo você ajudar.
Sonia abriu a porta de um escritório nos fundos e gesticulou para que Liv entrasse. Liv se sentou na cadeira de Mack e botou os pés no tampo da mesa surpreendentemente arrumada.
Sonia sorriu.
– O arquivo dele é organizado por cores. Às vezes, quando estou com raiva, misturo tudo.
Liv colocou a mão sobre o coração.
– Podemos ser melhores amigas?
– Podemos.
Assim que Sonia saiu, Liv se reclinou na cadeira e observou a sala. A decoração era simples, mas profissional. Dois arquivos ocupavam uma parede, embaixo de uma fotografia em preto e branco do que devia ser o Temple antes de virar o Temple. O único toque pessoal na sala era uma fileira de fotos presa em um quadro de avisos de pano, embaixo de armários pré-fabricados que combinavam com a mesa.
Liv tentou não olhar para as fotos, mas acabou cedendo. Eram da família dele, obviamente. Todos se pareciam com Mack: cabelo escuro, sorrisos largos, os mesmos olhos.
– Está confortável?
Liv passou os pés pela mesa para virar a cadeira. Mack estava na porta, de calça jeans e uma camisa de botão preta com as mangas dobradas. Estava apoiado no batente, os braços cruzados, sorrindo como um homem que sabia que era bonito e estava acostumado a que as coisas fossem como queria por causa disso.
Liv revirou os olhos.

– Você pratica essa pose na frente do espelho?

Ele deu uma piscadela.

– Todos os dias.

– Seu escritório é limpo.

– Você parece surpresa.

– Eu achei que você era do tipo que tinha uma lata de lixo lotada e canecas de café sujas.

– Achou errado. – Mack se afastou da porta e entrou, apontando para as fotos. – É a minha família.

Liv deu de ombros.

– Você não está nem um pouco curiosa?

– Não – mentiu ela.

Mack chegou mais perto e começou a citar nomes.

– Esse aqui é meu irmão, Liam. E a esposa dele, Allison. Os dois filhos. São as crianças mais fofas do planeta. – Ele apontou para a última foto. – E aquela é minha mãe.

Liv saberia mesmo se Mack não tivesse falado. Ele tinha o mesmo cabelo escuro, olhos castanhos-dourados e cílios longos da mulher da foto. Não que Liv tivesse analisado os olhos de Mack nem o comprimento dos seus cílios. É que eram coisas óbvias, como as plumas de um pavão. Era possível admirar a beleza de uma ave e ao mesmo tempo odiar seu comportamento agressivo de acasalamento.

Liv cruzou os pés nos tornozelos.

– Sua gerente achou que eu era uma garota qualquer que você está pegando.

Ele riu.

– Ela não tem filtro.

– Eu sei. Gostei dela.

Mack se sentou na cadeira do outro lado da mesa.

– Eu também gosto. Sonia está comigo desde que abri a primeira boate.

– Que dó.

– Estou acostumado com a atitude dela.

– Eu estava com pena *dela*.

Mack deu outra piscadela.

– Ah, é questão de tempo. Você logo vai começar a gostar de mim. Todo mundo gosta.

– Só se você tiver comida chinesa para repor aquelas minhas sobras que você comeu.

– Caramba, você ainda se ressente daquilo?

– Eu levo comida muito a sério.

– Gavin falou que eu podia comer – disse Mack, tentando se defender.

– Não eram dele para que ele pudesse dar a alguém.

– É por isso que você não gosta de mim? Porque eu comi o seu *lo mein*?

– Não. Eu não gosto de você porque você gasta mais do que eu em produtos de cabelo.

– Dá trabalho ser lindo assim, gata.

– Exatamente. Nenhuma mulher poderia competir com isso. Aposto que tem espelho em todos os cômodos da sua casa e que você pratica seu sorriso neles.

– Você não tem?

Liv soltou um grunhido debochado.

– Então é sério que você não gosta de mim?

Ela lançou outro olhar debochado para ele.

– Você fala como se isso fosse uma surpresa.

Diante do silêncio dele, Liv o encarou, incrédula.

– Então é mesmo uma surpresa.

Mack deu de ombros.

– Todo mundo gosta de mim. – Ele apoiou o tornozelo de uma perna no joelho da outra. – Você mudou de ideia sobre o emprego?

Liv colocou os pés no chão.

– Mudei, mas não para mim.

Mack estreitou os olhos, e várias rugas minúsculas se formaram em volta dos olhos dele.

– Não sei se estou entendendo.

– Se você tiver mesmo uma vaga...

– Eu tenho.

– ... preciso que você contrate uma garota chamada Jessica. Ela é recepcionista no Savoy, e tenho que tirá-la de lá.

– Por quê?

– Porque sim. Isso deve bastar.

Mack deu de ombros de novo.

– Não basta.

– Bom, não posso contar o motivo. Mas você disse que queria resolver a situação. – Liv apontou para ele. – Foi isso que você falou, e é assim que você pode resolver.

– Como é que contratar outra pessoa pode resolver a *sua* demissão?

– Eu não estou pedindo que você resolva isso. Estou pedindo que você ajude uma jovem a sair de uma situação ruim.

Talvez fosse sua imaginação, mas Liv poderia jurar que uma veia saltou na mandíbula dele.

– Que tipo de situação ruim?

– Não posso contar.

– Então não posso ajudar.

Ela o encarou, inexpressiva.

– É uma situação ruim.

Mack se levantou de repente, foi até a porta e a fechou. Quando se virou, ficou parado como um segurança, a expressão severa.

– Ruim como?

– Muito, muito ruim.

– Tem alguma coisa a ver com você ter sido demitida?

– Isso importa?

– Importa se você quer que eu contrate a garota.

– Você tem vagas. Eu conheço uma pessoa que precisa de um emprego. Os detalhes não deveriam fazer diferença.

– Mas fazem.

Liv levou cinco minutos para contar a história toda, mas bastou um minuto para a pressão arterial de Mack subir e sua visão ficar borrada. Ele não conseguia falar. Não conseguia nem respirar direito. Passou as mãos pelo cabelo e se obrigou a se sentar na cadeira em frente à mesa.

Aquele filho da mãe. Mack ia acabar com ele. Ia destruir aquele filho da puta.

– Ele... – Mack teve dificuldade de falar, pois a raiva contraía sua garganta. – Ele já fez isso com você?

– Não – disse Liv, hesitando por uma fração de segundo. – Mas eu não acho que tenha sido a primeira vez. Ele estava confiante demais e sem nenhum medo de ser pego.

– A gente tem que fazer alguma coisa – disse Mack, a voz rouca.

Liv o encarou.

– *A gente* não vai fazer nada.

– Ele não pode se safar dessa.

– Eu não quero que ele se safe, mas a única coisa que preciso que você faça é contratar Jessica.

Mack precisava de água. A raiva estava transformando sua língua em uma lixa.

Liv se levantou.

– Eu faço contato. Se você puder fazer a gentileza de não contar nada disso para Gavin e Thea até eu resolver como falar, seria ótimo.

Liv foi até a porta, abriu-a e saiu. Puta merda. Quantas vezes aquela mulher o deixaria falando sozinho?

Mack deu um pulo e foi atrás dela.

– Opa, opa, opa. Espera aí. Aonde você vai?

Sonia, que estava sentada no cubículo ao lado da sala dele, se virou na cadeira e assistiu ao drama, sem esconder que estava se divertindo. Sim, sim, ele nunca tinha corrido atrás de uma mulher na vida. Aquele era um grande evento.

Mack segurou o cotovelo de Liv e a puxou de volta, tentando manter a conversa em particular. Ela suspirou, a exasperação claramente estampada no rosto.

– O quê?

– O que você quis dizer?

– Como assim?

– Você falou que ia fazer o filho da mãe pagar.

Ela revirou os olhos.

– Quis dizer isso mesmo: vou expor e arruinar o filho da mãe.
– Sozinha?
Liv deu de ombros.
– Por que não?
– Você não pode fazer isso sozinha. Se ele tiver mesmo um histórico de assédios, sabe esconder. Como você vai expor essa história? Você não pode simplesmente procurar a imprensa e contar o que viu e ouviu.
– Não é esse o meu plano, mas obrigada por achar que sou burra.
– Qual é seu plano, então?
– Ainda não resolvi, mas vou resolver. Mais alguma coisa?
– Sim – disse Mack, sentindo o equilíbrio voltar pela primeira vez.
De *uma coisa* ele tinha certeza: homens que abusavam de mulheres mereciam pagar. Não queria saber quanto custaria. Se Royce Preston estava se aproveitando de mulheres, Mack o impediria.
– Eu quero participar.
Liv riu com deboche.
– Você quer participar.
– Vou tentar não me ofender com essa risadinha, mas, sim, se Preston é um abusador, eu também quero que ele seja exposto.
Liv o encarou de um jeito que era pura dúvida e desconfiança. Cruzou os braços e se apoiou em um quadril.
– Tem certeza disso? Porque eu vi vocês dois naquela noite, no Savoy. Todo amiguinho, *vamos nos encontrar*. Vocês são amigos. Espera mesmo que eu acredite que você não sabia de nada?
– Não, eu não sabia de nada. Meu Deus.
Mack passou as mãos pelo cabelo. Era mesmo isso que Liv achava dele? Que ele encobriria assédio sexual?
– Bom, alguém devia saber. Homens como ele sempre têm quem permita que ajam assim.
– Eu não era uma dessas pessoas. Eu mal conheço o sujeito.
– E se você tivesse ouvido? Teria feito alguma coisa?
– Sim, caramba! Teria.
Liv inclinou a cabeça e o observou, como se tentando decidir se acreditava. Mack reparou, pela primeira vez, quanto ela era parecida com a

irmã. Tinham os mesmos olhos, a mesma cor. Mas Liv tinha um ar de cautela que ele nunca vira em Thea. Ela parecia alguém que queria desesperadamente confiar nas pessoas, mas não sabia como.

E de repente quis desesperadamente que ela confiasse nele.

– Você sabe que não pode fazer isso sozinha. Não seja teimosa.

– Você quer ajudar? Ótimo. Dê um emprego para Jessica. Eu preciso tirá-la de lá.

– Eu a contrato hoje mesmo. Como entro em contato com ela?

Liv piscou.

– Eu... não sei.

– Você não sabe? – Mack usou o mesmo tom de dúvida que ela usara com ele antes.

– A gente não era amiga – explicou ela, espalmando as mãos. – Não tenho o número dela, as redes sociais são todas privadas, e não posso ir ao restaurante falar com ela.

Mack começou a mexer no celular.

– Qual é o sobrenome dela?

– Summers.

Mack digitou o nome no Google e acrescentou "Nashville", para filtrar os resultados.

Liv estreitou os olhos.

– Isso é sério?

– Sim, é sério.

– Você vai oferecer um emprego para ela.

– Eu acabei de falar que vou, não foi?

A busca mostrou uns dois milhões de resultados. Liv soltou um suspiro e balançou a cabeça.

– Acha que eu já não tentei isso?

Como Mack não respondeu, ela revirou os olhos.

– Aviso quando *eu* fizer contato com ela – disse Liv.

Desta vez, quando ela saiu andando, Mack deixou. Mesmo se Liv não soubesse como encontrar a garota, ele sabia quem conseguiria.

Enfiou o celular no bolso, pegou a chave e passou por Sonia. Ela ergueu o olhar.

– O que foi aquilo?

Ele se esquivou da pergunta:

– Eu explico depois.

Sonia deu de ombros e murmurou algum comentário sarcástico. Mack atravessou a cozinha e saiu pela porta dos fundos, para a viela atrás da boate, onde tinha estacionado o carro.

Dirigiu pela cidade depressa, fazendo uma ligação no caminho.

Eram quase quatro da tarde quando ele parou no ponto de encontro previamente combinado, um retângulo de tijolos de três andares com o nome *Dagnabit's* pintado em letras verdes desbotadas acima da porta de entrada. Parecia o tipo de lugar onde o uísque era barato e os cozinheiros não lavavam as mãos. O que tornava o lugar perfeito para um encontro como aquele.

Mack andou pela calçada rachada e cheia de ervas daninhas e abriu a porta, que gemeu como se estivesse ofendida. Lá dentro, as luzes eram fracas, e a TV estava alta. O local estava quase vazio, exceto por um par de motoqueiros apoiados no bar, diante de canecas de cerveja pela metade, os olhos grudados no jogo de beisebol na televisão. Nenhum dos dois olhou para ele. Dois assentos depois estava um homem com cabelo raspado e uma tosse carregada que parecia a um minuto de surtar e gritar, reclamando da CIA.

Mack escolheu um lugar seguro e pediu uma cerveja.

Cinco minutos depois, a porta se abriu de novo, e Noah Logan entrou. Estava com as mãos enfiadas nos bolsos de uma jaqueta de couro surrada e um gorro bem puxado na testa. Ele parecia um especialista em TI qualquer. Mack desconfiava que fosse um disfarce para algo no estilo agente supersecreto. Ninguém podia ser tão inteligente e enganosamente fortão sem trabalhar em segredo para o governo. Contratara Noah vários anos antes, para ajudar a montar sua rede de segurança, mas logo percebeu que a capacidade de Noah ia bem além do padrão, e ele fora essencial em ajudá-lo com outro projeto delicado, o que o fez conquistar um lugar permanente na lista de pessoas de confiança de Mack.

– Cara – disse Noah, se sentando num banco ao lado de Mack. – Qual é a emergência?

– Preciso que você faça uma coisa para mim.

– É, eu imaginei.

Mack botou uma nota de cinco na bancada e se levantou.

– Vamos dar uma volta.

– A gente acabou de chegar – reclamou Noah.

Dez minutos depois, ele não estava mais reclamando. Noah andou mais devagar e balançou a cabeça.

– Puta merda – sussurrou. – Eu sabia que havia algo sinistro com aquele cara. O que você quer que eu faça?

– Para começar? Eu só preciso que você encontre a Jessica. Liv não pode ir atrás dela no Savoy, obviamente. Veja se consegue descobrir aonde essa Jessica vai quando não está no trabalho nem em casa.

– O que mais?

– Preciso saber com quantas mulheres ele já fez isso.

Noah lhe lançou um olhar cético.

– Vou ver o que consigo, mas tenho que entender quanto você quer que eu remexa nisso.

– Até onde você consegue ir?

O rosto de Noah ficou sinistramente calmo.

– Fundo pra caramba.

– Me manda a conta – disse Mack, se afastando. – Por baixo dos panos.

– Não tem conta – retrucou Noah, atrás dele.

Mack se virou.

– O quê?

Noah se empertigou.

– Filhos da puta como Royce Preston merecem pagar. Esse serviço vai ser por conta da casa.

SETE

O pôr do sol deixou o horizonte laranja naquele fim de quarta-feira, quando Mack saiu da via expressa e seguiu as instruções do GPS para deixar a cidade. Gavin não estava brincando: Liv morava mesmo numa fazenda. E não do tipo hipster comunitária. Era uma fazenda *mesmo*, com pasto e ovelhas... não, eram bodes, junto com um celeiro vermelho enorme cercado de outras construções menores. E, bem no meio, numa pequena colina, havia uma casa branca de madeira com cerca de pedra que parecia ter sido erguida durante a Reconstrução.

Mack entrou no caminho de cascalho, dirigiu até um aglomerado de árvores e desacelerou até parar numa garagem separada. Uma escada na lateral levava ao que ele supunha ser um segundo andar. Uma única janela dava vista para a entrada.

Mack estacionou ao lado de uma picape Ford empoeirada e atrás de um Jeep preto com um adesivo desbotado e descascando com a inscrição: "Uma mulher precisa tanto de um homem quanto um peixe precisa de uma bicicleta." É, estava mesmo no lugar certo.

Mas, caramba... por que Liv morava ali?

Mack desligou o motor, abriu a porta e pegou o pacote de comida chinesa que tinha levado como oferta de paz. Mal dormira na noite anterior.

Não tinha como ficar parado enquanto Liv enfrentava Royce sozinha. Precisava convencê-la a deixá-lo ajudar.

Saltou do banco do motorista... e foi atacado.

A fera veio do nada. Mack ouviu um berro furioso e viu um monte de penas pretas e vermelhas e sentiu um pedaço da canela ser rasgado embaixo da calça jeans antes mesmo que pudesse registrar o que estava acontecendo. A fera voou e lançou os pés para cima dele. Unhas rasgaram a pele de novo. Mack se jogou de volta no banco do motorista e bateu a porta bem a tempo, mas o animal continuou atacando o carro com guinchos de vingança.

De repente, uma salvadora apareceu no alto da escada da garagem. Estava usando galochas e carregava uma vassoura.

– Está perdido? – gritou a mulher.

Uma batida na porta o levou a fazer careta. A porcaria do bicho ia arranhar seu carro. Mack bateu com o punho na janela.

– Que porra é essa?

Liv levou a mão até a orelha no gesto universal de *Não estou ouvindo*.

Mack abriu a janela.

– O que é isso aí? – gritou ele.

Ela riu.

– É um galo, otário.

– Ele está possuído!

Liv deu de ombros.

– Galos são animais territorialistas.

– Ele me atacou!

– Eles também são excelentes avaliadores de caráter.

– Tira o bicho daqui para eu poder sair. Temos que conversar.

– Se você estiver tentando me incentivar, não deu certo.

Mack ofereceu o pacote de comida chinesa pela janela.

– *Lo mein* de porco e sopa *wonton*.

Liv ergueu uma sobrancelha.

– De onde?

Haja paciência...

– Jade Dinasty.

– Tudo bem. – Liv desceu a escada e apontou a vassoura para a ave. – Sobe. Vai.

A ave estufou as penas e atacou a vassoura. Liv soltou um palavrão para o bicho e o varreu até a cerca, antes de trancá-lo atrás de um portão de alambrado.

Ela voltou para o lado do motorista.

– Pronto. Você está a salvo. Agora me dê minha comida.

Mack passou o pacote pela janela. Liv o arrancou de suas mãos, olhou dentro e fechou-o de novo.

– Obrigada. Agora pode ir.

– Não. – Mack abriu a porta. – Temos que conversar.

– Não temos, não.

– Vou ajudar você com Royce.

– Tenho certeza de que fui bem clara ontem.

Mack saltou e fechou a porta.

– Se você não queria minha ajuda para acabar com o cara, não devia ter me contado o que ele fez.

– Meu Deus, você parece um pelo irritante que insiste em crescer por mais que eu arranque mil vezes. Você arranca o filho da mãe e, *plop*, dois dias depois lá está ele de novo.

– Por mais fascinante que seja saber de sua luta contra os pelos, nós temos coisas mais importantes para conversar.

– Tipo quem tem sapatos mais caros do que o meu carro?

– Vai me dar conselhos de moda agora? Você parece mais a foto do "antes" em um programa de transformação.

– Esse cara está importunando, Livvie?

Um homem com um peito em formato de barril veio mancando de uma das construções externas, limpando as mãos em uma toalha manchada de graxa. O cabelo raspado e o olhar duro como aço sinalizavam uma vida passada em posições de autoridade.

– Seu namorado? – sussurrou Mack.

Liv fez cara feia para Mack antes de responder ao sujeito:

– Muito. Pode mandá-lo embora?

Mack se adiantou com a mão estendida. Atrás deles, Liv riu com deboche.

– Não faça isso. Vai estragar suas unhas.
– Braden Mack – apresentou-se ele.
O homem respondeu com um aperto mais forte do que o necessário.
– Earl Hopkins.
– Nós o chamamos de Hop – disse Liv, se juntando aos dois. – E eu o chamo de Pelo Encravado – provocou ela, indicando Mack.
Hop o avaliou de cima a baixo.
– Já serviu nas Forças Armadas ou foi para a cadeia?
– Não.
Hop fez um ruído de desprezo e observou Mack de cima a baixo de novo, detendo-se com um sorrisinho no rasgo ensanguentado da calça jeans. Ele olhou para Liv com a sobrancelha erguida.
– Randy acabou com ele?
Liv sorriu.
Hop assentiu.
– O galo serve para alguma coisa, pelo menos.
– Está tudo bem, Hop. Diga a Rosie que volto daqui a alguns minutos para ajudar com o jantar.
Hop indicou Mack.
– Ele vai comer com a gente?
Liv e Mack responderam ao mesmo tempo:
– Não.
– Eu adoraria.
Liv fez cara feia para ele.
– Você *não vai* ficar para o jantar.
– O que a gente vai comer?
– Qualquer coisa à qual você tenha alergia.
Hop deu outra risada e foi na direção da casa.
– Que vida você tem aqui, Liv.
– Fique à vontade para ir embora quando quiser.
– Sério. Por que você mora aqui?
Ela seguiu pelo mesmo caminho que Hop tinha feito, mas sem responder.
– Talvez você não tenha reparado – disse Mack, se esforçando para alcançá-la –, mas eu estou *sangrando*.

– Você vai sobreviver.

– Quem sabe que tipo de doenças aquela coisa tem?

– Tem razão. É melhor você ir embora, seguir direto para o hospital e contar exatamente o que aconteceu.

Mack tinha uma resposta pronta, que morreu nos lábios dele porque, a 3 metros, do outro lado da cerca, Randy pulou numa galinha e...

– O que ele está fazendo com aquela galinha?

– Você não passou muito tempo no campo quando era criança, né?

– Claro que passei. Mas não tinha nenhum galo assassino nas minhas aulas.

Randy saiu de cima da galinha.

– Meu Deus. Que rápido.

– Todos os machos, de qualquer espécie, são lixo.

– Eu não. Sou um dos caras legais.

Liv riu e abriu a porta dos fundos. Ela soltou a porta de tela, que quase bateu na cara dele.

– Obrigado – disse Mack, entrando bem a tempo.

Ele a seguiu por um corredor curto que levava a uma cozinha espaçosa, onde uma mulher com uma trança grisalha comprida estava na frente do fogão, mexendo alguma coisa com um cheiro delicioso em uma panela vermelha.

– Encontrei alguém perdido – disse Liv, indo na direção da geladeira. – Randy o pegou.

A mulher se virou enquanto secava as mãos num pano de prato.

– E quem é você?

Mack abriu o sorriso-padrão e estendeu a mão.

– Braden Mack, senhora. É um prazer conhecê-la.

Deu uma piscadela para garantir, e a mulher sorriu ao apertar a mão dele.

– Bom, é um prazer conhecer você também.

– Sério? – indagou Liv, guardando a comida chinesa na geladeira. – Até você?

– Desculpe invadir a hora do jantar, senhora... – Mack deixou a frase no ar.

– Pode me chamar de Rosie – respondeu ela, abanando a mão para dispensar a formalidade. – E não é invasão. Temos muita comida. Vamos comer carne assada.

Mack deu um tapinha na barriga e piscou de novo.

– Meu prato favorito.

Liv fingiu que ia vomitar, ganhando um olhar fulminante de Rosie.

– Liv, cadê seus modos? – repreendeu Rosie, indicando o corredor. – Vá ajudá-lo a limpar esse corte.

Liv soltou o suspiro de uma criança que tinha acabado de receber a ordem de cuidar dos irmãos menores enquanto os adultos jogavam cartas.

– Tudo bem. Venha.

Mack a seguiu até um banheirinho. Ele se sentou na borda da banheira de porcelana branca e esticou as pernas, que ocuparam a distância toda entre a banheira e a pia, onde Liv estava molhando uma toalhinha.

Ela se virou com um frasco de algo de aparência sinistra.

– Levante a calça – mandou ela, se agachando na frente dele.

Mack lutou contra a vontade de comentar sobre a conveniência da posição dela. Preferiu se inclinar e puxar a calça jeans, deixando à mostra um corte de mais de 2 centímetros na canela. O sangue sujava os pelos escuros e escorria na direção do sapato.

Liv fez um ruído debochado e repuxou os lábios.

– Era *disso* que você estava reclamando?

– Olha quanto sangue tem aí.

– É um arranhão. Meu Deus, seja homem.

– Esse foi o segundo comentário machista que você fez desde que cheguei – disse Mack, apontando para o rosto dela.

– Qual foi o primeiro?

– Quando você debochou das minhas unhas feitas.

Ela revirou os olhos.

– Se você desperdiça seu dinheiro com manicure, merece ser ridicularizado.

– Eu não faço as unhas, mas e se fizesse? Homens podem ter unhas bem-feitas se quiserem.

– Eu não falei que não podiam. Mas acho que alguém que desperdiça dinheiro com manicure deve ser ridicularizado.

Aquela era uma informação interessante, que Mack arquivou para examinar melhor depois. No momento, só mudou de assunto.

– Qual é a do Hop? Ele é policial?

– Detetive estadual aposentado e veterano do Vietnã. Eu não me meteria com ele se fosse você.

– Ele não parece o tipo da Rosie.

– Ah, eles não estão juntos. – Liv riu, e aquele foi o primeiro som genuíno de afeto que Mack a ouviu fazer. Até que gostou. – Ele ajuda aqui na propriedade, e eu tenho quase certeza de que é apaixonado por ela desde o ensino médio, mas não, eles não estão juntos.

Liv derramou o líquido frio no corte, e Mack deu um gritinho.

– Caramba, o que você está fazendo?

– Limpando a ferida.

– Com o quê? Ácido clorídrico?

– Água oxigenada, seu frouxo.

– Lá vai você de novo questionar minha masculinidade. Saiba que é um fato cientificamente comprovado que os homens têm tolerância menor para a dor... Meu Deus! – Liv jogou mais um pouco do líquido maligno na ferida. – Isso era mesmo necessário?

– Claro. – Ela se levantou. – Eu precisava testar sua teoria. Você está certo.

– Arde – resmungou Mack, fazendo beicinho.

– Toma – respondeu ela, estendendo um curativo quadrado. – Volte quando estiver pronto. Ou melhor, não volte.

Mack deixou passar. Colocou o curativo na ferida, lavou as mãos e voltou para a cozinha. Liv arrumava a mesa numa sala ao lado.

– Quer ajuda? – perguntou ele.

Rosie respondeu:

– É só ficar sentado, à vontade. Liv, pegue alguma coisa para ele beber.

Mack se sentou com um sorriso.

– O que você quer? – Liv praticamente rosnou.

– Água está ótimo. – Ele deu uma piscadela, e Liv arreganhou os dentes.

Hop entrou nessa hora, o cabelo molhado e as roupas limpas, parecendo ter acabado de tomar banho.

– Eu quero cerveja – anunciou, com ênfase, como quem diz *É isso que os homens de verdade bebem.*

– Bom, se você vai tomar, eu também vou.

Hop afastou Liv da geladeira, pegou duas garrafas de Budweiser e se sentou em frente a Mack.

– De onde você é? – perguntou Hop, empurrando uma garrafa pela mesa.

– Des Moines.

Liv ergueu o olhar rapidamente da ilha, onde estava pegando os talheres.

– É mesmo?

– É, por quê?

Ela deu de ombros.

– Você não parece ser de Iowa.

– Família? – perguntou Hop.

Mack enrijeceu, e isso não passou despercebido por Hop. Ele ergueu uma sobrancelha.

– Minha mãe ainda mora em Des Moines, mas logo vai vir para cá. Vou comprar uma casa para ela.

– E seu pai? – indagou Hop, alerta.

– Morreu. – Mack contou a mentira habitual.

– Eu não sabia disso – disse Liv, e Mack olhou para ela, surpreso com a suavidade do tom. – Sinto muito.

Mack deu de ombros para disfarçar a vergonha. Sentiu-se culpado pela solidariedade dela, mas não o suficiente para contar a verdade. A verdade era pior.

– Faz muito tempo.

Dez minutos depois, o jantar foi servido. Liv se sentou em uma das cadeiras em frente à dele, e Rosie e Hop ficaram nas duas outras pontas.

– Que lugar lindo você tem aqui, Rosie – elogiou Mack.

Liv revirou os olhos e colocou o cesto de pães nas mãos dele.

– É da minha família desde 1870 – disse Rosie. – Meu avô e minha mãe nasceram lá no andar de cima.

– Sério? – indagou Mack. – E onde você nasceu?

– Em um coven na floresta – respondeu Hop.

– Você pode comer com os bodes se quiser – rebateu Rosie.

– Não liga para ela – disse Hop para Mack. – Rosie está furiosa porque a Emenda dos Direitos Iguais não foi aprovada.

– Só mais um estado. Era só o que a gente precisava.

Mack estava começando a entender por que Liv morava lá. Era puro entretenimento.

– Então você e Liv estão saindo? – perguntou Rosie.

Liv, que estava bebendo água, cuspiu todo o líquido.

– Meu Deus, não.

– Que pena. Tem tanto tempo que Liv não arranja um homem.

– Rosie! – reclamou Liv.

Mack sorriu de novo.

– É mesmo?

Liv se endireitou.

– Eu não quero um homem. Não tenho tempo para homens. Eles são carentes, grudentos e nunca cumprem as promessas.

Mack assobiou.

– Caramba, garota. Quem te machucou assim?

– O patriarcado – respondeu ela, na lata.

– Então o que te trouxe aqui? – indagou Hop.

– Estou tentando ajudar Liv.

Liv enfiou comida na boca.

– Eu não preciso da ajuda dele.

– Do que estamos falando? – questionou Rosie.

– O Mack aqui se acha o Superman e quer se meter e salvar a donzela em perigo.

– E a *Olivia* aqui – uma bota acertou a canela dele debaixo da mesa – acha que pode enfrentar um cara como Royce Preston sozinha. Estou tentando convencê-la de que ela vai precisar de ajuda.

– Talvez ele esteja certo, Liv – concluiu Rosie.

– Eu posso resolver isso – rebateu Liv, com um olhar fulminante na direção de Mack.

Rosie balançou a cabeça, apertando os lábios.

– Não acredito que a gente ainda esteja lutando por essa merda.

Hop suspirou.

– Lá vamos nós de novo.

Rosie apontou o garfo para Hop.

– Vocês, homens, precisam ir atrás dos seus semelhantes. A gente está lutando por essa merda por tempo demais.

Hop levantou as mãos.

– Por que você está brigando comigo? Nem todo homem é assim. Nunca assediei nenhuma mulher na vida.

– Ah, não me venha com essa bosta de *nem todo homem*. Homens como Royce se safam porque todos os outros homens do mundo permitem que isso aconteça.

– Como foi que eu me tornei o vilão aqui?

Mack pigarreou.

– Rosie está tentando dizer que os caras maus se safam porque os bons fazem vista grossa.

Ele encarou Liv, que estava surpresa, e deu de ombros.

Hop balançou a cabeça.

– Caras maus sempre existiram e sempre vão existir.

– Porque os bons permitem.

– Escuta aqui – disse Hop, ficando irritado –, eu já estava prendendo esses canalhas quando você ainda usava fralda. Então não venha com sermão para cima de mim, meu filho.

Rosie bateu com o garfo no prato.

– E essa é a minha casa, Hop, então espero que você seja mais educado com os meus convidados se quiser continuar se sentando aqui.

Liv chutou Mack de novo por baixo da mesa.

Mack levantou as mãos.

– Peço desculpas. Fui grosseiro.

– Você não foi nada disso – rebateu Rosie. – Ele precisava ouvir aquilo.

Hop resmungou baixinho e voltou a se concentrar na comida. Rosie abriu um sorriso largo.

– Então sua mãe vai se mudar para Nashville?

– Vai. – Mack sorriu. – Ela vem olhar umas casas semana que vem. Ela adoraria um lugar assim, mas estou tentando convencê-la a ficar mais perto da minha casa.

– Ah, que divertido. Você deveria trazê-la para ver a fazenda.

Liv se endireitou na cadeira.

– Como é que é?

– Que ideia incrível, Rosie! – Mack piscou. – Acho que vou fazer isso mesmo.

– Vamos adorar recebê-la.

O jantar continuou com a conversa trivial sobre a fazenda, mas Mack volta e meia notava o olhar fulminante de Liv dirigido a ele. Quando terminaram de comer, ele agradeceu a Rosie pela refeição deliciosa e ofereceu ajuda para arrumar.

– Podem ir, vocês dois – disse Rosie. – Hop me ajuda.

Hop resmungou alguma coisa mal-educada, e Mack não quis esperar para ver como Rosie reagiria. Ele se levantou.

– Vamos, Liv?

Liv soltou outro daqueles suspiros longos e sofridos e o levou para fora, até o carro. Parou junto à porta do motorista e cruzou os braços.

– Por que esse mau humor constante? – indagou Mack, que estava descobrindo que provocá-la era um dos grandes prazeres da vida.

– Hum, vamos ver... – Ela inclinou o quadril para o lado e fingiu pensar. – Eu me esforcei como louca para ser chef confeiteira e agora estou desempregada de novo.

– Eu ofereci um emprego.

– Meu antigo chefe está assediando mulheres por aí...

– E eu me ofereci para ajudar a resolver.

– E Jessica não respondeu nenhuma das minhas mensagens.

Mack abriu um sorriso e se inclinou para a frente.

– Para isso eu tenho resposta.

– Como é?

– Eu achei que você gostaria de saber que descobri onde encontrá-la.

Liv ficou boquiaberta.

Mack girou a chave no dedo.

– Me encontra no Temple amanhã, às três. Vamos juntos.
– Não gostei dessa última frase.
Mack deu uma piscadela.
– Pode continuar resistindo, Liv. Você ainda vai gostar de mim.
Quase conseguiu ouvir os olhos dela se revirando.
– Está com medo de ser impregnada com meu charme se passar muito tempo comigo?
Liv suspirou.
– Tudo bem. Estarei lá às três.
Mack se sentou ao volante e fechou a porta. Liv ficou olhando enquanto ele se afastava.
Foi um pensamento mesquinho, mas Mack sorriu quando se deu conta de que finalmente tinha sido ele a deixá-la para trás.

OITO

Na tarde seguinte, Mack ouviu os saltos grossos das botas da gerente indo direto para sua sala assim que ele chegou.

Sonia fazia mais barulho do que parecia possível para uma mulher com pouco mais de 1,50 metro e que não devia pesar mais de 50 quilos. Mas Sonia andava como vivia: furiosa e determinada. E isso era bem parecido com outra pessoa que ele estava conhecendo. Ela e Liv iam fundar uma gangue de garotas – ou acabariam matando uma à outra.

Sonia apareceu na porta com as mãos nos quadris.

– O que você está fazendo aqui tão cedo?

Mack ergueu o queixo para indicar que ela entrasse.

– Feche a porta. Preciso falar com você.

Ela resmungou.

– Vai demorar? Porque Joe fez merda no pedido de bourbon, então, a não ser que você vá salvar minha pele, não tenho tempo para bater papo.

– Você lembra que eu sou seu chefe, né?

– Lembro, mesmo que não adiante nada. Algum progresso na contratação de um novo barman?

Mack cruzou os braços, sentindo-se arrogante e ansioso para se provar.
– Talvez sim, para falar a verdade.
Sonia fez uma pausa antes de perguntar, cheia de dúvida:
– Que tipo de progresso?
– Conheço uma pessoa que precisa de um emprego.
– Ótimo. Quando ele pode começar?
– Ela.
– Quando ela pode começar?
– Bom, ainda não a convenci a aceitar o emprego. Nem perguntei se ela quer.
Sonia grunhiu.
– Não tenho tempo para isso.
Mack indicou de novo a cadeira na frente da mesa.
– Mas eu preciso mesmo conversar com você.
O tom sério elevou o nível de maturidade na sala. Sonia fechou a porta e se sentou.
– Isso parece sério.
– E é. E preciso que isso fique entre nós.
A maturidade não durou.
– Ah, meu Deus, você engravidou alguém?
– O quê? Porra! Não.
– Que bom. Não estou pronta para ser tia nem nada, e Deus sabe que não sou o ideal de madrinha.
– Pode parar de falar por um minuto?
Sonia afundou na cadeira.
– Sou toda ouvidos.
– Estou falando sério, Sonia. Você não pode contar isso a ninguém.
– Vá se foder. Quando é que eu...
Ele ergueu as mãos.
– Tudo bem, tudo bem. É que... isso é bastante sério.
– Então por que você está enrolando tanto? Fala logo.
Mack pegou uma caneta e a girou na mão.
– Você conhece Royce Preston, não é?
Ela fingiu ter ânsia de vômito.

– Vou interpretar isso como um *sim*.
– Só conheço de *ouvir falar*. Por quê? – Ela gemeu e inclinou a cabeça.
– Não me diga que está pensando em abrir um negócio com ele. Juro que me demito. Agora mesmo.
– Posso terminar?
– É melhor mesmo, porque não vou deixar você vender sua alma desse jeito.

Ele se recostou na cadeira.
– Só por curiosidade, por quê?

Sonia deu de ombros.
– Não sei. Alguma coisa nele faz minha vagina querer enviar um e-mail de ação judicial pedindo para cessar atividade.
– Que imagem interessante.

Sonia apontou para a virilha.
– Ela não mente.

Considerando o contexto da conversa, não pareceu apropriado conversar sobre a vagina dela.
– Você já ouviu alguma história sobre ele, hum, você sabe...

Sonia estreitou os olhos.
– O quê?
– Você sabe.
– Acorrentar garotas adolescentes no porão? Vender bichinhos de pelúcia no eBay? É melhor ser mais específico.
– Assédio sexual.

Sonia estreitou mais os olhos.
– O que está acontecendo?
– Ouvi um boato.
– De assédio sexual?
– É, por aí.
– Eu não ficaria surpresa.

Bom, *Mack* tinha ficado surpreso, e isso o incomodava. Como deixara passar? Conhecia Royce havia, o quê, uns cinco anos? Apesar de não serem exatamente amigos, frequentavam os mesmos círculos. Jogavam juntos em torneios beneficentes de golfe. Iam às mesmas festas da Câmara do Comércio. Esbarravam-se em eventos esportivos. Em todo aquele tempo, Mack nunca vira nada que lhe passasse a impressão de ele ser um predador sexual. Mas Sonia captara a energia sem nem conhecer o cara. As mulheres nasciam com radar para essas coisas? Ou só desenvolviam ao longo da vida, do jeito mais difícil?

– Ah, merda – sussurrou Sonia, de repente.

Mack piscou e deixou os pensamentos de lado.

– O quê?

– Você vai fazer alguma coisa, não vai?

– Não.

– Vai, sim. Eu conheço essa cara.

– Que cara?

– Essa cara de Superman.

– Como assim?

– Você vai aparecer de cavalo branco e salvar a donzela em perigo.

Ora, era a segunda vez em poucos dias que alguém o acusava de pensar que era um herói, e ele já estava ficando irritado.

– Você não acha que alguém deveria fazer alguma coisa, com um babaca assediando mulheres por aí?

– Então você *está* pensando em fazer alguma coisa.

Ele bateu com a caneta na mesa.

– Sim, droga. Estou.

Ela se levantou.

– Pode contar comigo.

– O quê?

– Sempre odiei aquele filho da mãe, e isso antes de eu saber que tinha motivo. Então quero participar do que você estiver planejando.

– Eu não tenho um plano. Mas talvez a gente precise contratar outra pessoa.

– Para quê?

Ele deu de ombros.

– Não sei ainda. A gente inventa um trabalho, se precisar.

Ela ergueu uma sobrancelha de novo.

– Donzela em perigo?

Mack mostrou o dedo do meio para ela, que retribuiu o gesto e se virou para sair.

– Sonia.

Ela se virou.

– O quê? – perguntou, com seu resmungo característico.

– A conversa que a gente acabou de ter...

– Eu não vou contar para ninguém.

– Não, não foi isso que eu quis dizer. Aquela parte da vagina... Você ficou incomodada?

– Fui eu que falei.

Ele assentiu, distraído.

– Eu sei. É que, às vezes, você e eu... a gente diz coisas.

– Somos amigos, Mack. É diferente.

– Tem certeza? Preciso que você me diga se eu já fiz ou falei alguma coisa que incomodou você, porque nunca foi a minha intenção. Eu sei que a intenção não importa, claro, é o impacto que a ação causa, mas...

– Mack – interveio ela, a voz mais séria do que ele já tinha ouvido. – Você não é nem um pouco parecido com Royce Preston. Talvez você seja o melhor homem que eu conheço e, se contar para alguém que falei isso, eu vou te fazer sofrer.

Ele assentiu.

– Combinado.

– Quer que eu feche a porta quando sair?

Ele assentiu de novo.

Sonia fez uma saudação e saiu. Mack ficou um tempo olhando para a cadeira vazia. *Talvez você seja o melhor homem que eu conheço.* Então por que se sentia um merda? Virou a cadeira para evitar a pergunta e a resposta.

Pegou o celular e ligou para a mãe, que atendeu no último toque, esbaforida.

– Oi, só um segundo, está bem?

A voz soou abafada quando ela afastou o telefone do ouvido para falar com alguém. Mack identificou as palavras: "São lindas. Muito obrigada."

– Quem era? – perguntou, quando ela voltou para a linha.

– Um florista.

O radar de Mack entrou em alerta.

– Quem te mandou flores?

– Não sei. Ainda não olhei o cartão.

Ela não estava contando a história toda. Mack odiava quando a mãe fazia isso.

– Por que você não olha e me conta?

– Sabe, Braden, eu gosto que você cuide de mim, mas não é porque sou sua mãe que não tenho direito à privacidade.

Ele se irritou com a repreensão e com o uso do primeiro nome. Só a família o chamava assim.

– Recebeu a passagem?

– Recebi. Obrigada, querido.

– Vou mandar outras casas que meu corretor de imóveis encontrou e que eu acho que você vai gostar.

– Parece… ótimo. Quantas?

– Seis, eu acho.

– Devem ser todas… ótimas.

Ela estava evitando falar de novo.

– O que houve, mãe?

– Nada. Por que a pergunta?

– Você está falando de um jeito estranho.

– Só estou cansada. Escuta, eu tenho que ir. Posso te ligar amanhã?

– Hã, tudo bem. Olhe as casas no seu e-mail.

– Está bem. Eu te amo, querido.

Então ela desligou. O que tinha sido aquilo? Mack afastou o aparelho e olhou para a tela apagada. A mãe tinha acabado de desligar na cara dele. E recebera flores de alguém.

Houve uma batida rápida à porta, e Sonia botou a cabeça para dentro.

– Pelo Encravado?

Porra.

• • •

Quase todas as mesas do café da universidade estavam ocupadas quando Liv e Mack entraram, pouco antes das quatro. Professores conversavam com alunos. Universitários encaravam livros e notebooks. Alguns estudantes de olhar perdido seguravam cafés fumegantes, como se orassem por salvação.

– Esse lugar tem cheiro de ressaca assada na brasa – comentou Mack, pousando a mão nas costas de Liv quando entraram.

Ela teve um leve sobressalto ao sentir o toque dele, mas Mack não reparou ou não se importou. Ele apontou para uma mesa perto da janela.

– Dá para ver todo o ambiente dali.

Liv observou o espaço amplo ao se sentar.

– Não a vejo.

– Quer beber alguma coisa?

– Sim, nossa. Preciso de cafeína. – Ela tirou a carteira da bolsa, mas Mack ergueu a mão.

– Pode deixar. O que você quer?

– Eu posso comprar meu próprio café.

– Sei que pode, mas esse fica por minha conta.

Liv retorceu os lábios e pensou em discutir, mas Mack continuaria teimando, e ela estava exausta.

– Latte de baunilha. Grande. Obrigada.

Ele assentiu.

– Já volto.

Liv o seguiu com o olhar até a bancada, onde ele abriu um sorriso que deixou a jovem barista corada e gaguejante. Ele voltou para a mesa alguns minutos depois com dois copos de papelão, um deles com um número de telefone escrito na lateral.

Liv revirou os olhos.

– Ela não é meio nova para você?

Mack olhou para o copo como se estivesse reparando nos números pela primeira vez. E deu de ombros.

– Acontece o tempo todo.

– Você não tem vergonha.

– Não posso fazer nada se meu charme é natural.

– Você nasceu cheio de gracinhas, isso sim.

Mack balançou a cabeça.

– Tome o seu café. Você está mal-humorada.

Liv bebeu um gole e soltou um gemido. A primeira onda de cafeína era sempre a melhor. Abriu os olhos e viu Mack dando um sorrisinho para ela.

– Quer um tempo a sós com seu café?

– Se eu disser que sim você vai embora?

A risada baixa dele teve o mesmo efeito do café: fez seu coração bater um pouco mais forte.

– Como você descobriu onde a gente encontraria a Jessica? – perguntou Liv, depois de um momento.

– Eu tenho um amigo que é bom com computadores.

Ela se empertigou.

– Espera aí. Você contou a alguém sobre Royce?

– Não. Só disse que eu precisava encontrar uma pessoa.

Liv se encolheu na cadeira.

– Você está mentindo?

– Meu Deus – sussurrou Mack.

– Eu odeio gente mentirosa.

A sobrancelha dele tremeu.

– Anotado.

Liv se recostou de novo e olhou para a entrada. Quando a porta se abriu e um fluxo de estudantes entrou, Liv prendeu o ar, observando. Nada de Jessica.

– Você fez faculdade? – perguntou ela, depois de alguns minutos constrangedores.

Mack tomou um gole de café.

– Não. E você?

– Só a escola de gastronomia.

Ele ergueu uma sobrancelha.

– *Só*? Pelo que eu sei, não é um curso fácil de concluir.

Aquelas palavras a agradaram mais do que ela gostaria de admitir.

– Como você aprendeu a administrar um negócio se não fez faculdade?

– Não é necessário ter diploma para ser um empresário de sucesso.
– Você não quis ir para a universidade?
Mack apoiou o tornozelo direito no joelho esquerdo.
– A gente está tendo uma conversa normal?
– Não se você continuar agindo assim.
Ele tomou outro gole antes de responder:
– Eu não tinha como pagar. Talvez conseguisse um empréstimo, mas nunca achei que fizesse muito sentido.
Liv assentiu. Quase todos os seus amigos do ensino médio que tinham feito faculdade agora lutavam contra dívidas enormes. Isso não seria problema se tivessem excelentes empregos que pagassem as contas, mas ainda não era o caso para muitos deles.
– Talvez você tivesse conseguido uma bolsa. Você é inteligente.
Mack botou a mão no peito.
– É o primeiro elogio que você me faz. Estou emocionado.
– Não foi um elogio, e sim uma constatação.
Ele olhou para o teto, como se orando para ter paciência.
– Por que você discorda de tudo que eu digo?
– Você fica irritado?
– Sim.
– Aí está a resposta.
– E você? – perguntou ele. – Por que chef confeiteira?
Liv sentiu uma pontada no coração.
– Eu gostava de fazer bolos com a minha avó.
– Não foi tão difícil, foi?
Ela revirou os olhos de novo.
– Essa foi a avó com quem você e Thea moraram por um tempo?
Ela levantou a cabeça tão rápido que ficou surpresa de não ter estirado um músculo.
– Como você sabe?
– Gavin falou uma vez. Contou que você e Thea moraram com ela por um tempo, depois do divórcio dos seus pais.
– Gavin fala demais.
– Por que vocês foram morar com ela?

Liv balançou a cabeça.

– Sua vez.

Mack abriu bem os braços.

– Pergunte qualquer coisa.

– Por que você começou a ler livros de romance?

– Minha mãe lia. Quando eu descobri que tinha sexo nas histórias, comecei a levar os livros para a cama à noite.

Ela abanou a mão.

– Que nojo. Não quero mais saber.

– Eu tive que jogar uns dois fora porque... sabe como é...

Liv fez cara de nojo.

– Garotos adolescentes são tão nojentos.

– Não é fácil. Um dia você tem uma coisa interessante pendurada entre as pernas que permite que você mije ao ar livre e escreva seu nome na neve; no outro essa coisa está controlando todos os seus pensamentos.

– Sim, pobres homens, não conseguem usar o cérebro porque o sangue vai todo para o pau.

Mack a encarou, estreitando os olhos.

– Você odeia mesmo os homens?

– Odeio.

– De verdade?

– Não. Mas deveria. Nunca conheci um que fosse digno de confiança.

Ele inclinou a cabeça.

– Nem Gavin?

– Gavin talvez seja o único. E Hop. Mas só.

– E seu pai?

Liv sorriu.

– Sua vez.

Ele ergueu uma sobrancelha.

– Sutil.

Ela tomou um gole de café.

– Como você conseguiu dinheiro para abrir uma boate sendo tão jovem?

– Caramba, isso é bem pessoal.

– Você acabou de me contar que batia punheta com romances quando era adolescente.

– Verdade. – Ele se recostou na cadeira. – Eu tive sorte, basicamente.

– Ganhou na loteria, por acaso?

– Mais ou menos. Eu trabalhava como segurança para um coroa que estava querendo se aposentar. Ele não tinha filhos, então decidiu me ajudar.

– E você transformou isso em quatro boates de sucesso?

– Isso mesmo.

– Não me parece sorte. Parece mais trabalho árduo e gerenciamento inteligente.

– Você acabou de me elogiar de novo?

Liv assentiu, com um grunhido irritado.

– Já me arrependi.

Mack fez uma encenação como se procurasse algo nos bolsos.

– Preciso de uma caneta. Preciso registrar essas declarações.

A porta se abriu de novo, e Liv inspirou fundo. *Jessica*. Parecia qualquer outra universitária no local, de calça de ioga e moletom folgado. A única diferença era a expressão assombrada no olhar. Os ombros estavam encolhidos com o peso da mochila e provavelmente do segredo que ela carregava.

Mack seguiu o olhar de Liv.

– É ela?

Liv assentiu.

Ele segurou o copo com força.

– Meu Deus, como ela é jovem.

Os dois observaram em silêncio enquanto Jessica se aproximava da bancada e fazia o pedido. Ela puxou a alça da mochila no ombro e, nesse momento, seus olhos percorreram o café, supostamente em busca de uma mesa vazia. Liv ficou tensa com a expectativa de que Jessica a visse, mas os olhos da garota passaram direto, como se ela não tivesse reparado ou reconhecido Liv.

Devia ser a segunda alternativa. Era incrível quantas pessoas não a reconheciam quando tirava o chapéu de chef. A barista a chamou e Jessica pegou o café. Havia uma mesa vaga nos fundos, perto do corredor que levava aos banheiros.

Liv ficou olhando por mais um tempo enquanto Jessica se acomodava, tirava o notebook e um caderno da mochila e tomava um gole do café.

– Como vamos fazer isso? – perguntou Mack.

– Me deixa falar com ela primeiro. Eu aceno quando você puder ir até lá.

Ela deixou o café na mesa e se levantou. Uma onda repentina de nervosismo provocou uma respiração trêmula. Mack estendeu a mão e segurou a dela.

– Você está bem?

– Estou. – Ela puxou a mão, não tanto por não gostar da sensação dos dedos dele nos dela, mas por gostar demais.

Estava quase alcançando a mesa de Jessica quando a garota a viu. De perto, ela logo a reconheceu. Jessica arregalou os olhos.

– O que você está fazendo aqui?

– Posso me sentar? – perguntou Liv, apontando para a cadeira vazia.

Jessica olhou em volta.

– Eu não posso falar com você.

– Ninguém sabe que eu estou aqui.

– Como você me encontrou?

– Eu só quero conversar – disse Liv.

– O que você quer? – O tom de Jessica foi agitado, não rude.

– Quero ter certeza de que você está bem.

Os olhos de Jessica faiscaram.

– Você tem razão – concordou Liv, ocupando a cadeira. – Foi uma coisa idiota de dizer.

– Tenho que estudar – reclamou a jovem.

– Eu quero ajudar.

– Não preciso de ajuda. Já falei que não aconteceu nada. – O tremor nos dedos dela ao pegar a caneta indicava o contrário.

– Eu sei o que ouvi e o que vi. E também sei que você está apavorada.

– Eu só quero que você me deixe em paz.

– Não posso. Não enquanto Royce não pagar pelo que fez. Pelo que já deve ter feito.

Jessica arregalou os olhos, a desconfiança anterior substituída por puro pânico.

– *Como?*

Boa pergunta.

– Estou resolvendo isso.

Jessica balançou a cabeça e começou a guardar suas coisas.

– Deixa pra lá.

– Eu posso proteger você. Eu prometo. Só quero que você saiba que não precisa aguentar isso.

O lábio de Jessica tremeu.

– Minha mãe está tão orgulhosa de eu trabalhar lá. E-Eu sou a primeira pessoa da família a fazer faculdade, e, quando consegui esse emprego, ela contou para *todo mundo*. Eu não posso falar isso para ela. Se eu pedir demissão, ela vai querer saber por quê, e...

– Sua mãe não ia querer que você aceitasse o que Royce está fazendo.

Jessica mordeu o lábio de novo, como se quisesse segurar as lágrimas.

– Por favor. Só me deixe em paz.

Ela se levantou. Liv a segurou pelo pulso.

– Espere.

Jessica parou, mas se recusou a olhar para ela.

– E se você conseguisse outro emprego? Poderia pelo menos considerar sair?

– Não sei.

– Está vendo aquele homem ali? – Liv se virou e apontou para Mack. Ele ergueu a mão, num aceno casual e simpático, e se levantou. – Ele é meu amigo. Se o problema é dinheiro, ele vai te dar um emprego.

Jessica se sentou quando Mack se aproximou. Ele parou a uma distância respeitosa e estendeu a mão.

– Braden Mack.

A mão de Jessica estava tremendo quando apertou a dele.

– É um prazer. Posso me sentar? – Ele apontou para a outra cadeira vazia.

Ela assentiu. Mack encarou Liv ao contornar a mesa e abriu um sorrisinho.

– Liv me contou um pouco do que aconteceu – sussurrou enquanto se sentava.

Jessica lançou um olhar traído para Liv.

– Ninguém mais sabe – continuou ele, a voz tranquilizadora. – Pode confiar em mim.

– Mack é dono de várias boates e bares na região – explicou Liv.

Ele tirou um cartão de visitas da carteira e o empurrou pela mesa.

– Meu escritório fica no Temple Club. É uma das minhas boates.

Jessica assentiu.

– Eu conheço.

– Também sou dono de várias outras boates menores.

Jessica mordeu o lábio.

– Que empregos você oferece?

– Eu crio um para você, se necessário.

– Você faria isso por mim? – A voz dela tinha o tom de surpresa de uma garota que acabou de conhecer um super-herói. Liv meio que entendia, porque, naquele momento, sentiu o mesmo.

– Você pode começar hoje, se quiser. Não precisa voltar nunca mais para o restaurante de Royce Preston.

E foi assim que o feitiço se rompeu. A menção ao nome de Royce pareceu quebrar algo dentro dela. Jessica balançou a cabeça e enfiou o cartão de Mack no bolso.

– Eu preciso desse emprego. O salário é melhor do que qualquer outro que eu possa encontrar, e os contatos...

– Eu sei – concordou Liv. – Foi exatamente por isso que comecei a trabalhar lá. Você acha que sua carreira vai decolar se trabalhar para o grande Royce Preston. Mas a que custo? Dinheiro nenhum vale o que você está passando.

Jessica apertou os lábios.

– Ou talvez você só queira vingança. Quer me usar para se vingar dele por ter sido demitida. Ele disse que você tentaria isso.

– Você ainda vai defender o cara? – Nesse momento, Mack apertou o joelho de Liv.

– Você sabe o que ele pode fazer comigo? – respondeu Jessica. – Eu só quero ser chef como você. Ele vai acabar com a minha carreira.

– Não se a gente acabar com ele primeiro.

– Viu? Você só quer fazer mal a ele. Eu te ouvia falando na cozinha. Você odeia Royce. Sempre odiou.

– Acredite em mim, Jessica: a coisa mais fácil que eu poderia ter feito naquela noite era simplesmente ir embora. Não ganhei nada defendendo você.

Os dedos de Mack afundaram no joelho dela. Liv olhou para ele de cara feia, e ele balançou levemente a cabeça.

Jessica fechou o notebook.

– Eu *queria* que você tivesse ido embora. – Ela puxou a mochila para o colo.

Liv se inclinou na direção dela.

– Jessica, ele não pode se safar disso. Quem sabe com quantas outras mulheres ele já fez a mesma coisa? Você não se importa com isso?

– Não é problema meu. – Ela se levantou da cadeira.

– Deixa a gente te ajudar – pediu Mack, a voz calma.

– Vocês querem me ajudar? – Jessica pendurou a mochila no ombro. – Me deixem em paz.

– Jessica... – tentou Liv.

Mack apertou o joelho dela.

– Deixa ela ir. Não podemos forçá-la.

Liv esfregou os olhos.

– E agora?

Mack ficou de pé.

– Agora vou levar você para comer churrasco.

NOVE

Uma hora depois, Liv descontou as frustrações em um sanduíche de carne de porco no escritório de Mack. O *tum-tum-tum* da banda ao vivo fazia suas entranhas e o copo de limonada estremecerem.

– Não entendo – disse ela, de boca cheia. – Por que ela não sai de lá? Por que alguém iria querer que aquele homem ficasse impune?

Mack mergulhou uma batata em ketchup.

– O medo é um motivador poderoso.

– Mas estamos oferecendo uma saída para ela. Do que ela tem medo?

– Enquanto você não tiver passado pela mesma situação, não tem como saber.

Era quase a mesma coisa que Rosie tinha dito, mas Liv não acreditava.

– Não – rebateu ela, pegando a limonada. – Besteira. Você não tem como me convencer de que uma mulher ficaria por vontade própria em uma situação dessas, por qualquer motivo que seja.

– Você não acha que está julgando demais?

Liv recuou.

– Calma aí, de que lado você está?

– Do seu. E é por isso que vou ser sincero. – Mack limpou a boca com um guardanapo amassado. – Você foi babaca no café.

– Não fui!

– Você praticamente culpou a vítima.

– Vai se ferrar! Eu não fiz isso.

Mas o cérebro de Liv traiu seu ego e repetiu suas próprias palavras: *Quem sabe com quantas outras mulheres ele já fez a mesma coisa? Você não se importa com isso?* Ela afundou na cadeira.

– É que eu não entendo – completou ela.

– Nem todo mundo é como você, Liv.

Ela franziu a testa.

– Como assim?

– Nem todo mundo está disposto a travar uma grande batalha contra o mundo. Isso não torna essas pessoas fracas nem erradas. – Uma fagulha se acendeu nos olhos de Mack, que se inclinou para a frente de repente, apoiado nos cotovelos. – Sabia que as mulheres costumam voltar, em média, sete vezes para um relacionamento abusivo antes de ir embora de vez?

– Olha, primeiro de tudo, eu não sei por que você decorou essa estatística. Segundo, estamos falando de assédio sexual, não de violência doméstica.

– Estamos falando de homens em posição de poder usando a autoridade, seja profissional ou pessoal, para manipular por meio de medo e intimidação. É a mesma merda. É tudo culpa da tradição cultural. – Mack jogou o guardanapo no prato.

Ele estava certo, e Liv o odiou por isso. Talvez ainda mais do que odiava a si mesma por ser tão ignorante.

– Uau – comentou, porque estava irritada consigo mesma. – Você aprendeu tudo isso nos romances?

– Isso mesmo, acredite se quiser – respondeu ele, recolhendo o lixo. – Você deveria tentar. Posso recomendar alguns para você começar.

– Dispenso.

Ele deu uma piscadela.

– Faço bem menos sujeira do que quando tinha 16 anos.

Liv fingiu ânsia de vômito.

– E pensar que eu estava até começando a gostar de você.

– Não precisa resistir, Liv. Todo mundo acaba cedendo ao meu charme.

E agora ela estava de mau humor, com medo de ele estar certo.

Mack se recostou na cadeira.

– Tem um lado bom nisso tudo.

– Que é...?

Mack abriu seu sorriso mais mágico.

– Quanto mais tempo isso levar, mais tempo você vai manter a parceria comigo.

Liv envolveu o próprio pescoço com as mãos.

– Me mate agora.

– Você vai ver – rebateu Mack, se levantando. – Quando tudo isso acabar, você já vai estar me amando.

Sonia enfiou a cabeça dentro da sala.

– Estão chamando você no bar.

Mack jogou o lixo no cesto.

– O que houve?

Sonia botou a mão na testa.

– Outra esposa solitária – respondeu em tom jovial.

Liv se levantou.

– Vale a pena saber do que se trata?

– Mack tem um superpoder – explicou Sonia, revirando os olhos.

– Convencer as mulheres a adotar o celibato?

Sonia sorriu para Mack.

– Gosto dela.

Mack riu com deboche.

– Isso muda com o tempo.

Liv mostrou o dedo do meio para ele, e Sonia levou a mão ao coração.

– Meu Deus, somos almas gêmeas!

Liv estendeu a mão fechada e Sonia cumprimentou-a com um soquinho. Mack balançou a cabeça e murmurou uma coisa que parecia *puta que pariu.*

– Algum progresso hoje? – perguntou Sonia.

Mack balançou a cabeça depressa, e Liv ficou de queixo caído.

105

– Ele te contou?

– Contou.

Mack gemeu.

– Droga, Sonia.

Ela deu de ombros.

– Eu não posso mentir. É uma violação do código de ética das garotas.

– Você está de brincadeira? – disse Mack. – Ela está aqui há no máximo dez minutos e vocês já têm um código de ética das garotas? – Ele olhou para Liv. – Eu não contei *tudo*.

– Seu segredo está seguro comigo – comentou Sonia para Liv.

Mack riu com deboche.

– Eu não acreditaria nisso se fosse você.

Liv riu, então se conteve.

Mack apontou para ela.

– Eu ouvi.

– Você não ouviu nada – retrucou Liv.

– Você riu de mim.

– Não.

– Eu falei. Você vai acabar me amando. Todo mundo me ama.

Liv revirou os olhos.

– É bem triste como você sente necessidade desse tipo de adoração.

– É bem triste como você finge que não sente.

Liv deu de ombros.

– Eu não estou fingindo. Odeio pessoas, e as pessoas me odeiam. É um relacionamento perfeitamente saudável.

– Isso não é relacionamento. É um pretexto. Você só tem medo de as pessoas não gostarem de você e faz esse teatro.

– Desculpe, isso vindo do homem que comprou um cupcake de mil dólares para impressionar uma mulher?

– É, até *outra* mulher chegar e estragar tudo.

– Eu não derrubei aquele cupcake sozinha, otário.

– Por quanto tempo vou ter que pedir desculpas por isso?

– Pode continuar pedindo. Eu aviso quando bastar.

Mack sentiu o peso de um olhar. Ergueu os olhos e viu Sonia na porta, observando os dois com interesse genuíno.

– O que foi? – perguntou, irritado, sem nenhum motivo aparente.

Ela deu de ombros.

– Você vem para o bar ou não? – perguntou Sonia.

Mesmo sabendo que era má ideia, Liv foi atrás.

Mack podia farejar uma esposa infeliz a quilômetros de distância.

Sorriso tenso. Olhar irritado, porém determinado. Uma expressão triste, encarando as mãos retorcidas no colo. E um marido desatento parado a uma curta distância, se divertindo com os amigos, sem ideia de que a mulher que ele prometeu amar estava a uma taça de vinho de ir embora para sempre.

Meu Deus, como os homens eram burros.

Ela estava sentada na extremidade do bar, sozinha, e de vez em quando olhava na direção de um grupo de homens a uma mesa próxima, que já estava na quarta jarra de cerveja.

Mack captou o olhar do barman e indicou a mulher com a cabeça. O barman riu para ele e assentiu. Sim, aquela era toda dele.

Mack olhou para Liv e sorriu.

– Observe e aprenda.

Ela mostrou o dedo do meio.

Mack foi até onde a mulher estava, se apoiou na bancada do bar na frente dela e a agraciou com um daqueles sorrisos que a mãe dele dizia que ainda o meteriam em confusão.

– Não me diga que você veio até aqui arrumada assim para ficar sozinha.

A mulher virou a cabeça para ele, surpresa. Ela corou.

– O quê?

Mack deu uma piscadela.

– O que você está bebendo?

A mulher olhou para o copo vazio.

– Só água. E-eu vim com meu marido – explicou.

– E cadê ele? Por que não está aqui, pedindo outro copo de água para você?

Ela olhou para trás.

– Ele está com os colegas do trabalho.

– Ele costuma fazer isso?

– O quê?

– Sai com você e te abandona para ficar com os amigos?

Ela deu de ombros. Era um *sim*. Que idiota. Os homens não mereciam a dádiva que eram as mulheres.

Mack pegou o copo dela.

– É por conta da casa. O que você gostaria de beber?

Ela balançou a cabeça.

– Eu vou dirigir.

Então, além do Sr. Babaca ignorar a esposa, ele a arrastava junto para poder beber. Que ótimo.

– Tudo bem – disse Mack, enchendo um copo de água para ela. – Mas aposto que consigo adivinhar sua bebida favorita.

Uma sobrancelha perfeitamente delineada se arqueou sobre olhos repentinamente interessados.

– Duvido.

Mack a observou das pontas do cabelo (com reflexo, bem caro) aos brincos (de diamante). Observou a bolsa clutch perto das mãos. Kate Spade. Da melhor qualidade, coisa de classe.

Clássico.

– Manhattan?

Ela abriu a boca com uma risada sobressaltada.

– Como você sabe?

Mack deu de ombros.

– Eu tenho um dom.

– É um dom estranho.

– Não no meu trabalho. – Ele olhou para a mesa cheia de homens. – Qual é o seu marido?

O rosto da mulher se transformou.

– É o que está de pé.

Mack o observou. Cabelo cortado curto. Barba aparada. Estilo profissional. Com formação universitária, arrogante.

– Vou tentar adivinhar – disse Mack, cruzando os braços. – Trabalha no mercado financeiro?

A mulher riu de novo.

– Impressionante.

– O que eles estão bebendo?

Ela revirou os olhos.

– Ele só bebia Budweiser, mas agora está gostando dessa tal de IPA. Eu não suporto.

Ele piscou.

Vai ser Budweiser, então.

Mack encheu uma jarra, chamou um dos garçons e rabiscou um bilhete num guardanapo, para botar na bandeja.

Com os cumprimentos de Braden Mack. Preste atenção na sua esposa, seu babaca, ou vai ser expulso do meu estabelecimento.

Após cumprir a missão, Mack voltou para a outra ponta do bar, onde Liv estava parada ao lado de Sonia.

– E é assim – disse, os braços bem abertos. – É assim que se faz.

Liv deu um longo suspiro e olhou para Sonia.

– Há quanto tempo você trabalha com ele?

– Dez anos.

– E você ainda não o matou?

Sonia apoiou o queixo nas mãos e sorriu.

– Isso vai ser tão divertido.

Mack poderia ter concordado se o rosto de Liv não tivesse ficado pálido de repente. Ele se aproximou.

– O que houve?

– Ele está aqui.

Mack se virou e acompanhou o olhar dela.

Royce. Mack estendeu a mão para trás por instinto e envolveu o pulso de Liv.

– Ele sabe que conversamos com Jessica – anunciou ele.

– Como ele poderia saber?

– Talvez ela mesma tenha contado. Você ouviu o que ela disse quando foi embora.

Mack apertou o pulso de Liv.

– Vá para o meu escritório.

Ela se soltou.

– O quê? Não mesmo.

– Liv, por favor. Me deixa cuidar disso. Ele ainda não viu você.

Mack não sabia bem o que a tinha convencido, mas Liv fez o que ele pediu. A raiva enevoou sua visão quando Royce andou em meio às pessoas, cumprimentando fãs com acenos e tapinhas. Ele fez uma pausa para tirar uma selfie com duas mulheres e deixou cada uma beijar suas bochechas.

Mack tirou forças das suas reservas mais profundas para não sair correndo e derrubar o filho da mãe no chão. Andou bem devagar até o centro do bar, as mãos fechadas em punho nas laterais do corpo.

Royce se aproximou com aquele sorriso de apresentador de televisão.

– Mack! O homem que eu queria ver! – Ele se virou para pedir desculpas às duas mulheres que queriam uma foto. – Desculpem, moças. O dever me chama.

Certo. *Dever*. A visita inesperada mais parecia intimidação à moda da antiga máfia.

Royce estendeu a mão por cima da bancada do bar. O aperto de mãos foi tão simpático quanto o cumprimento de dois boxeadores antes de uma luta.

Mack retribuiu o aperto desnecessariamente forte com igual pressão.

– O que traz você aqui?

Royce se esquivou da pergunta e apoiou um cotovelo no balcão. Ele olhou em volta com uma expressão de julgamento.

– Que lugar impressionante você tem aqui.

– É sua primeira vez?

– Nunca tive o prazer.

Ele arrastou a palavra *prazer* o suficiente para transmitir a mensagem contrária. Seu olhar parou na pista de dança, onde um mar de chapéus de caubói balançava no ritmo de uma clássica música de Brad Paisley. Ele franziu os lábios como se tivesse entrado no meio de uma multidão imunda.

Mack nunca teve tanta vontade de bater em outro ser humano.

Não era verdade. Sentira vontade de bater em uma outra pessoa com bem mais força, mas Royce alcançava o segundo lugar bem depressa e por muitos dos mesmos motivos. Homens que faziam mal a mulheres eram as criaturas mais desprezíveis da face da Terra.

Mack tentou relaxar o maxilar.

– Quer uma bebida?

Royce se virou de novo e abriu outra vez o sorriso falso para Mack.

– Claro.

Mack indicou as garrafas de bebida na parede atrás dele.

– Qual é seu veneno preferido?

– Me dá a especialidade da casa.

– É o Foguete de Meleca.

Royce apertou os lábios com repulsa.

– Foguete de Meleca?

– Uma dose de Jim Beam com um ovo cru.

– Quanta classe.

– Posso providenciar um cooler de vinho se você preferir.

Royce levantou as mãos.

– Ei, eu tenho um espírito aventureiro. Manda o Foguete de Meleca.

O barman, que estava ali perto, pegou a garrafa de uísque, mas Mack fez sinal para ele parar.

– Eu cuido desse.

– Vai preparar um bem especial para o cliente VIP? – perguntou Royce, sem a menor autodepreciação na voz. Ele realmente se achava VIP.

– Você sabe – disse Mack. Ele serviu uma dose generosa, colocou o copo na frente de Royce e quebrou um ovo dentro do líquido marrom. – Preciso avisar que consumir ovo cru pode ser perigoso à saúde.

Royce ficou meio verde, mas aquilo era uma prova de masculinidade. Ele engoliu em seco, ergueu o copo e virou a bebida.

– E então – disse Mack, apoiando as mãos na beirada do balcão. – O que te traz aqui?

– Eu soube... – Royce se interrompeu e engoliu em seco quando botou o copo na bancada. O ovo parecia estar voltando. – Eu soube que você está contratando.

– Estou. Quer um formulário de inscrição?

Royce abriu o sorriso do apresentador de TV.

– Boa. Você já se perguntou como eu obtive sucesso?

– Não.

A mandíbula de Royce estremeceu.

– Eu gosto de você, Mack, e é por isso que eu vou deixar passar sua pequena falha em ética profissional.

Mack riu com deboche.

– *Você* vai me dar uma aula sobre ética profissional?

– Não é de bom-tom recrutar funcionários de outra pessoa.

Sinais de alerta soaram no cérebro de Mack, mas sua boca não se importou.

– Assediar sexualmente as funcionárias também não.

Manchas vermelhas surgiram nas bochechas de Royce. Mack percebeu com um sobressalto que aquele era o rosto que o público nunca via. O rosto que tinha assustado Jessica ao ponto das lágrimas. O rosto que logo sentiria o impacto do punho de Mack.

– Por que a gente não para de enrolar? Diga o que veio dizer, então saia do meu estabelecimento.

– Olivia é perigosa, cara. Ela é instável.

– É mesmo?

– Eu devia ter demitido essa mulher muito tempo atrás.

Mack quase quebrou um dente de tanto que trincou a mandíbula.

– Não sei o que ela te contou, mas, se vai dar ouvidos, é por sua própria conta e risco. Ela inventa coisas. – Royce deu de ombros. – É triste, porque ela tem talento na cozinha e... – ele curvou a boca em uma expressão predatória – ... em outros quesitos.

Um borrão de cabelo cacheado passou na visão periférica de Mack antes que ele se desse conta do que estava acontecendo.

Ah, merda. Era Liv.

– Seu nojento mentiroso de merda.

Royce riu.

– Olivia! Que surpresa!

Mack segurou o braço dela, mas Liv se soltou.

– Eu *nunca* dormi com você. Meu Deus, eu preferia vomitar meus olhos.

Royce deu de ombros como se recebesse a resposta esperada.

– Eu falei, Mack. Instável.

– Cala a boca, Royce – falou Mack.

– Eu devia ter chutado aquele seu pau de peixe murcho quando tive a oportunidade – disse Liv com desprezo.

O rosto de Royce virou um pimentão.

Mack passou o braço pela cintura dela e a puxou para perto.

– Pare – sussurrou, no ouvido dela. – É isso que ele quer. Que a gente se irrite e faça uma cena, e de repente nós dois perdemos a credibilidade.

Liv se desvencilhou dele.

– Você não vai se safar disso – ameaçou ela, apontando para Royce.

– Olivia? – Ele deu uma piscadela. – Eu já me safei.

– Saia do meu bar – rosnou Mack.

Liv deixou Mack levá-la para longe do bar.

– Vem. Vamos embora.

Mack deslizou a mão pelo braço dela e a segurou pela mão para poder puxá-la para o escritório. Sussurros e olhares curiosos registraram tudo. Seria um milagre se ninguém tivesse capturado alguma parte em vídeo.

Liv entrou no escritório batendo os pés, as mãos tremendo.

– Eu nunca dormi com ele.

– Meu Deus, Liv. Eu sei.

Ela se virou para encará-lo.

– Ele vai espalhar esse boato sobre mim, não vai?

– Eu não vou deixar.

Sonia entrou de repente.

– Pau de peixe murcho?

Liv tremeu.

– Foi a coisa mais nojenta que eu já vi.

A mordacidade dela durou pouco. Os joelhos ficaram bambos, e Liv se desequilibrou apoiada na beirada da mesa.

– Ele vai mesmo me destruir. Todo o mundo culinário vai pensar que eu tive um caso com ele.

Mack se aproximou e segurou o queixo dela com o polegar e o indicador.

– Olha para mim. – Ele inclinou o rosto dela para cima. – Nós não vamos deixar.

Liv sustentou o olhar de Mack, que sentiu algo se apertar no peito. Os olhos dela eram como espelhos, refletindo todas as emoções. Ele a encarou, hipnotizado, enquanto a ansiedade virava determinação e transformava o castanho-dourado em verde ardente.

– Vamos mesmo – sussurrou ela. – Custe o que custar.

Mack cerrou a mão e esticou o braço.

– Parceiros?

Liv bateu com o punho no dele.

– Parceiros.

DEZ

Na manhã seguinte, Mack se sentou no banco de sempre na lanchonete onde ele e os rapazes tomavam café da manhã a cada duas semanas. Foi o último a chegar, o que era incomum, mas as circunstâncias também eram. Aquela não era a semana habitual deles.

Uma caneca de café o esperava. Ele a empurrou para o lado e se apoiou na mesa.

– Qual é a emergência? – perguntou Malcolm, o tom carregado de uma irritação nada característica. – Minha mulher e eu temos planos para hoje.

Uma garçonete foi até a mesa e perguntou a Mack se ele já queria pedir. Ele respondeu com um olhar rápido na direção dela.

– Só o café, obrigado.

Houve um momento de silêncio depois que ela se afastou.

– O quê? – perguntou Mack.

– Uau – comentou Del baixinho. – Você nem sorriu para ela.

– Para quem?

Malcolm apontou para a mulher.

– Para a garçonete. Você nem flertou com ela.

Mack balançou a cabeça.

– Eu não tenho tempo para flertar. Preciso falar com vocês.

– Obviamente – declarou Del. – Você nos tirou da cama para isso.

– O assunto é sério!

– Já levou outro fora? – indagou Gavin.

Mack mostrou o dedo do meio para ele. Gavin retribuiu o gesto. Malcolm começou a se levantar.

– Não tenho tempo para isso.

– Senta aí. Vocês precisam ouvir.

Malcolm voltou para a cadeira com olhar duro.

– Espero que seja coisa boa.

Mack inspirou fundo e passou a mão no cabelo. Quando expirou, observou os amigos. Sabia que deveria se sentir culpado por fazer aquilo sem falar com Liv, mas era uma emergência.

– Isso precisa ficar entre nós.

– O assunto é sério mesmo, hein? – comentou Gavin.

– É. E tem a ver com a Liv.

Gavin ficou com o corpo rígido instantaneamente.

– O que tem ela?

– Ela não contou a história toda sobre a demissão.

Cinco minutos depois, os rapazes reagiram aos fatos exatamente como Mack sabia que reagiriam, porque todos viviam de acordo com o mesmo código moral.

O russo bateu com o punho enorme na coxa, que mais parecia um tronco de árvore.

– Eu vou quebrar a cara dele!

– O que você sugere que a gente faça? – perguntou Del.

– Ainda não sei. Mas temos que fazê-lo parar.

Malcolm assentiu.

– Conta comigo.

Derek concordou.

– Comigo também.

Um após o outro, todos assentiram. Só Gavin hesitou. Ele balançou a cabeça, tirou o boné e passou a mão no cabelo amassado.

– Não estou gostando disso. Não quero que Liv sofra.

– Eu não vou permitir que ela sofra. Vou protegê-la.

Gavin soltou um ruído de deboche.

– Eu adoraria ver a reação dela ouvindo você dizer isso. Ela gosta de fazer as coisas sozinha.

É. Mack sabia. E estava começando a gostar disso.

Liv tomou um banho rápido, ajeitou cabelo e maquiagem e se vestiu antes de sair para realizar as tarefas da manhã. Uma chuva fria e nebulosa molhava a grama e desfez na hora o pouco esforço que Liv tinha dedicado ao cabelo. As galochas afundaram na grama lamacenta quando atravessou o quintal pelo caminho até os galinheiros. Os bodes baliram no celeiro, mas teriam que esperar a vez deles. Randy já tinha voado por cima da cerca e estava empoleirado em seu galho favorito, esperando as galinhas serem soltas para cumprir sua cota sexual diária. Ele cumprimentou Liv com uma batida ameaçadora de asas.

– Não estou com paciência para você hoje.

Randy soltou um cacarejo irritado. Liv fez que ia para cima dele, mas sentiu culpa. O galo não tinha nada a ver com o fato de Royce ser um babaca nojento que aparentemente andava contando por aí que Liv tinha dormido com ele. Um arrepio gelado se espalhou por seu corpo, sem nenhuma relação com o tempo frio. Só de pensar em chegar perto daquele homem... sentia ânsia de vômito.

Randy a ameaçou de novo; dessa vez, ela o afastou com o braço.

– Estou falando sério, Randy. Não quero mais saber de canto de galo de macho frouxo.

– Bom saber.

Liv deu um pulo e olhou para trás. Mack estava a 20 metros e vinha na direção dela, todo cheio de ginga e confiança, usando uma bermuda de golfe e um pulôver atlético fino. A chuva que deixara o cabelo dela cheio de frizz fazia o dele dançar com gotinhas de orvalho. Mack era a própria propaganda da Nike.

– O que você está fazendo aqui?

Randy voou direto para cima de Mack, as penas eriçadas, as asas batendo. Mack pulou em um pé, depois no outro, tentando evitar o ataque.

– Qual é o problema desse bicho?

– Todo macho é babaca.

Mack esticou a perna. O galo saltou e o atacou com os dois pés. Mack cambaleou para trás com um palavrão. Liv pegou uma cesta de metal pendurada em um gancho ao lado da porta do cercado e a balançou. Randy finalmente entendeu o recado e saiu correndo em busca de uma galinha para molestar.

Liv entregou a cesta para Mack.

– Faça algo de útil.

– O que a gente vai fazer?

– *Você* vai pegar os ovos enquanto eu dou ração para as galinhas.

– Pegar os ovos onde?

Liv apontou para os ninhos.

– Levante a tampa. Olhe dentro de cada caixa para ver se tem ovos. Se tiver, coloque na cesta. Com cuidado.

Mack olhou para os ninhos como se a própria morte o esperasse ali.

– Tem galinhas aí dentro?

– Pode ter. Elas vão se afastar para você. É só enfiar a mão embaixo delas com delicadeza.

– Você quer que eu enfie a mão *embaixo* de uma galinha?

– Elas vão se afastar.

– Mas *debaixo* da galinha? Tipo onde fica a vagina?

– Primeiro de tudo, galinha não tem vagina. Segundo, mesmo se tivesse, é uma galinha. Ela não vai se importar.

– Mas...

– Pelo amor de Deus, Mack, seja homem.

– Ei – protestou ele, apontando para ela. – Eu posso ser homem e ter medo ou... Espera. Galinha não tem vagina?

– Ah, meu Deus. Pega as porcarias dos ovos.

Liv abriu a porta do galinheiro, e Mack levantou a tampa do ninho com cuidado. Praticamente murchou de alívio quando viu que só uma galinha esperava lá dentro, o resto tinha saído em busca de liberdade e terra molhada assim que Liv abriu o galinheiro.

Mas Hazel, a galinha, não foi muito longe. Randy pulou nas costas dela e fez seu trabalho. Acabou em três segundos.

– Caramba, Randy – disse Mack, a voz cheia de repulsa. – Vai devagar.

Liv jogou ração no chão tentando disfarçar um sorriso.

Mack colocou três ovos na cesta.

– Ei, a galinha sabe quando vai botar um ovo ou ele só sai do nada?

– Eu não tenho ideia.

– E a primeira vez que ela bota um ovo? Ela deve pensar *O que está acontecendo? O que acabou de sair de mim? Acho melhor ficar sentada em cima e ver o que acontece.*

Liv não conseguiu conter uma risada. O sorriso satisfeito de Mack mostrou que ele tinha ouvido. Droga.

Ele foi para o ninho vazio seguinte.

– Mas, falando sério, o que as galinhas têm se não têm vagina?

Liv colocou a cumbuca de volta no balde de ração.

– Não quero mais conversar com você sobre vagina de galinha. Nunca mais.

– Eu posso procurar no Google se você não me disser, mas imagina só o tipo de propaganda que vou passar a receber.

Liv suspirou.

– Elas têm um orifício chamado cloaca. É tipo um buraco que serve para tudo.

– *Tudo?* – Mack estremeceu. – Por que você sabe tanto sobre vaginas de galinha?

– Uma das galinhas ficou com um ovo entalado, alguns meses atrás. Tivemos que ajudar a tirar.

– Que vida interessante. Me conta de novo: por que você mora aqui mesmo?

Liv saiu andando em vez de responder. Muita gente lhe perguntava isso, mas ela não devia a resposta a ninguém. Menos ainda a Mack.

Mack a seguiu até o interior da casa, onde Liv tirou as galochas sujas de lama e pegou a cesta da mão dele.

– Lave as mãos – mandou ela, indicando o banheiro.

Rosie estava sentada à ilha da cozinha com uma xícara de café e o jornal da manhã. Era uma das coisas que Liv amava nela: Rosie ainda recebia o jornal todas as manhãs, assim como sua avó, quando ela era pequena. As únicas vezes em que Liv se sentiu verdadeiramente segura quando criança foram as manhãs que passou encolhida no sofá, ao lado da avó, lendo o jornal.

Liv puxou o cabelo úmido para trás e colocou os ovos na bancada.

– Randy já está indo atrás da Hazel. Ela está ficando meio careca no pescoço. Acho que temos que trazê-la para dentro por um tempo.

– Pobrezinha. Daqui a pouco eu busco a coitada.

A torneira foi fechada no banheiro, e Mack apareceu. Rosie soltou um leve suspiro.

– Olha só quem voltou!

Mack aproveitou o momento:

– Rosie, você está linda hoje.

– Ah, Deus. – Liv fingiu ânsia de vômito.

– Está com fome? – perguntou Rosie. – Tem bolinhos e uma quiche no forno.

– Vou adorar provar um dos seus bolinhos. – Ele deu uma piscadela.

Liv o encarou e revirou os olhos.

– Tem alguém no mundo com quem você não flerta?

Rosie colocou um bolinho num prato e o entregou para Mack.

– O que vocês dois planejaram para hoje?

Mack deu uma mordida rápida antes de responder:

– Espionagem.

– Você ainda não me contou por que veio aqui – lembrou Liv.

– Tenho umas coisas para discutir com você.

Mas, antes que Mack pudesse dizer qualquer outra coisa, a porta dos fundos se abriu e se fechou de repente. Vozes infantis se espalharam pela casa.

– Tia Livvie!

Amelia entrou correndo, e então Ava, seguida imediatamente por Thea.

As meninas pareceram felizes em ver Mack.

Já Thea não.

– Interessante você estar aqui, Mack – disse ela.

Ele ficou muito pálido e fez cara de *Ah, merda*.

– Oi, Thea...

– Eu preciso falar com minha irmã a sós.

Mack colocou o bolinho no prato.

– Hum, vou levar as meninas lá fora para brincar.

Rosie ficou parada por um momento, parecendo nervosa, mas decidiu que era mais seguro ir junto.

Liv olhou para a irmã.

– Meu Deus, Thea, o que houve?

Thea firmou as mãos na cintura.

– Quando você ia me contar a verdade sobre o motivo de ter sido demitida?

Ah. Merda.

Dez minutos depois, Thea estava andando de um lado para outro na sala de Rosie.

– Não acredito que você mentiu para mim!

– Tecnicamente, eu só omiti algumas informações – argumentou Liv.

Thea não ficou nada satisfeita, a julgar pelo rosto vermelho e pelo olhar raivoso. Liv engoliu em seco e calou a boca.

– Eu juro por Deus, Liv, não consigo entender você. Por que esconde coisas tão sérias de mim?

– Eu não queria arrastar você para essa situação.

– Você é minha irmã! Seus problemas também são meus.

– Correção: seus problemas costumam acontecer *por causa* dos meus.

Thea ergueu os braços e soltou um grunhido frustrado.

– De onde você tirou isso, Liv? Eu não entendo!

– Eu sempre fui um fardo para as pessoas, a vida toda. Para a mamãe. Para o papai. Para a vovó. Para você.

– Isso não é verdade! Por que você pensa isso?

Liv se levantou e abanou as mãos, dispensando a discussão e tentando evitar revelar algo que não queria.

– Porque sim. Agora que você sabe a história toda pode ir para casa surtar, com mais uma preocupação nas costas.

Thea a encarou com aquela expressão de novo.

– Eu sou sua irmã. É minha função me preocupar com você.

Liv tirou o cabelo do rosto.

– Foi por isso que eu não contei.

– Você achou mesmo que eu não descobriria?

– Imaginei que acabaria descobrindo! Mas não pensei tão longe assim. Eu só estava tentando lidar com a situação do meu jeito. Espera aí. *Como* você descobriu?

– Como você acha? Mack contou ao Gavin e aos outros hoje de manhã.

Os músculos de Liv se tensionaram.

– Ele fez *o quê*?

A tensão de dentro da casa acompanhou Mack e Rosie até o lado de fora. Até mesmo as galinhas estavam furiosas. Quando Randy foi atrás de Hazel, ela cacarejou e o bicou até o galo recuar.

– Será que a gente devia voltar lá para dentro? – perguntou Mack a Rosie, que estava ajudando as meninas a alimentarem os bodes.

– Acho que elas vão sair quando estiverem prontas.

Hop se aproximou.

– Rosie, preciso ir até a loja de ração. Quer vir comigo?

Rosie enrijeceu.

– Venham, meninas. Vamos olhar minhas sementes.

– Opa! – exclamou Mack quando Rosie já estava longe. – O que você fez?

Hop sugou os dentes.

– Ela está assim desde que fiz aquela piada sobre a Emenda dos Direitos Iguais. Não aguenta uma piada.

– Talvez não tenha sido engraçada.

– Sabe, esse é o problema das pessoas hoje em dia. Ninguém mais tem senso de humor, se ofendem com tudo.

Mack balançou a cabeça.

– Cara, algumas coisas *sempre* foram ofensivas.

– Ninguém se importava com isso na minha época.

– As mulheres se importavam. Você acabou de decidir que a opinião delas não era importante.

Hop revirou os olhos, mas ficou visivelmente abalado.

– E quantas vezes isso tem que acontecer para você entender que o problema não é a falta de senso de humor dela, mas o fato de que você precisa contar piadas melhores?

Hop apontou para ele com seu dedo nodoso.

– Cuidado com o que fala, rapaz.

Mack deu de ombros.

– Só estou dizendo que posso ajudar.

Hop soltou um grunhido de deboche.

– Com o quê?

Mack indicou a estufa, onde Rosie tinha entrado com as meninas.

– Há quanto tempo você está apaixonado por ela?

– Não sei do que você está falando – resmungou Hop.

– Você pode bancar o burro quanto quiser, mas eu sei o que vi.

– Isso não quer dizer nada.

– Você pode conquistá-la. E eu posso ajudar.

Hop franziu os lábios como se tivesse acabado de chupar limão.

– Você acha que vou aceitar conselhos românticos de quem não é capaz de admitir que está desejando uma mulher?

– Não estou desejando Liv. Eu mal a conheço.

– Mas você sabia exatamente de quem eu estava falando.

Mack desconversou.

– Nós estamos falando de você, coroa.

– E você está falando besteira.

– Você precisa aprender a falar com Rosie em uma linguagem que ela entenda.

– Eu conheço a linguagem dela. É a linguagem do mau humor.

Mack também conhecia uma pessoa assim.

Hop enxugou a testa com a bandana.

– Talvez os homens da sua geração conversem sobre essas coisas, mas os da minha, não.

– E isso está dando certo para você?

– Está dando certo para *você*?

Mack abriu um sorriso.

– Bastante certo até agora.

Hop riu com sarcasmo.

– É mesmo? Aquela mulher ali não parece feliz em ver você.

Mack se virou a tempo de ver Liv andando pela grama, furiosa. Ela deveria parecer ridícula de galochas e um enorme moletom gasto.

Mas não estava ridícula. Estava linda.

Como uma bela tempestade.

Trovejando na direção dele.

Liv parou e o encarou com um olhar duro.

– Você contou aos caras do clube do livro?

Ele fez uma careta.

– Foi isso que eu vim te contar.

– Você devia ter me perguntado antes de contar para *eles*.

Mack ergueu as mãos.

– Combinamos ontem à noite que vamos derrubar o Royce, custe o que custar.

– Isso não queria dizer que você podia sair correndo para contar a mais gente sem a minha permissão. Era para sermos parceiros.

– Os rapazes podem ajudar, Liv.

– É um *clube do livro*.

– Um clube do livro composto pelos homens mais poderosos e com mais contatos de Nashville. Eles podem ajudar.

Uma brisa jogou um cacho de cabelo na bochecha de Liv. Mack teve uma vontade louca de enrolá-lo no dedo e prendê-lo atrás da orelha dela.

– De agora em diante, você não dá um passo sem falar comigo – ordenou Liv. – Eu estou no comando.

Mack assentiu.

– Você está no comando.

Liv assentiu, satisfeita.

– Com uma condição – acrescentou Mack.

Liv cruzou os braços.

– Qual?

– Que você pare de agir sem pensar.

A ofensa no rosto dela era tão genuína que chegava a ser quase cômica.

– O que eu fiz sem pensar?

– Ontem à noite, com Royce. Temos que ser inteligentes. Se você quer ficar no comando, tudo bem. Mas eu tenho poder de veto para ideias burras.

Atrás deles, Hop riu com deboche de novo.

– Olha, vamos reunir todo mundo amanhã e bolar um plano – ofereceu Mack.

– Tudo bem. – Liv se virou e foi na direção da casa.

Rosie e as meninas saíram da estufa e, antes de entrar em casa, a idosa olhou para Hop com a mesma cara que Liv tinha olhado para Mack.

Mack falou por cima do ombro:

– Sexta que vem. Oito horas. Lanchonete Six Strings.

– Eu que não vou a uma droga de reunião de autoajuda.

– O membro mais novo paga o café da manhã.

– Vá se foder.

ONZE

– Eu cometi um erro terrível – falou Liv para si mesma logo depois das três da tarde do dia seguinte, enquanto olhava a sala de Rosie.

– Vai ficar tudo bem – disse Mack. – Prometo.

Ela não tinha tanta certeza. Confiava totalmente em Malcolm. Ele era inteligente. Não conhecia dois dos outros caras, mas os reconheceu. Derek Wilson era dono de uma empreiteira ou algo do tipo, e tinha ouvido Gavin e Mack falarem dele antes, então sabia que ele era legal.

Mas o russo? Ela se virou e olhou para Mack, a voz baixa.

– Não acredito que você o convidou. Esta casa tem canos velhos.

Rosie entrou com uma bandeja de biscoitos e um homem que Liv não reconheceu. Estava usando óculos de armação preta, um gorro frouxo estilo hipster e uma camiseta do Pokémon.

– Encontrei um retardatário lá fora – disse Rosie.

– Quem é esse? – sussurrou Liv.

– Noah.

– Quem é Noah?

– Especialista em computadores.

– O mesmo que encontrou Jessica? Você disse que ele não sabia de nada! Mack levantou as mãos pedindo trégua.

– Tudo bem, eu posso ter mentido sobre isso.

Liv deu um soco no braço dele, e Mack esfregou o braço e choramingou.

– Por que isso?

– Porque sim. Tem certeza de que podemos confiar nele?

– Não julgue um livro pela capa. Tenho quase certeza de que essa coisa de TI é disfarce e que na verdade ele é um assassino do governo.

Liv estreitou os olhos.

– Nunca sei se você está falando sério ou não.

Mack deu um passo à frente, estendendo a mão. Ele e Noah trocaram um aperto de mão, seguido de uma batida de peitos.

– Obrigado por ter vindo, cara – disse Mack.

Ele apresentou Noah, listando o nome de cada homem e sua habilidade especial. O russo foi o último.

– Ele veio por causa dos músculos – disse Mack.

O russo bateu com o punho na mão.

– Eu dou um jeito nele.

Liv balançou as mãos.

– Não. Ninguém vai bater em ninguém.

O russo fez beicinho. Rosie correu com os biscoitos para acalmá-lo.

– Não dê queijo para ele – avisou Mack, mais do que depressa.

Liv o encarou.

– Tipo depois da meia-noite ou...?

– Tipo nunca.

O russo deu de ombros e se dirigiu a Malcolm.

– Você pode comer queijo?

– Olha, todo mundo aqui pode comer queijo – respondeu Mack.

Noah cumprimentou Liv por último. Ela apertou a mão dele e estreitou os olhos.

– Você mata gente?

Ele inclinou a cabeça.

– Não de propósito.

Mack bateu palmas para chamar atenção.

– Vamos começar.

Todo mundo que ainda não tinha se sentado se apressou para pegar um lugar em um dos sofás. O russo já se acomodara na poltrona reclinável de Hop, o que poderia ser um problema se Hop decidisse se juntar a eles. Malcolm acabou ficando no chão, o que poderia ser um problema se as galinhas decidissem se juntar a eles.

– Gavin e Del têm jogo hoje, então depois teremos que contar para eles o que decidirmos.

– O que você quer que a gente faça? – perguntou Derek, pegando outro biscoito. – Isto aqui está bom demais.

Rosie abriu um sorriso. Hop entrou, reparou que Rosie estava sorrindo para outro homem e fez cara feia. Em seguida, reparou no russo na sua poltrona, e sua expressão se tornou assassina. Ele apontou com o polegar num gesto de *sai daí agora*. O russo logo se juntou a Malcolm no chão.

– Você está atrasado – comentou Rosie, repreendendo Hop, mas lhe ofereceu um biscoito mesmo assim.

– Uma das coisas mais importantes que precisamos fazer é descobrir quantas mulheres Royce assediou – disse Liv. – E precisamos pensar em como expor esse cara.

– Por que não procuramos a imprensa e você conta o que viu? – indagou Derek.

– Isso violaria meu acordo de confidencialidade, e não quero dar a ele munição para nos derrubar – explicou Liv. – Além do mais, os repórteres teriam que investigar, o que leva tempo. Eu quero algo mais impactante.

Mack olhou para ela franzindo o cenho.

– Impactante?

– Quero confrontá-lo na festa de lançamento do livro de receitas.

– Isso é daqui a três semanas – disse Mack.

– Eu sei.

– É impossível – resmungou ele.

– Por que a gente não sequestra o cara e o faz confessar? – Todos olharam para o russo, que deu de ombros. – Acontece o tempo todo na Rússia.

Liv balançou a cabeça.

– Não. Nada de sequestro. Nada de violência.

– Mas a gente podia mesmo tentar gravá-lo confessando – propôs Derek. Liv olhou para Mack.

– Isso poderia dar certo – disse ela.

– Como?

– Que tal no baile da Câmara do Comércio? – sugeriu Derek. – Ele vai estar lá. Alguém poderia gravar no celular, não sei.

– Ele não vai admitir num baile beneficente que assedia mulheres – interveio Mack.

– Pode ser que ele comente com alguém que já sabe do histórico dele – disse Liv. – Tipo eu.

Era estranho como o rosto de Mack podia ir de totalmente neutro para completamente pétreo em uma fração de segundo.

– Não. Não gosto disso. Temos que pensar num plano diferente. Esse nunca vai dar certo.

– Talvez eu possa ajudar – interveio Noah.

Ele se inclinou para a frente, no sofá, e tirou um rolo de papéis do bolso de trás.

Noah ofereceu os papéis para quem quisesse pegar, e Liv chegou antes que Mack pudesse alcançá-los.

– O que é isso?

Mack espiou por cima do ombro dela.

– Dei uma fuçada nos registros bancários do Royce – explicou Noah.

Liv engasgou.

– Você fez o quê?

Mack deu um tapinha nas costas dela.

– Respira fundo.

– Isso por acaso é legal?

– Tecnicamente, a maioria das informações que eu olhei é pública – disse Noah.

– A maioria? – questionou Liv.

Noah deu de ombros, pedindo desculpas sem muita convicção.

– Uma parte pode ter sido obtida por meio de legalidade questionável.

– Conta logo o que tem aí – mandou Mack.

Noah mordeu um biscoito.

– Encontrei uma série de transações estranhas, então reuni tudo numa planilha, a fim de encontrar padrões, e achei uma coisa interessante.

Mack chegou tão perto que estava encostado nas costas de Liv.

– Não entendi – disse Mack, erguendo o rosto. – Do que se trata?

Noah assentiu.

– A empresa de Royce fez várias transferências de quantias variadas para uma instituição de caridade desconhecida, com endereço fora do país. Cada transferência foi redistribuída imediatamente para outras pessoas.

– Você acha que ele está comprando o silêncio... – disse Hop.

Noah deu de ombros.

– Se eu estivesse tentando pagar pessoas de um jeito que ninguém soubesse, faria assim.

– Posso ver? – pediu Malcolm.

Mack entregou os papéis para ele. O russo e Hop olharam por cima do ombro enquanto ele os examinava.

– Não revela nada – comentou Hop, se sentando. – São só um monte de números que você obteve ilegalmente, logo você estará tão encrencado quanto Royce se usar isso aí.

– Talvez a gente possa usar isso tudo para obter mais informações – disse Derek.

– O que tem no resto das páginas? – perguntou Malcolm.

– Umas coisas do tribunal tributário. – Noah deu outra mordida no biscoito. – Royce registrou uma...

Noah parou ao ouvir um cacarejo. Hazel tinha entrado na sala, balançando a cabeça, procurando migalhas de biscoito. Noah piscou.

– Alguém mais está vendo a galinha?

Os olhos do russo se iluminaram e ele esticou os braços.

– Galinha.

– O que você estava dizendo? – perguntou Mack, a agitação evidente não só na voz, mas nos punhos fechados.

– Royce registrou uma organização sem fins lucrativos anos atrás, mas não declarou direito os impostos – explicou Noah. – Recebeu umas multas altas, não pagou e foi a julgamento.

– O que tem de mais?

– E no ano seguinte foi criada essa outra instituição de caridade, no Panamá.

Malcolm arregalou os olhos.

– Isso foi há sete anos.

Noah assentiu.

– Ele está fazendo essa merda há muito tempo.

Liv ficou enjoada. Sete anos? E isso porque ele mudou a instituição de caridade falsa para outro país. A náusea virou raiva: quantas mulheres teriam sofrido nas mãos de Royce? Ele tinha se safado por *anos*. E, o tempo todo, incontáveis pessoas sabiam, permitiram, encobriram.

– E como a gente fica? – perguntou Derek.

– Precisamos provar que esse dinheiro foi pago a mulheres que ele assediou – disse Malcolm.

– Ah, jura? – rebateu Mack. – E como fazemos isso?

– Eu posso continuar xeretando – sugeriu Noah, dando de ombros.

– Vocês estão todos loucos. – Hop se levantou da poltrona, balançou a cabeça e saiu andando. Ao chegar à porta, se virou. – Vocês deveriam chamar a polícia, não se meter com essas coisas.

– O que a gente vai dizer para a polícia? – indagou Mack. – Jessica deixou claro que não quer denunciar, então é a palavra de Liv contra a dela *e* a de Royce.

– Bom, eu não posso participar de nada ilegal. Eu sou policial, caramba.

– Aposentado – lembrou Rosie. – E ninguém te convidou.

– Então vocês também são uns idiotas – retrucou Hop, com desprezo. – Eu sou o único aqui com experiência em investigações e vocês estão falando de uma *investigação*.

O russo começou a se balançar e a cantar baixinho para a galinha Hazel em seu colo.

– E aquele cara ali é pirado – disse Hop, apontando para o russo.

– Ele é jogador de hóquei – comentou Mack.

– Meu Deus – murmurou Hop, da porta, mas andou de volta até a poltrona.

– Neste momento, minha maior preocupação é com Jessica – explicou Liv. – Ela estava com tanto medo que contou ao Royce que conversamos com ela. E Royce, ao que parece, ficou com tanto medo que foi nos confrontar. As coisas vão piorar. Tenho que tirá-la de lá.

Noah enfiou o resto do biscoito na boca.

– Por sorte, eu também posso ajudar com isso.

DOZE

– Tem certeza de que é aqui que Noah disse que ela estaria?

Na quinta-feira seguinte, Liv olhou para a porta do bar de quinta categoria com uma expressão que dizia que estava não só na dúvida, mas também com um pouco de medo. Mack não a culpou. O lugar era o equivalente a um dedo do meio em matéria de ambiente: sujo e ofensivo, com uma energia que dizia *entre por sua própria conta e risco*.

Mack deu de ombros.

– Noah disse que ela postou no Facebook que estaria aqui hoje.

– A página dela é fechada. Como ele consegue ver essas coisas?

– Ele hackeou um banco em outro país. Você acha que ele não consegue entrar no Facebook de alguém?

Liv olhou de esguelha para ele.

– Faz sentido.

Mack colocou a mão nas costas de Liv, deu um sorrisinho para si mesmo ao perceber como os músculos dela se contraíram com seu toque e indicou a porta.

– Vamos. Com sorte, vamos chegar primeiro.

A maçaneta da pesada porta de madeira estava gasta, depois de trinta anos como o bar favorito dos universitários, mas a porta em si trazia as marcas do que pareciam ser incontáveis chutes de bota de clientes expulsos pelos seguranças. Não era uma boa apresentação para o que encontrariam lá dentro. Mack manteve a mão nas costas de Liv quando eles entraram.

Os dois pararam brevemente para permitir que os olhos se ajustassem à luz baixa. Ainda eram nove da noite, cedo para os universitários, então havia menos de vinte pessoas no local. E a maioria parecia não ter idade para beber.

– De repente, me sinto com um milhão de anos de idade – comentou ele.

– Você tem mais de 30. Para eles, tem mesmo.

– Jessica tem idade para beber?

– Não, mas acho que não prestam muita atenção nisso aqui.

Poucos lugares prestavam. Mack tinha tolerância zero para menores de idade bebendo em seus bares. Os seguranças recebiam treinamento regular sobre as técnicas mais modernas de falsificação de identidade e pelo menos dez pessoas por dia acabavam expulsas de seus estabelecimentos. Festas de despedida de solteiro e de solteira eram as piores. Não havia um dia em que alguém não tentasse botar a prima mais nova para dentro com um piscar de olhos suplicantes ou uma nota de 20 não muito sutil. Nenhuma das duas coisas funcionava com seus homens. Mack se certificara de que fosse assim.

– Vamos pegar uma mesa nos fundos para ficarmos de olho – sugeriu Liv, se afastando da mão dele.

Ela parou em um compartimento curvo debaixo de um letreiro quebrado de MILLER LITE no canto mais distante. Alguém tinha desenhado um pênis na madeira da mesa, e a almofada de vinil estava completamente rachada.

– Tremo só de pensar no que uma luz negra revelaria nesse banco – comentou Liv, mas se sentou mesmo assim.

– Fique alerta – disse Mack. – Vou buscar uma bebida para nos misturarmos melhor.

– Eu vou me misturar bem. Você que tem uns grisalhos nas têmporas.

Mack levou a mão ao cabelo antes de notar o sorriso dela. Liv estava mentindo. Ele apontou para ela.

– Não é engraçado.

– Você é tão vaidoso.

Ele indicou o bar.

– O que você quer?

– Eu pediria um Dos Maderas e uma Coca, mas acho que aqui é mais o tipo de lugar para um Captain Morgan, então... – Ela deu de ombros.

– A moça sabe beber – refletiu Mack, absurdamente excitado com aquele pensamento. – Já volto.

As duas mulheres no bar pareciam ser só um pouco mais velhas que a clientela. Estavam usando regatas iguais com o nome do bar nos seios e, a julgar pela forma como repuxava as alças, a mais nova não estava feliz com o uniforme.

– O que posso servir para você? – perguntou ela, abrindo um sorriso.

– Tem Dos Maderas?

Ela piscou. Mack balançou a cabeça.

– Um rum com Coca e uma garrafa de Sam Adams.

Levou as bebidas para a mesa e se sentou ao lado de Liv. Ela tentou chegar para o lado, mas Mack passou o braço por cima de seus ombros e a puxou de volta.

O olhar de esguelha que Liv lançou para ele tinha tanta atitude que poderia ser tema de uma série de TV.

– O que você está fazendo?

– Me misturando. Somos só um casal curtindo uma saída.

– Vai sonhando.

E Mack estava mesmo sonhando. De repente, começou a querer muito que aquilo fosse real. Tomou um longo gole da cerveja. Talvez tivesse sido um erro estratégico se sentar tão perto dela. Liv tinha um perfume gostoso. Não gostoso floral, como tinha lido tantas vezes nos romances, mas *gostoso*. A pele dela tinha aroma de baunilha ou algo assim. Doce.

Ele passou a mão embaixo do nariz.

– O que houve? – perguntou Liv.

– Nada.

– Você parece incomodado.

– Não estou.

Ela deu de ombros e o empurrou. Mack engoliu em seco. A porta se abriu, e os dois se empertigaram. Na mesma hora, murcharam. Não era Jessica. Um grupo de cinco mulheres entrou, parecendo que tinham começado a festa em outro lugar antes de ir para lá.

– Eu nunca permitiria que isso acontecesse no meu bar – comentou Mack.

– Permitiria o quê?

Ele apontou com a cerveja.

– Elas já estão bêbadas. É pedir para dar problema.

Mack sentiu o peso do olhar dela e a encarou.

– O quê?

– Você tem muita ética.

– Isso te surpreende?

– Riqueza e moralidade raramente andam juntas, na minha experiência.

– Qual é o seu problema com gente rica? – indagou Mack.

– Eu não confio em gente rica.

– Por quê? É verdade que tem gente que ganha muito dinheiro de formas escusas...

– E manipulando o sistema para garantir que os outros não se deem bem.

– ... mas nem toda riqueza é sinal de mau-caratismo.

– Muitas vezes é.

Mack ergueu a sobrancelha, o desejo de investigar melhor a questão falando mais alto do que a voz do bom senso dizendo para deixar para lá.

– Tem a ver com o seu pai, né?

Liv sorriu.

– Eu não quis falar dele antes e não quero falar dele agora. Boa tentativa.

– Pare com isso. Você tem que me contar alguma coisa.

Ela balançou a cabeça e olhou para a porta.

– Temos que conversar sobre alguma coisa. O que mais vamos fazer até Jessica chegar?

De repente, seus olhos ficaram tão arregalados que ela parecia uma princesa Disney.

– Me beija.

Mack parou com a garrafa a caminho da boca.

– Como é que é?

– Eu falei para me beijar, seu idiota.

Liv agarrou a parte da frente da camisa dele e o puxou para perto. Mack quase perdeu o equilíbrio, mas apoiou a mão na parede.

– Eita, você podia pelo menos me deixar pagar um jantar primeiro.

Liv apertou os lábios nos dele.

Caramba, ela sabia beijar mesmo. Mack já tinha beijado muitas mulheres e sabia reconhecer quando alguém sabia o que estava fazendo. E Liv sabia. Ele era doido por um bom beijo. Alguns homens gostavam de mulheres contorcionistas na cama, mas o fraco dele eram as que sabiam fazer amor só com os lábios.

Mas, meu Deus, aquilo era loucura. O que ela estava fazendo? Ele recuou, ofegante.

– Você não quer *mesmo* falar sobre o seu pai, né?

Liv olhou por cima do ombro dele.

– Os capangas do Royce estão aqui.

– O quê?

Ele tentou olhar, mas ela segurou seu rosto e o virou de volta. Suas bochechas estavam espremidas entre os dedos dela. Dedos surpreendentemente fortes. Sovar massa devia ser uma atividade física pesada.

– Royce tem capangas? Do que você está falando? – Sua voz saiu abafada porque os lábios dele estavam espremidos.

– Os seguranças dele – explicou Liv, nem um pouco sem ar.

Como era possível? Mack se sentia como se tivesse corrido 15 quilômetros.

Tentou se virar de novo, e ela permitiu. E ele os viu na mesma hora.

– Os dois grandões perto da porta?

– É.

– Eles parecem... – Mack fez uma pausa. – Famintos.

– Eu não sei quanto Royce os alimenta.

– O que estão fazendo aqui?

– Você tem uma chance para adivinhar.

Os dois homens começaram a observar o salão.

— Merda — sussurrou Liv, então o beijou.

Só que, desta vez, Mack estava preparado. E, se iam se beijar, precisava ser de verdade. Botou a mão na nuca de Liv e foi fundo, virando o rosto dela para cobrir a boca direito. Ela ficou tensa, mas só por um momento. E, então, cedeu. Derreteu-se. Abriu a boca e permitiu acesso. Espalmou as mãos no peito dele.

E o empurrou.

— Eles não estão olhando — avisou ela. — Temos que sair enquanto dá.

Mack piscou. O quê? Certo. Os capangas. Certo. Olhou para trás. Os dois estavam de costas para o salão, fitando a porta. Mack segurou a mão de Liv e a puxou para fora do compartimento.

— Talvez tenha uma porta nos fundos — sugeriu ela.

Os dois avançaram depressa pelo corredor escuro ao lado do compartimento e soltaram um palavrão ao ver que só dava em um banheiro. Uma placa acima da porta dizia xixi e cocô aqui.

— Droga — disse Mack, passando a mão no cabelo.

— Consegue ver onde eles estão? — perguntou Liv.

Mack foi até o final do corredor e espiou. Os dois estavam se virando de novo e... MERDA.

— Entra no banheiro — disse ele.

Liv não esperou que ele repetisse: abriu a porta barulhenta e entrou. Mack a seguiu, trancou a porta e se apoiou nela.

Liv olhou para ele, levando a mão ao nariz.

— Ah, meu Deus. Vamos precisar tomar antitetânica.

Bateram à porta.

Os dois prenderam o ar. Mack apagou a luz. A escuridão pareceu fazer o cheiro piorar.

A pessoa bateu de novo.

— Acabou aí? — gritou uma jovem. — Preciso fazer xixi.

Mack acendeu a luz e se virou. Abriu o trinco. Liv colocou a mão sobre a dele.

— O que você está fazendo?

— A garota precisa fazer xixi.

— Pode ser uma armadilha! E se tiverem pedido para ela bater?

Mack afastou a mão de Liv e abriu a porta o suficiente para espiar. A garota estava saltitando. Ela o viu e soltou um "Graças a Deus".

– Você está vendo dois caras grandes de camiseta preta lá no salão?

– Eu vou fazer xixi na calça – choramingou a jovem.

– Me diz onde eles estão, e eu deixo você entrar.

A garota se afastou e voltou.

– Estão parados ao lado da porta.

Mack abriu a porta e a deixou entrar. A jovem cambaleou, e ele a segurou pela cintura. Quando viu Liv, arregalou os olhos.

– Eu não curto ménage.

Liv revirou os olhos.

– A gente está se escondendo daqueles caras lá fora.

A garota gemeu e se curvou.

– Eu preciso muito ir ao banheiro.

Liv a empurrou na direção da única cabine que escondia uma privada ofensiva.

– Juro que não vamos olhar.

– Eu não posso fazer xixi com vocês aqui!

– Você está usando uma camiseta de sororidade e quer que eu acredite que nunca fez xixi na frente de estranhos?

Ela franziu as sobrancelhas bem-feitas e fez um beicinho.

– Não sóbria.

– E espera que eu acredite que você está sóbria?

A garota deu uma risadinha e se balançou.

– Tapem os ouvidos.

Mack obedeceu e também fechou bem os olhos, olhando para o canto enquanto a garota se fechava na cabine. Aquele momento entraria para a lista dos mais estranhos da sua vida. Quando ouviu a descarga, ele soltou o ar que nem sabia que estava prendendo. Um momento depois, a garota saiu da cabine.

– Vocês não vão contar para ninguém, né?

Mack deu uma piscadela.

– Seu xixi é sagrado.

A garota deu uma risadinha e saiu.

Ele se virou e viu Liv o encarando de cara feia.

– Existe alguém no mundo com quem você *não* flerta?

– Está com ciúmes?

– Vai sonhando.

– A gente vai falar sobre aquele beijo?

Liv deu as costas para ele.

– Não.

– Covarde.

– O que tem para falar? Foi um beijo falso e acabou.

Mack se curvou até estar com a boca quase encostando no ouvido dela.

– Foi um beijo bom, e você mente muito mal se espera que eu acredite que não ficou abalada.

Liv deu uma cotovelada nele.

– Você lê romances demais.

– Você que não lê romances o suficiente.

Bateram à porta de novo. Liv se virou e colocou a mão sobre a boca de Mack.

Era só a garota de novo.

– Eles foram embora. Só para vocês saberem.

– Vamos – disse Liv, abrindo a porta.

Mack a segurou antes de chegarem ao fim do corredor.

– Vou dar uma olhada, só para ter certeza.

Ele espiou de novo. Tinha chegado mais gente, e o salão parecia bem menor agora, mas não havia sinal dos homenzarrões. Liv se aproximou por trás dele.

– E aí?

– Acho que estamos seguros. – Mack segurou a mão dela e a puxou.

A adrenalina diminuiu, e ele finalmente fez a pergunta que pairava no ar:

– Como ele sabia que a gente estaria aqui?

– Talvez não estivessem nos procurando. Pode ser que também tenham visto o Facebook da Jessica.

– Por que estariam seguindo a Jessica?

– Não sei. Royce é um desvairado.

Mack tentou contornar um grupo de cretinos bêbados que tinham cara de adeptos do "Boa noite, Cinderela".

– Com licença – disse ele, para um dos homens.

O cretino se virou, beligerante e bêbado.

– Com licença *o quê*?

Puta merda.

– Só estou tentando passar, amigo.

– Ah, é? Encontra outro caminho, *amigo*.

Um dos amigos do cretino reparou em Liv.

– Ei, gata – chamou ele, com voz arrastada, enquanto chegava perto demais. – Quer se divertir com a gente?

– Chega para trás – ordenou Mack, se exaltando.

– Vá se foder, cara. Estou falando com ela.

Liv deu um passo à frente.

– E agora sou eu quem está mandando você chegar para trás.

– Ignore o meu amigo – disse outro cara. – Ele só está bêbado.

– Não me diga – retorquiu Liv.

– Para com isso – rebateu o cara. – Para que tanta raiva?

– Talvez porque a gente só está tentando sair daqui e um grupo de paqueradores do Tinder decidiu vir de cretinice.

O babaca número um fez uma expressão de desprezo.

– Meu Deus, que vaca.

Mack ficou cego de raiva. Segurou o braço do homem, torceu-o e o empurrou, apertando o peito dele contra o bar, em um movimento que durou um segundo, um golpe que tinha aprendido quando era um jovem segurança. O homem soltou um berro de dor, e a multidão ao redor ofegou e se moveu para olhar ou se afastar.

– Pede desculpas. Agora.

– Me larga, cara.

Liv puxou o braço dele.

– Não vale a pena, Mack. Vamos.

Mack deu outro empurrão e se afastou. O babaca girou o braço para atingir Mack, mas acabou acertando uma jarra de cerveja, derrubando-a no chão e em cima de uma mulher ali perto.

Ela soltou um palavrão e deu um tapa no cara.

E o caos se instalou.

– Mack! Cuidado!

Mack ergueu os olhos e viu Liv passando por cima do balcão do bar. Ela apontou para algo, mas não deu tempo de ele olhar. Sentiu um punho na mandíbula, e luzes explodiram atrás do olho direito. Mack cambaleou, mas se equilibrou rápido, a tempo de desviar de outro golpe de um dos amigos do babaca.

Quando se deu conta, Liv estava de pé no balcão do bar, gritando para as duas atendentes chamarem a polícia.

– Se abaixa! – gritou ele para Liv.

O babaca número um deu outro golpe, e Mack o acertou na barriga; o sujeito se curvou e ficou apoiado em um dos joelhos. As pessoas gritaram e saíram correndo. Meu Deus, que pesadelo. Nunca houvera uma briga em seus estabelecimentos. Nunca. Dois seguranças empurraram as pessoas e entraram na confusão bem a tempo de segurar um dos amigos do babaca, para que ele não fosse para cima de Mack de novo, mas não rápido o suficiente para impedir duas mulheres que ainda brigavam de derrubar um banco do bar e caírem no chão.

Mack esticou os braços para separá-las, gritando de novo para Liv descer do balcão. Ela desceu, mas não do jeito que Mack imaginava. Ela pulou e segurou o braço de uma das mulheres.

– Para com isso! – gritou ela, tentando separá-las.

– Me deixa cuidar disso, Liv! – berrou Mack.

Ela o ignorou, claro.

Os namorados das duas começaram a brigar em seguida, empurrando e xingando e derrubando coisas. Liv tentou segurar uma das mulheres, mas ela puxou o braço e jogou para trás Liv, que foi cambaleando na direção dos namorados brigões. Um deles se virou e deu uma cotovelada na bochecha dela sem querer.

As coisas aconteceram em câmera lenta depois disso. Liv escorregou e caiu sentada. Mack empurrou um dos babacas para tirá-lo do caminho, pulou por cima das duas mulheres e segurou Liv pelas axilas. Ele a pegou no colo e ignorou os protestos dela enquanto a levava para longe da confusão.

– O que você está fazendo, Mack? Me coloca no chão!

– Para com isso – rosnou ele, abrindo a porta com o pé. Então a colocou no chão lá fora e tomou seu rosto entre as mãos. – Meu Deus, você está bem?

Liv tentou afastar as mãos dele.

– Eu estou bem...

– Inclina a cabeça para cima.

A luz da rua iluminou uma mancha vermelha inchada abaixo do olho dela. Mack soltou um palavrão.

– No que você estava pensando, Liv?

– *Eu*? Qual é o *seu* problema? Você começou uma briga de bar!

– Eu estava protegendo você!

– De quê? Linguagem chula?

– Ele chamou você de vaca.

– Eu trabalhei num bar por três anos, Mack. Sei lidar com caras assim. – Ela levantou as mãos. – Meu Deus, eu até estava começando a *gostar* de você, aí você bota essa banca ridícula de macho!

Ao mesmo tempo que sua pulsação acelerou e as mãos tremeram, outra parte do cérebro dele estava como Del e o russo, fazendo apostas sobre o que seria necessário para tirar a camada de herói perfeito de romance e revelar um macho alfa descontrolado. Ele tinha acabado de descobrir. Mack falou em um tom de voz que ele nunca tinha usado com uma mulher:

– Olha, Liv, juro por Deus, você é a mulher mais frustrante que eu já conheci.

– E você acha que é um dos mocinhos, se comportando desse jeito?

As palavras dela acertaram bem no alvo. A adrenalina colidiu com a raiva, o desejo e o arrependimento, formando uma mistura explosiva que assumiu o controle dos sentidos dele. Não, Mack não era um dos mocinhos. Não naquele momento. Não com a respiração acelerada dela fazendo a camiseta se esticar sobre os seios. Não quando se deu conta de que Liv também estava olhando para ele. Não quando a calçada de repente pareceu pequena e grande demais ao mesmo tempo.

Mack estendeu a mão e limpou, com o polegar, uma gota da clavícula dela. Água? Cerveja? Não sabia. Liv entreabriu os lábios, sua respiração se acelerou. O polegar dele percorreu um caminho lento, explorando o pescoço, o queixo, até se apoiar no lábio inferior.

Os dois se moveram num borrão, e foi só esse pequeno reconhecimento, o de que ela também tinha se movido, que permitiu que Mack cedesse ao fogo. Cobriu os lábios dela com os seus e, sem hesitar, Liv enfiou os dedos no cabelo dele e o segurou junto ao rosto. Ela cheirava a rum e tinha gosto de proibido, mas Mack não se importou. Movido por um desespero doloroso que não reconheceu ou entendeu, passou um braço pela cintura dela e a ergueu pela bunda, para apertá-la contra a parede do bar. Ela afastou as pernas, recebendo-o naquele espaço, colado ao seu corpo.

Liv segurou o rosto dele e o puxou. Em um instante, o corpo de Mack ficou quente e rígido. Ela se segurou nos braços dele para se apoiar, ou talvez para impedir que ele incorporasse um homem das cavernas. Mack mudou de ângulo, e Liv abriu a boca. A língua dele começou a explorar o novo território.

A porta se abriu de repente, e um grupo saiu gritando que a polícia estava a caminho.

Liv ficou rígida nos braços dele e tentou afastá-lo com o braço. Quando foi apoiar os pés no chão, ela acabou pisando nos dele. Mack se virou, as mãos no cabelo. Ah, merda. Ah, merda, o que tinha acabado de fazer?

– A gente tem que ir – avisou ela.

– Liv – começou ele com a voz rouca, se virando. – Me desculpe. Eu não…

Ela passou por ele, a caminho do estacionamento.

– A gente tem que sair daqui.

Mack correu para alcançá-la.

– Espera. A gente tem que falar sobre isso.

– Não tem, não.

Liv apertou o passo e foi até o carro dele. Mack destrancou a porta com a chave eletrônica e a abriu para ela. Liv entrou sem falar nada.

Ele se sentou ao volante e a encarou.

– Liv.

– Só dirige.

Murmurando um palavrão, Mack apertou o botão da ignição e começou a dirigir. O silêncio reinou por dez minutos, até ele finalmente recuperar o fôlego.

Então olhou para ela.

– Você precisa de um médico. A pancada foi bem forte.

– Você também levou uma pancada forte.

– Eu estou bem.

– Eu também.

– Que droga, Liv. Eu estou tentando pedir desculpa.

Ela fez um ruído de deboche.

– Por quê?

– Pelo... que eu fiz. Te beijar daquele jeito. Sem permissão.

– Eu participei com entusiasmo, Mack. Não vá achando que foi só você.

– Liv...

Ela ergueu a mão.

– Chega. Só me leve até o meu carro.

Eles tinham se encontrado no Temple, e o carro dela estava atrás do bar, no estacionamento dos funcionários. Mack entrou lá e desligou o motor. Nenhum dos dois se mexeu.

– A gente pode falar sobre isso?

Liv abriu a porta, saiu do carro e se inclinou para olhar para dentro do veículo.

– Pergunte ao Noah se ele consegue descobrir como os fortões encontraram a gente.

Então bateu a porta e foi embora. O que tinha acabado de acontecer?

E quantas vezes Liv o deixaria sozinho com aquela pergunta?

TREZE

Não era um bom dia para descobrir que a base tinha acabado.

Liv se olhou no espelho do banheiro, na manhã seguinte, e inclinou o rosto à luz. Não. Não era um truque de sombras: estava mesmo com um olho roxo. O corretivo escondeu a pior parte, mas qualquer pessoa que olhasse diretamente para seu rosto saberia que ela se metera em uma briga ou que tivera a pior noite de sono do mundo.

Na realidade, as duas coisas eram verdade, graças a Mack. Meu Deus, como aquele homem beijava bem! Não que estivesse surpresa. Ele devia ter experiência suficiente para escrever um manual. Claro que não sabia qual passo das instruções incluiria *pule para longe dela como se tivesse sido eletrocutado* e *trema como se precisasse tomar um banho quente*. Se Liv tinha construído uma armadura em torno de si ao longo dos anos, reações como a dele eram a causa disso. Devia estar acostumada à decepção e à dor da rejeição, mas não estava. Era uma nova ferida sobre uma velha cicatriz.

Não importava. Beijar Mack tinha sido um erro. Uma explosão de libido e más escolhas alimentada pela adrenalina. Não aconteceria mais, e pronto.

Liv ativou os cachos com o secador, prendeu-os num coque e se distraiu pagando as contas antes do café da manhã. A quantia que sobrou na conta bancária bastou para provocar um nó em seu estômago. Precisava passar algumas horas do dia enviando mais currículos e puxando saco no LinkedIn. O único lugar que tinha respondido até aquele momento era o Parkway. Tinha uma entrevista na semana seguinte e achava que era graças a Alexis.

Depois daquele momento de pura alegria, Liv calçou as botas e fez as tarefas com as galinhas. Tentou esconder o rosto quando entrou em casa, alguns minutos depois, mas Rosie viu tudo.

– Espero que a história disso aí seja interessante.

– Defina interessante.

– Lesão sexual?

– Sinto muito. Briga de bar. – Liv começou a lavar os ovos que tinha recolhido. – Quer ajuda com o café?

– Eu pago você para cuidar dos animais e do jardim...

– Não para cozinhar – concluiu Liv, sorrindo.

A porta dos fundos bateu e a interrompeu. Momentos depois, Hop entrou. Ele deu uma olhada em Liv e fechou a cara.

– O que aconteceu com você?

– MMA. A grana é boa.

– Aonde você vai todo arrumado assim? – perguntou Rosie.

Liv ergueu o olhar. Ele *estava* todo arrumado, pelo menos para os padrões de Hop. A calça jeans não tinha nenhuma mancha, e a camisa era de botão.

– Não é da sua conta – respondeu Hop.

A porta se fechou com uma pancada.

Liv suspirou.

– Por que você não acaba com a infelicidade dele?

Rosie retirou uma faca da gaveta.

– Porque assassinato é crime.

– Eu quis dizer para você sair com ele. A vida seria bem melhor para todo mundo aqui. Você sabe que quer.

– Para que eu preciso de um homem? Eu tenho mãos, não tenho?

– Isso é bem mais informação do que eu preciso, Rosie. Sério. Eu estava falando de sair para *jantar*.

– Quem é você para me dar sermão? – retrucou Rosie, as palavras pontuadas pelo barulho da faca cortando batatas. – Já está dormindo com Mack?

– Não vai rolar. – Sua libido fez uma carinha triste ao ouvir aquelas palavras.

– Por quê? Deus sabe que, se tivesse um homem daqueles atrás de mim, eu levaria cinco segundos para tirar a roupa.

– Mack não está atrás de mim.

Fora o beijo raivoso de língua, ele já deixara bem claro que não estava interessado. O que era ótimo. Porque ela também não estava interessada.

– Que horas Thea vem trazer as meninas?

– Meio-dia.

A notificação de um e-mail soou em seu bolso. Liv pegou o celular e abriu a mensagem.

Seu coração despencou.

– O que houve? – perguntou Rosie.

– É do Parkway Hotel. Cancelaram minha entrevista.

– Como assim? Do nada?

Liv jogou o aparelho na bancada.

– É o Royce. Ele está me botando na lista proibida.

Sua voz soou mais intensa do que a forma como se sentia. Liv puxou um banco debaixo da ilha, se sentou e apoiou a cabeça nos braços.

– Acabe logo com a *minha* infelicidade.

Rosie deu um tapinha nas costas dela.

– Isso vai passar, querida.

As palavras simples foram surpreendentemente tranquilizadoras. Liv se levantou e apoiou a cabeça no ombro de Rosie.

– Obrigada. Eu precisava disso.

Rosie passou um dedo enrugado pela bochecha de Liv.

– Sempre que quiser.

Mack chegou quinze minutos atrasado para o café da manhã com os rapazes. Tinha dormido muito mal e se sentia muito mal, e, a julgar pelas expressões silenciosas e chocadas com que se deparou ao se sentar à mesa habitual do grupo, sua aparência também estava péssima.

Todos o encararam, as canecas de café paradas a caminho da boca.

– O quê? – resmungou, virando a própria caneca.

– Você está bem? – perguntou Gavin.

– Estou.

– Você não se barbeou – comentou Del.

Mack passou a mão pelo queixo com pelos curtos e fez uma careta quando os dedos tocaram no ponto sensível em que o punho o acertara.

– Acordei atrasado.

Uma garçonete estava passando e parou para encher sua caneca. Ele então se lembrou dos óculos escuros, tirou-os e os colocou na mesa. Todos exclamaram e se endireitaram nas cadeiras com um *ah, meu Deus* coletivo.

O russo encostou a palma da mão na testa dele.

– Você está morrendo?

Mack afastou a mão do sujeito.

– Como assim? Não. Eu já falei. Não dormi bem.

– É por isso que você está feio hoje?

– Qual é o seu problema? – perguntou Mack.

O russo deu de ombros.

– Eu sou jogador de hóquei.

Isso explicava muito.

– Eu não estou feio hoje. Estou cansado.

– Você está meio feio. São os olhos. Muito vermelhos. Feios.

– Vá se foder.

– Só estamos dizendo que você não costuma estar com a aparência tão ruim assim – explicou Malcolm.

Ele mostrou o dedo do meio para todos à mesa.

Gavin deu de ombros.

– Eu até estou feliz de você estar com essa cara horrorosa. É bom ser o bonito da mesa, para variar.

– Você continua não sendo o bonito – disse Mack. – É o Malcolm. Ele é o mais bonito agora.

– Parem com isso – disse Del. – Vocês dois são bonitos.

Mack pegou o cardápio, apesar de já sabê-lo de cor, e escondeu o rosto atrás das páginas. Eles que se ferrassem. Também estariam com aparência péssima se tivessem dado o beijo mais incrível da vida toda e ouvissem da mulher que jamais aconteceria de novo, antes de ela ir embora.

– Convidei outra pessoa para se juntar a nós hoje – disse ele.

– Quem? – perguntou Del.

Como se tivessem combinado, a porta se abriu, e Hop entrou.

Malcolm seguiu o dedo de Mack, que estava apontando, e sussurrou:

– Não acredito.

– Eu não tinha certeza se ele viria.

Os olhos cinzentos de Hop perscrutaram o salão cheio até encontrar a mesa deles. Mack levantou a mão. Hop fechou a cara e se aproximou mancando.

– Não sei o que estou fazendo aqui – resmungou, se sentando em uma cadeira vazia.

– Você se lembra de todos – disse Mack.

Hop assentiu para os rapazes.

– No geral, damos uma curta orientação para os novos membros, mas não temos tempo para isso hoje – disse Mack. Ele empurrou um exemplar de *O protetor* pela mesa. – Este é o livro da vez.

Hop olhou a capa sem nem encostar no livro.

– Já estou arrependido.

– Você vai pegar o jeito.

A garçonete se aproximou de novo para anotar os pedidos. Mack abriu um sorriso para ela, mas foi ignorado. Droga. Estava mesmo feio.

Depois que a garçonete se afastou, Del se inclinou para a frente com aquele jeito de *vamos começar logo esse troço*.

– Alguém leu mais alguma coisa?

– Eu li – disse Gavin. – Esse livro tem sérios problemas.

– É seu primeiro suspense romântico – respondeu Mack, de cara amarrada, descontando em Gavin a irritação pelo desastre da noite anterior. – Não pode julgar um livro inteiro por alguns capítulos.

– Ela odeia o cara – argumentou Gavin. – Posso não ter lido tantos romances quanto vocês, mas isso não me parece um bom começo de relacionamento.

– Você tem que continuar lendo. Não pode falar mal enquanto não tiver lido tudo.

– Deixa o Gavin expressar seus pensamentos – avisou Del. – Toda opinião é válida neste clube.

Gavin sorriu.

– Obrigado, Del.

Mack mostrou o dedo do meio para ele.

Gavin retribuiu o gesto.

Del suspirou e resmungou:

– Eu desisto.

– Enfim – disse Gavin, esticando a última sílaba o suficiente para ser irritante. – Você sempre fala que os romances são feministas de uma forma subversiva, mas o que há de feminista num livro em que a mulher não pode decidir nada sobre a própria segurança?

– Estão fazendo o melhor para ela nesse momento – resmungou Mack.

– Quem decide o que é melhor para ela? – questionou Gavin.

– Mas é esse o ponto do livro – argumentou Mack. – A jornada é para eles aprenderem a confiar um no outro e a superar a adversidade que a autora estabelece no começo.

– Mas por que escrever um livro que coloca uma mulher nessa posição?

– Talvez porque esse tipo de coisa aconteça na vida real? Coisas ruins acontecem com mulheres, normalmente porque os homens fazem vista grossa.

– Então é uma metáfora? – sugeriu Malcolm, coçando a barba. – Que interessante. Eu nunca tinha pensado dessa forma.

Mack deu de ombros.

– Só estou dizendo que, se queremos acabar com a violência contra as mulheres, cabe a nós tomar uma atitude. Temos que ir atrás dos nossos semelhantes.

Hop gemeu.

– Quer acrescentar alguma coisa, Hop? – perguntou Del.

– Quero. Ler essa merda deixou vocês frouxos demais. – Ele pegou *O protetor* e virou o livro.

– Ou talvez sua geração é que era durona demais – retrucou Mack.

Hop se irritou, e Malcolm se intrometeu para aliviar a resposta:

– O que Mack está tentando dizer é que você foi criado para acreditar em certo tipo de masculinidade...

– Meu tipo de masculinidade era rastejar pela selva do Vietnã e levar um tiro na bunda antes de vocês nascerem.

– Agradecemos pelo serviço prestado, mas o que estamos dizendo é que o seu tipo de masculinidade está ligado à inevitável degradação das mulheres. E que ninguém se sente melhor nessa situação.

Hop revirou os olhos.

– O politicamente correto.

– E se alguém fizesse uma piada sexual sobre Rosie? – perguntou Mack.

– Eu mataria o desgraçado.

– Você acha que essa é a resposta certa, mas não é – rebateu Mack. – Não é necessário gostar de uma mulher para admitir que a degradação de todas as mulheres é um problema. Você deveria reconhecer que é errado porque elas são humanas.

Hop fez um ruído de deboche.

– Você não acredita em igualdade entre homens e mulheres? – indagou Malcolm.

– É óbvio que acredito.

Mack ergueu uma sobrancelha, cético.

– Eu acho que as mulheres deveriam receber os mesmos salários que os homens se desempenham o mesmo cargo – disse Hop. – Eu acho que as mulheres deveriam ter representação igual no Congresso. E espero que uma mulher seja eleita presidente antes de eu morrer. Mas também acho que a gente poderia ter liberdade para contar piadas.

– Já passou pela sua cabeça que as mulheres não recebem salários iguais ou que nunca houve uma presidenta aqui justamente porque, quando os homens se reúnem, essas piadas os aproximam?

Hop deu de ombros.

– A gente pode voltar ao livro? – perguntou Gavin.

– Vá em frente – disse Malcolm.

– Parece que ela perdoa o cara num estalar de dedos – comentou Gavin. – Tive que implorar de joelhos por um mês só para a Thea me deixar voltar para o quarto.

– Eu não acho que ela tenha perdoado o cara – retrucou Mack. – Acho que ela percebeu a realidade da situação e lidou com o problema. Você não está lendo nas entrelinhas.

– Besteira – disse Gavin.

Mack sentiu uma veia na têmpora saltar.

– Isso é diferente.

– Como?

– Vocês dois vão deixar a gente participar da discussão também? – perguntou Del.

Mack se conteve.

– Acho que a raiva dela é justificada – explicou Malcolm. – Mas não acho que ela só esteja com raiva das atitudes do cara. Ela sente que não tem controle. Passou a vida toda à mercê de homens. Primeiro, o pai. Depois, os agentes do Serviço Secreto. Agora, esse perseguidor e a mentira de Chase. É uma metáfora.

– Para quê? – questionou Derek.

Malcolm deu de ombros.

– A forma sufocante como as mulheres modernas são controladas todos os dias sem seu consentimento.

– Bom, nesse caso talvez seja para o bem dela! – declarou Mack.

– E eu ainda acho que esse livro é uma porcaria – disse Gavin. – E ele obviamente está mentindo para ela, ainda por cima. Sei lá. Não gosto desse cara.

Mack ficou brincando com um sachê de açúcar.

– Talvez haja muitas emoções fortes envolvidas.

– E daí?

– E daí que emoções fortes podem levar as pessoas a fazerem coisas que normalmente não fariam.

E Mack não estava falando nem um pouco sobre si mesmo.

– É, mas o cara não parou de mentir para ela. – Gavin deu de ombros.

– Porque estava tentando protegê-la.

– Mesmo mentiras bem-intencionadas podem acabar destruindo relacionamentos. Eu aprendi da pior maneira.

Mack bateu com a caneca na mesa.

– Não tem nada de errado em tentar proteger alguém de quem se gosta!

Sua explosão fez os rapazes pularem na cadeira e até chamou a atenção de outros clientes. Que ótimo. Ele apoiou os cotovelos na mesa e apertou o alto do nariz. Não devia nem ter ido até lá.

– Cara, o que está acontecendo com você? – perguntou Derek.

Mack foi poupado de responder porque a garçonete chegou com a comida. As coisas ficaram tensas quando ela errou o pedido e deu a omelete de queijo de Del para o russo. Os dois conseguiram trocar antes que todos sofressem.

– O que você estava dizendo? – indagou Derek, sorrindo por cima do prato de ovos mexidos.

– Nada.

Malcolm se inclinou para a frente, com a expressão séria.

– Você está estranho hoje, Mack. Conversa com a gente. O clube do livro não é só para falar sobre livros. Você sabe disso.

Ele sabia. Só que nunca tinha sido o foco das maquinações psicológicas dos caras. Gostava mais quando dava conselhos em vez de recebê-los.

– Vamos lá, cara – incentivou Del. – O que houve?

– Prometo não debochar de você, seja o que for – declarou Gavin.

Del deu um tapa na nuca de Gavin.

– Cala a boca e deixa o cara falar.

Não adiantava guardar segredo. Liv provavelmente acabaria contando para Thea sobre a briga no bar, embora duvidasse que ela tivesse contado, porque ele já tinha cometido esse erro antes, e Gavin só ficaria irritado por Mack não ter dito nada. Mesmo assim, hesitou antes de se recostar na cadeira e confessar:

– Houve uma briga no bar em que fomos ontem à noite. Liv levou uma porrada na cara.

Gavin segurou o garfo com força.

– Ela está bem?

– Está. Foi um acidente. O cara não tinha a intenção de bater nela, mas... – Mack cedeu às emoções fortes e apontou por cima da mesa. – Você não me avisou como ela era.

– Quem? Liv?

– É, Liv. De quem você acha que estou falando?

– Não sei bem sobre o que eu precisava avisar, exceto que ela está sempre mal-humorada, e disso você já sabia.

– Você poderia ter me contado que ela é um pé no saco.

– Todo mundo sabe disso – disse Gavin, com um sorriso debochado.

– É, mas agora ela é um pé no *meu* saco.

Gavin deu de ombros de novo e falou, de boca cheia:

– Foi você quem insistiu em fazer essa parceria com ela.

– Não entendi – disse Del com cautela. – Liv provocou a briga, por acaso?

– Não, mas... – Ele emitiu um som frustrado. – Quer saber o que ela fez? Vou contar. O caos se instaurou, e ela subiu no balcão do bar. Quando eu falei para ela descer, acham que ela ouviu? Claro que não! Ela pulou no meio da confusão!

Gavin assentiu.

– É a cara da Liv.

– E aí, ela teve a... a... – droga, ele nem conseguia encontrar palavras – a *cara de pau* de gritar comigo quando eu a carreguei para fora do bar.

– Espera aí – disse Gavin, um sorriso surgindo nos lábios. – Você a carregou?

– No sentido de pegar no colo e levar para longe da briga? – perguntou Hop, voltando para a conversa.

– Isso. Que parte vocês não entenderam? – Mack afundou na cadeira e cruzou os braços. – E sabiam que ela debocha dos romances? Ela detesta. Vocês sabiam disso?

Gavin, Del e Derek trocaram um olhar indecifrável. Ao lado dele, Malcolm e o russo puxaram a carteira. Mack os encarou de novo.

– O que é isso? O que vocês estão fazendo?

– Nos preparando para a conta – explicou Malcolm. – Continua.

Mack não conseguiu continuar porque não ia admitir o que tinha acontecido em seguida. Gavin e Hop estavam levando bem a história da briga, mas talvez não ficassem tão indiferentes se soubessem que Mack jogara Liv contra a parede, dera um beijo louco nela e agora estava ensandecido de vontade de fazer tudo de novo.

– Acabou? – perguntou Gavin, depois de uma longa pausa.

– É. Não. Sei lá.

Então aconteceu de novo. Como na casa de Gavin, os rapazes trocaram olhares e perderam o controle. A gargalhada sacudiu a porcaria da mesa e atraiu a atenção de todos no restaurante.

– Calem a boca – resmungou Mack, cutucando a omelete de claras.

– Merda – ofegou Gavin, tentando recuperar o fôlego. – Por essa eu não esperava.

– Não esperava o quê? Qual é a graça?

Malcolm bateu com a mão enorme no ombro dele.

– Mack, para alguém que leu todos os manuais que existem, você às vezes parece perdido na sua própria história.

– Vai se foder. Do que você está falando?

– Da Liv, otário. – Del riu. – De vocês dois, para ser mais preciso.

A sensação de estar totalmente exposto lhe tirou o ar.

– Não. Claro que não. Olhem só como eu estou. Ela me deixa furioso.

– Exatamente – disse Malcolm. – Olhe só como você está péssimo.

– Vocês têm cada ideia de merda. – Mack começou a enfiar os ovos insípidos na boca.

– Sei lá – disse Derek. – Eu nunca vi você assim por causa de mulher.

– Nem eu – concordou Malcolm. – Nem quando levou um pé na bunda da Gretchen.

– Aceite, cara – comentou Del, recostando-se na cadeira, todo arrogante. – Liv talvez seja perfeita para você.

Mack apontou para todos os homens da mesa, exceto Hop.

– Vai se foder. Vai se foder. Vai se foder. E vai se foder.

O russo ergueu o olhar.

– Você não disse *Vai se foder* para mim.

– Vai se foder você também.

– Já passou pela sua cabeça que Liv deixa você louco porque você está louco por ela? – perguntou Malcolm. – É o clássico "de inimigos a amantes".

– Clássico mesmo – concordou Gavin, assentindo e mastigando.

– Não acredito que isso aconteça na vida real – disse Mack para Gavin. – Achei que pelo menos você fosse entender que isso é loucura.

Gavin respirou fundo.

– Eu só conheço duas mulheres no mundo capazes de deixar um homem louco como você está agora. Sou casado com uma; a outra é irmã dela. Eu aconselharia você a ir com tudo.

– Ir com tudo? – repetiu Mack, a voz um guincho incrédulo.

– Por que não? – perguntou Gavin. – Mas preciso avisar que, se você a fizer sofrer, eu vou fazer você sofrer.

Mack levou a mão ao coração.

– Sua fé em mim é reconfortante, de verdade. Estou lisonjeado.

– Eu não quero ser babaca. Só estou abrindo os seus olhos. Liv… não é o que parece.

Mack passou a mão pelo cabelo.

– Eu sei.

– Ela gosta de fingir que é durona e tal, mas não é nada disso.

– Eu sei.

Desta vez, o que saiu foi um rosnado, porque isso era o que mais o assustava nela. Que o sarcasmo, a atitude de *me deixa em paz* e a desconfiança total em relação aos homens fossem só um disfarce para outra coisa. Talvez isso, acima de tudo, fosse o que os dois tinham em comum: estavam vivendo uma mentira. E de repente uma sensação de solidão tomou conta dele. Não pela primeira vez, Mack se sentiu diferente. Um estranho no ninho. O homem capaz de salvar casamentos, mas fadado a nunca encontrar seu final feliz.

CATORZE

– Bom, acho que é tudo.

Thea deixou a última das quatro bolsas de Ava e Amelia no chão da sala de Liv.

– Se tivermos esquecido alguma coisa, pode pegar lá em casa.

– Quem precisa de brinquedos quando temos bodes e galinhas? – disse Liv, se ajoelhando e abrindo os braços para as meninas.

As duas se jogaram na tia dando gritinhos. Thea esperou pacientemente enquanto Liv fazia cócegas e cheirava o cangote delas.

Quando as meninas caíram no chão rindo, Liv se levantou.

– Tem certeza de que não tem problema? – perguntou Thea. – Por causa do cachorro e das galinhas?

Liv também ia cuidar de Manteiga.

– Vai ficar tudo bem.

Manteiga estava na idade em que os golden retrievers paravam de perseguir esquilos e começavam a procurar o melhor lugar para cochilar ao sol. Como se combinado, o cachorro soltou um suspiro pesado e se deitou na frente da janela, onde uma fresta na cortina deixava entrar um raio de sol.

– Como estão as coisas? – perguntou Thea.

Liv ergueu o olhar e viu que a irmã tinha ido até a mesa da cozinha, onde Liv procurava anúncios de emprego. Foi até lá e fechou o notebook.

– Eu vou encontrar alguma coisa.

– Está bom assim, é?

Estava. Tudo ótimo. Mais duas rejeições naquela manhã.

– Eu vou encontrar alguma coisa.

Thea deixou a bolsa na mesa e pegou a carteira.

Liv trincou os dentes.

– O que você está fazendo?

Thea não respondeu e colocou uma pilha de notas de 20 na mesa. Liv tentou devolver o dinheiro.

Thea se recusou a pegar de volta.

– Você vai cuidar das meninas. As pessoas são pagas por isso.

– Elas são minhas sobrinhas.

– Use para entreter as meninas, então.

Liv enfiou o dinheiro na bolsa de Thea.

– Não me ofenda.

– Liv.

Thea suspirou, mas foi interrompida pelo barulho inconfundível dos passos de Rosie na escada lá fora. A mulher bateu uma vez e abriu a porta para espiar.

– Posso entrar?

As garotas correram até ela para dar um abraço.

– Rosie! A gente vai ficar com você e com a tia Livvie por três dias!

Rosie entrou e abraçou as meninas.

– Eu sei e planejei um monte de coisas para nós. Vamos preparar biscoitos, alimentar os bodes e pegar ovos, e Hop disse que vai levar vocês para dar uma volta de trator.

Andar de trator era coisa séria para as gêmeas, que reagiram como se Rosie tivesse prometido sorvete ilimitado durante todo o fim de semana – provavelmente isso também aconteceria.

– Que horas Mack e a mãe dele vêm jantar amanhã? – perguntou Rosie. – É neste fim de semana que a mãe dele vem olhar casas?

159

Thea virou a cabeça tão rápido que Liv poderia jurar que tinha ouvido o pescoço dela estalar.

– O que você disse?

Que ótimo.

– Nada.

– Ele falou que a mãe adora bodes – disse Rosie.

– É mesmo? – perguntou Thea. – E como você sabe?

Liv lançou um olhar na direção de Rosie. A mulher poderia ter falado o dia todo sem tocar naquele assunto, e o sorriso arrogante em seu rosto dizia que sabia muito bem disso. Rosie desviou o olhar, se voltando para Thea. Liv conhecia aquele olhar. Seria vítima de intimidação.

– Para com isso. Agora mesmo.

– Eu não falei nada – disse Thea. – Você falou alguma coisa, Rosie?

Com o trabalho concluído, Rosie beijou as gêmeas, prometeu o mundo para as duas e foi embora.

Thea partiu para cima assim que Rosie fechou a porta.

– Abre o bico.

– Ah, meu Deus, não tenho nada para contar. – Liv se ajoelhou de novo, ensaiando voltar ao trabalho de tia.

– Ele vai trazer a mãe aqui para te conhecer – concluiu Thea.

– Não vai, não. Rosie sugeriu que eu os convidasse. É bem diferente. E eu não vou convidar.

– Por que não? Você gosta dele?

Liv deu de ombros.

– Não.

– Não convenceu ninguém.

Liv revirou os olhos.

– É o Mack, Thea. Pensa bem no que você está dizendo.

– Eu estou pensando. E não é loucura.

– É loucura total. A gente não fica dois minutos sem brigar.

Nem sem sentir um calor danado e uma agitação e querendo se beijar.

O sorriso de Thea valia mais do que mil palavras.

– Eu sei.

Liv balançou a cabeça e se ocupou em tirar as bolsas das meninas de perto da porta.

– Para com isso, Thea. Um cara daqueles?

– É, um cara daqueles. Mack é bem verdadeiro. É sério. Acho que você deveria dar uma chance a ele.

– Eu nem sei o que isso quer dizer.

– Quer dizer que você precisa parar de supor que todos os homens são como o papai.

Liv hesitou, o ar preso no peito. Levantou-se e abriu a porta com um sorriso doce forçado.

– Você vai perder o avião.

Thea retribuiu o sorriso, beijou as meninas, abraçou as duas apertado e mandou que se comportassem com Liv. E fez basicamente o mesmo com a irmã.

– Mack é um cara legal – disse ela. – Acho que você se surpreenderia.

Liv já tinha se surpreendido com Mack, mas não ia admitir isso para a irmã, assim como não ia admitir que tinham se beijado. Thea encontraria significados demais nisso, porque era o que ela fazia. Sua irmã tinha uma veia romântica aflorada e por isso acreditava em coisas como amor à primeira vista... o que realmente parecia ter funcionado para ela. Thea e Gavin namoraram poucos meses antes de se casarem. Mas eram parte de uma minoria de sorte.

Liv não podia se dar ao luxo de ser romântica. Se ela e Mack tivessem alguma coisa, seria um lance curto e sexual. Fim. Convidar Mack e a mãe dele para jantar e brincar com os bodes não significava apenas um envolvimento sexual sem importância.

Então por que estava olhando para o celular?

– Não sei. – A mãe de Mack suspirou e balançou a cabeça. – Não gostei muito desta.

Mack apertou o alto do nariz. Era a quarta casa que visitavam em duas horas.

– Do que você não gostou?

– Talvez eu não precise de uma sala de jantar formal.

– Você vetou a última porque *não tinha* sala de jantar formal.

– Eu sei, mas não tem que ser *tão* formal. Não vou receber um monte de gente.

O corretor de imóveis de Mack, Christopher, se manteve em silêncio, um pouco afastado, as mãos unidas educadamente na frente do corpo. Mack podia apostar uma boa grana que o homem estava gritando obscenidades em pensamento. Mack estava. Sua mãe conseguira encontrar defeitos em todas as casas que visitaram. O quintal era pequeno. O quintal era grande. Tinha muitos quartos. Tinha poucos quartos. Era perto demais da rodovia, era longe demais da cidade. Mack estava tentado a dar uma bela gorjeta a Christopher, como um pedido de desculpas pela perda de tempo.

– Ainda temos duas para olhar – disse Christopher, depois de um momento.

– Talvez seja melhor encerrarmos por hoje – determinou a mãe de Mack. – Estou exausta.

Ela massageou o ombro, distraída, e uma explosão de adrenalina fez os pelos do braço de Mack se eriçarem. Ele estendeu a mão na direção de Christopher.

– Obrigado. Podemos deixar as outras duas casas para amanhã?

O homem sorriu.

– Vou informar os proprietários. – Com um aceno de cabeça, acrescentou: – Foi um prazer conhecê-la, Erin.

Mack ajudou a mãe a se acomodar no banco do carona e fechou a porta. Assim que se sentou ao volante, olhou para ela.

– Tudo bem?

– Só estou cansada. Acho que vou dormir um pouco quando chegarmos em casa.

– Você estava massageando o ombro.

– Estava? – Ela balançou a cabeça. – Está tudo bem. Só fica meio rígido às vezes.

Mack segurou o volante.

– Talvez seja bom um médico dar uma olhada.

Ela fez um ruído de desdém.

– Eu tenho 60 anos. Ombros de pessoas de 60 anos às vezes doem.
– Mas é o ombro que...
A mãe o interrompeu:
– Braden, para de ficar em cima.

Ela adormeceu no carro a caminho de casa, a cabeça balançando delicadamente com o ritmo da estrada. Mack olhou para ela várias vezes, a inquietação provocando um desconforto no estômago. A mãe não estava contando alguma coisa. *Eu tenho 60 anos...* Deus, ela estaria doente? Será que a mãe esconderia algo assim dele? Tentou observá-la enquanto dirigia, mas quase saiu da estrada. Ela não parecia mal. O cabelo castanho ficara parcialmente grisalho. O peso não tinha mudado. Mas alguma coisa estava acontecendo.

Mack a acordou com carinho quando parou na porta de casa.
– Chegamos.
Ela se espreguiçou e bocejou.
– Vou subir e tirar um cochilo. Me chama se eu não tiver levantado em uma hora.

Ele a seguiu para dentro de casa, observou enquanto ela subia a escada e esperou até ouvir a porta do quarto de hóspedes se fechar para ligar para o irmão. Liam atendeu sem cumprimentar.
– Como estão as visitas?
– Mal. Ela rejeitou todas as casas. – Mack pegou uma cerveja na geladeira e começou a descer até o porão.
– Pode ser que, com a velhice, ela esteja ficando mais seletiva.

Mack se sentou no sofá curvo que ocupava uma parede inteira e olhou para a tela de 60 polegadas.
– Sessenta anos não é velha.
– Relaxa, foi piada.

O som de crianças correndo e gritando os interrompeu brevemente, e Mack sorriu, apesar do estômago embrulhado, enquanto ouvia Liam mandar as crianças irem mais devagar.
– Onde você está?
– Em casa. Uma amiguinha de Lucy veio visitar.

Uma pontada de solidão se juntou ao estômago embrulhado. Desde que Liam e a esposa tinham se mudado a trabalho para a Califórnia, eles se viam cada vez menos. Costumavam se encontrar pelo menos uma vez por mês quando Liam ainda morava em Iowa, mas agora isso acontecia a cada seis meses, com sorte. Deus, como sentia saudade das crianças.

– Acho que tem alguma coisa acontecendo com a mamãe – disse Mack.

– Tipo o quê?

– Não sei. Ela anda estranha. E recebeu flores.

– Isso não deve ser motivo para preocupação. – Liam deu uma risada debochada. – Como se você conseguisse não se preocupar.

– Eu só queria que ela escolhesse logo uma casa. Ela está sozinha em Iowa há um ano.

– Foi você que se mudou para Nashville, cara. Por acaso eu devia ter ficado em Iowa e deixado passar uma ótima promoção?

– Não estou culpando ninguém. Só não entendo por que ela está enrolando.

– Pode ser que ela não queira se mudar. Já pensou nisso?

Ridículo.

– Por que ela não ia querer se mudar? Não tem nada para ela lá.

– Fora todos os amigos e a cidade onde ela cresceu e...

– E lembranças horríveis. – O próprio Mack tinha se mudado para Nashville tentando fugir daquelas memórias. Por que a mãe não ia querer fazer o mesmo? – Você e as crianças eram o único motivo para ela continuar lá. Agora que você foi embora, ela precisa ir também.

– Tudo bem. Talvez eu esteja errado. Por que você não pergunta a ela o que está acontecendo?

– Já tentei. Ela foge da pergunta e diz que tem direito à privacidade.

– E tem mesmo. – Houve outra explosão de gargalhadas ao fundo. – Droga, tenho que ir. Não faço ideia do que está acontecendo.

– Dá um beijo nas crianças por mim.

– Pode deixar.

Mack largou o celular. Liam só falava besteira. Sua mãe não tinha motivo para ficar em Des Moines. E, se não quisesse se mudar, ela teria falado. Já era a segunda vez que ia procurar casas, ora.

Irritado, ligou a televisão e zapeou até encontrar um jogo de basquete.

Um tempo depois, não sabia quanto exatamente porque tinha cochilado, o telefone tocou. Olhou para o aparelho, preparado para ignorar quem fosse, mas sentiu o coração na boca ao ver o nome de Liv na tela.

Ele se sentou desajeitado, a barriga se contraindo de nervosismo. Não se falavam desde o beijo.

– Oi – disse, ao atender, e fez uma careta. *Oi?* Era o melhor que podia fazer?

– Oi, hã... Droga. Um minutinho. – A voz de Liv ficou distante, como se tivesse afastado o telefone. – Tudo bem, Ava. Eu limpo. Vá ajudar sua irmã com o giz de cera. – Ela voltou ao telefone. – Desculpa. Estou com as meninas.

– Certo. Gavin mencionou alguma coisa do tipo. Está tudo bem?

Ele a ouviu inspirar e a imaginou muito ereta, como sempre ficava quando ia dizer alguma coisa séria.

– Rosie queria saber se você e sua mãe gostariam de vir à fazenda amanhã ver os bodes e jantar.

Seus nervos provocaram uma sensação diferente. Alívio, talvez. Expectativa, sem dúvida. Outra coisa também: uma injeção saudável de desejo.

– Alô – disse Liv, irritada como sempre.

Caramba, Mack amava o som daquela voz mal-humorada. Significava que estavam de volta à normalidade.

– Está aí? – perguntou ela.

– Rosie quer saber, é? – Mack se deitou no sofá e cruzou os pés na altura dos tornozelos. – Tem certeza de que não é *você* me convidando porque está com saudades?

– Tenho certeza, sim.

– Bom, vou ter que olhar a agenda de amanhã. Que horas vocês querem marcar?

– Rosie disse que pode preparar o jantar na hora em que vocês preferirem.

– Ah. Uau. Que gentileza da Rosie.

– Não é? Eu falei que não queria que você viesse, mas ela insistiu.

Ele deu uma risada baixa e grave.

– Como eu poderia recusar um convite desses?

– Acho que você deveria. Não vai ser nada divertido.

Mack fez um *hummmm*.

– Não sejamos precipitados. As meninas devem estar querendo um tempinho com o tio Mack.

– Por que elas iam querer isso quando têm tempo com a tia Livvie?

– Porque eu sou muito mais legal.

– Você está procurando briga.

No andar de cima, Mack ouviu passos na cozinha. Esticou o braço acima da cabeça e bocejou.

– Vou falar com a minha mãe sobre o jantar e te aviso, está bem?

– Você que sabe. Não faz diferença para mim.

Ele riu de novo e desligou. Subiu a escada correndo e encontrou a mãe em frente ao fogão, se preparando para fazer o jantar.

– Você não precisa cozinhar, mãe.

Ela olhou para trás.

– Eu quero.

– Mas se você está cansada...

– Me deixe fazer isso para você, Braden.

As palavras o atingiram como um soco. A bile subiu pela garganta junto com uma lembrança que tinha se esforçado para esquecer.

– *O que você está fazendo?*

A mãe ergueu o olhar.

– *Café.*

– *Eu posso fazer. Você deveria estar na cama.*

– *Braden, eu estou bem.*

Mas ela não estava bem. O braço ainda estava numa tipoia, e o rosto ainda tinha alguns hematomas.

– *Volte para a cama. Eu levo café.*

Ela o encarou com uma severidade que não surtiu efeito.

– *Eu vou fazer seu café.*

– *Eu posso fazer a porcaria do meu café da manhã.*

– *Braden Arthur. O que você acabou de dizer?*

Liam entrou na cozinha. Estava com o cabelo todo em pé e ainda de pijama. Braden olhou para ele de cara feia.

– Vá se vestir. Vamos nos atrasar para a escola.

Liam foi até a mãe, que o puxou para perto com o braço bom e beijou sua cabeça. E ergueu o rosto.

– Me deixe fazer isso para você, Braden.

Mack piscou, tentando esquecer a cena, se aproximou da mãe por trás e a abraçou. A mãe riu, sobressaltada, e falou:

– O que é isso?

– É que estou feliz de você estar aqui. – Mack beijou a cabeça dela.

– Você está bem? – perguntou ela, olhando para trás.

– Estou. – Ele tossiu e forçou um sorriso. – Só estou com fome. Você vai cortar a cenoura em pedaços bem pequenos, não vai?

Ela sorriu.

– Claro. Eu sei que é assim que você gosta.

– Liv precisa saber a que horas vamos lá amanhã, para o jantar. Você ainda quer ir?

A mãe dele sorriu, virando o rosto na direção dele de novo.

– Claro.

Algumas horas depois, Mack foi para a cama, a barriga cheia e o coração batendo rápido. Digitou uma mensagem para Liv:

Devemos terminar de olhar as casas às quatro. Podemos chegar às cinco?

Ela respondeu com o emoji de polegar erguido.

Ele respondeu com o gif de um homem tirando meleca.

Ela respondeu com o gif de uma mulher rebolando.

Você agora?, perguntou ele.

Ela respondeu com uma foto em que estava sentada no chão com um olhar de *socorro*. Ava e Amelia estavam penduradas nas costas dela, sorrindo diabolicamente, com manchas vermelhas nos lábios. Eu agora, escreveu Liv, embaixo.

Ele sentiu um aperto no peito tão forte que chegou a doer. Mack não sabia quando tinha perdido o humor e o sarcasmo.

Ele digitou uma pergunta: A gente vai conversar sobre aquele beijo?

Ela não respondeu.

QUINZE

Liv não precisou prestar atenção no barulho de pneus na entrada da garagem para saber que Mack e a mãe tinham chegado. Ava e Amelia anunciaram o evento como se estivessem esperando o Papai Noel na véspera de Natal.

– Tio Mack chegou!

Liv mandou as sobrinhas recebê-los. Rosie secou as mãos num pano de prato.

– Espero que a mãe dele goste de frango frito.

– Todo mundo gosta do seu frango frito – disse Liv.

– É que estou nervosa, não sei bem por quê – admitiu Rosie, com uma risadinha. – Não é todo dia que a gente conhece os pais.

O coração de Liv bateu acelerado.

– Eu não estou conhecendo os pais.

– Continua repetindo isso… – rebateu Rosie.

A porta dos fundos se abriu, e Mack entrou com uma gêmea em cada ombro.

– Peguei uns gatos de rua lá fora – comentou, olhando para Liv.

As meninas riram.

– Não somos gatos, tio Mack! – Ava riu.

– O que vocês são, então?

– Somos meninas! – exclamou Amelia.

Mack colocou as duas no chão, mas deixou que cada uma abraçasse uma perna sua. Atrás dele, a mulher que Liv reconheceu da foto no escritório entrou.

Rosie se adiantou.

– Você deve ser Erin.

– É um prazer conhecê-la! – disse Erin, apertando a mão de Rosie. – Sua fazenda é tão linda!

– Obrigada. – Rosie recuou e olhou para Liv. – E essa é Liv.

Liv estendeu a mão.

– É um prazer.

O nível de constrangimento com a apresentação se comparou ao da sala de espera de um banco de esperma. Mack estava ocupado distraindo as meninas e não reparou. Hop, que estava sentado na sala como se tivesse medo de amassar a camisa, também entrou para se apresentar.

– É um prazer – disse Erin.

– O jantar está quase pronto – avisou Rosie. – Quer alguma coisa para beber? Ou será que Liv e Mack podem levar você para conhecer a fazenda?

Rosie nem disfarçava a tentativa de aproximar os dois. Liv encarou Mack, que sorriu. Não o sorriso sedutor habitual, mas mais suave. A reação dele lhe deu um frio na barriga.

– Vamos ver os bodes – disse Liv, de repente.

As meninas correram para a porta, prometendo ensinar a Erin como dar comida aos animais. Lá fora, Erin deu risada, tentando acompanhar o ritmo das meninas.

– Elas são uns amores – comentou. – Você deve amar poder passar tanto tempo com elas.

– Amo mesmo – concordou Liv, aliviada de ter uma conversa segura, o que ainda assim não ajudou a acalmar seu coração disparado. A presença de Mack estava ocupando mais espaço do que o normal, e ele nem tinha falado quase nada. – Tento visitá-las o máximo que posso.

– Seus pais não moram por aqui, não é?

– Não – respondeu Liv, depressa. – Eles, hum… Meu pai mora em

Atlanta com a quarta esposa, e minha mãe está nas Ilhas Virgens. Ela se muda bastante.

Um toque de Mack nas suas costas a fez prender a respiração. Não sabia se tinha sido intencional, mas, de qualquer modo, seu estômago virou gelatina.

– Sinto falta dos meus netos – comentou Erin, melancólica. – Meu outro filho, Liam, tem dois filhos, mas eles se mudaram para a Califórnia.

Liv assentiu.

– Eu vi uma foto.

– Foi a coisa certa para a família – explicou Erin, dando de ombros –, mas eu sinto saudade das crianças.

– Você vai poder brincar de vovó quanto quiser com Ava e Amelia quando se mudar para cá – disse Mack.

Liv ergueu o rosto depressa, mas logo olhou para o outro lado.

Ava e Amelia pediram que eles fossem logo. As meninas tinham tirado a tampa da lata de ração dos bodes e estendiam as mãos cheias de bolinhas.

– A gente pode mostrar como é – disse Ava para Erin.

Liv e Mack ficaram para trás enquanto Erin deixava que as meninas enchessem suas mãos de comida e a ensinassem a ficar imóvel para os bodes comerem. Eles se olharam por um momento, em silêncio, como dois pré-adolescentes constrangidos que não sabiam como convidar o outro para dançar.

Mack é bem verdadeiro. É sério. Acho que você deveria dar uma chance a ele.

– Ela é uma boa avó – comentou Liv, de repente, para dissipar seus pensamentos.

– A melhor. – O calor na voz de Mack fez seu coração disparar de novo. Ele passou a mão pelo cabelo. – Quanto antes eu conseguir trazê-la para cá, melhor. Ela não tem ninguém em Des Moines.

Uma pergunta que a incomodava desde a primeira vez que Mack fora à fazenda acabou escapando de sua boca.

– Quantos anos você tinha... quando seu pai morreu?

Erin olhou para trás quando ouviu a pergunta.

– Me desculpe – sussurrou Liv. – Eu não devia ter perguntado.

Erin voltou a atenção para os bodes, e Mack olhou para ela.

– Ele partiu quando eu tinha 14 anos.

Erin esfregou as mãos para limpar as migalhas.

– Bom, foi divertido – disse ela para as meninas, mas Liv percebeu alguma coisa em sua voz. *Que ótimo. Parabéns, Liv. Deixando a situação ainda mais constrangedora no dia de NÃO conhecer a mãe dele.*

– O jantar já deve estar pronto – comentou Liv. – Vamos voltar?

– Estou morrendo de fome – respondeu Mack, adotando o sorriso brega que agora parecia meio solitário.

Liv balançou a cabeça. Qual era o problema dela? Ah, ela sabia: *A gente vai falar sobre aquele beijo?* Tinha pensado a noite inteira sobre essa pergunta.

Mack deixou que as meninas o puxassem pelas mãos de volta para casa.

– Ele é tão bom com crianças – disse Erin, andando ao lado de Liv.

– Ava e Amelia são doidas por ele.

– Ele vai ser um ótimo pai, um dia.

Liv tropeçou. Erin sorriu.

Rosie já tinha posto a mesa quando eles entraram. Um prato de frango frito ocupava o centro, ladeado por tigelas grandes com purê de batatas e uma salada.

– O cheiro está ótimo. – Erin suspirou e se sentou ao lado de Mack.

– Livvie fez torta de pêssego para sobremesa – anunciou Rosie.

Mack ergueu a sobrancelha.

– Nada de cupcakes?

Liv escondeu o sorriso atrás de um copo de limonada.

Rosie ajudou a servir os pratos das meninas e as acomodou na mesinha ao lado da deles. Quando Liv voltou para seu lugar, seu prato estava pronto, esperando por ela. Mack deu uma piscadinha.

A conversa começou hesitante, sobre amenidades, típica entre pessoas que não se conhecem muito bem. Mas, depois da sobremesa e de mais de uma taça de vinho, as línguas ficaram mais soltas.

Erin segurou seu chardonnay.

– Mack me contou que você serviu no Vietnã – disse ela para Hop.

Hop olhou para Rosie e assentiu.

– Dois anos: 1968 e 1969.

– Meu irmão foi em 1970.

– Infantaria? – perguntou Hop.

Erin assentiu.

– Ele viu umas coisas que... Bom, ele nunca falou a respeito.

Hop tomou um gole de cerveja.

– Nenhum de nós fala.

– Levamos um tempo para nos reaproximar, quando ele voltou. – O rosto de Erin refletiu um arrependimento antigo. – Eu me manifestei contra a guerra.

– Eu também – disse Rosie.

– Eu era jovem, ainda estava no ensino médio. Não entendia as coisas como achava que entendia.

– O tempo e a idade acabam dando sentido a tudo – refletiu Hop.

– Eu não mudei de ideia sobre isso, sobre a guerra – continuou Erin. – Mas, ao olhar para trás, queria ter tido mais sensibilidade, separando a guerra em si e os soldados que tiveram que ir lutar.

Hop olhou para Rosie.

– Eu queria ter feito mais para entender por que algumas pessoas se opunham com tanta veemência.

Rosie ficou boquiaberta, a taça de vinho a meio caminho da boca.

Hop deu de ombros e encarou o prato.

– Nada é tão simples quanto gostamos de pensar que é.

Liv olhou para Mack, do outro lado da mesa. Ele sorria para Hop como se o homem tivesse acabado de admitir que tinha virado a noite lendo Nora Roberts.

Meia hora depois, Liv acompanhou Erin e Mack até o carro. Erin a surpreendeu com um abraço apertado.

– Foi tão bom conhecer você.

Liv retribuiu o abraço e desviou o olhar para evitar o jeito intenso como Mack as encarava. Erin se sentou no banco do carona, deixando os dois a sós atrás do carro.

– Obrigado pelo jantar – disse Mack. – Foi divertido.

– Foi. – Liv cruzou os braços.

Mack chegou um pouco mais perto. Ele engoliu em seco.

– Então... – sussurrou Liv.

Mack passou o dedo pela lateral do braço dela. Liv estremeceu e o encarou.

– Me avise quando estiver pronta – falou ele, a voz rouca.

– Para quê?

– Para conversar.

Liv só soltou o ar quando os faróis traseiros do carro sumiram no horizonte.

DEZESSEIS

Na manhã seguinte, Mack saiu cedo para correr, antes de a mãe acordar. Quando voltou, uma hora depois, o cheiro de bacon e ovos o atraiu para a cozinha. A mãe, no fogão, olhou para trás. Estava vestida e pronta para sair. A mala estava perto da porta dos fundos.

Mack passou o braço pela testa.

– Com pressa?

– Você sabe que eu gosto de chegar cedo. – Ela desligou o fogo e indicou uma das cadeiras junto à ilha. – Sente-se. Vou preparar seu prato.

– Acho melhor eu tomar banho primeiro.

Ela fez um ruído de desdém.

– Eu servia comida logo depois do seu treino de futebol americano, lembra?

Ele lembrava, sim. Até ter que parar o futebol para arrumar um emprego e ajudar com as contas, quando a mãe teve que começar a trabalhar meio período na biblioteca depois do... incidente.

Erin preparou dois pratos e os levou até a ilha.

– Sinto saudade de cozinhar para você – disse ela.

Mack começou a comer.

– Você vai poder cozinhar quanto quiser quando se mudar para cá. Eu não vou reclamar.

Ela emitiu um ruído evasivo.

Mack ergueu o rosto do prato.

– O que foi? Quer que eu contrate um chef particular para você? – Ele estava brincando, mais para encobrir sua insegurança. A mãe estava com aquele olhar reticente de novo.

Erin colocou o garfo no prato e soltou um suspiro.

– Braden...

Ele engoliu em seco.

– O quê?

– A gente deveria adiar um pouco isso tudo.

– Adiar *o quê*?

– Eu agradeço tudo o que você tem feito para encontrar uma casa para mim, mas...

Mack se recostou na cadeira.

– Fala logo, mãe.

– Não sei se estou pronta para me mudar.

Mack piscou várias vezes, pousou o garfo no prato e limpou a boca. Mais para se controlar a fim de dar uma resposta que não parecesse um chilique.

– Não entendi – disse, por fim.

– Você passou tanto tempo tentando cuidar de mim que acabou não percebendo que eu não preciso mais que cuidem de mim.

Uma linha de suor se formou na testa dele.

– Você está sozinha lá.

– Não estou, não – insistiu a mãe, se inclinando para a frente. – Eu tenho amigos, colegas de trabalho.

– Mas não tem família.

– Eu estou saindo com uma pessoa.

Ela soltou o ar depressa depois de revelar, como se estivesse se preparando para aquele momento o tempo todo e agora não conseguisse acreditar que botara as palavras para fora.

Mack inspirou fundo, como se tivesse levado um soco no estômago.

– Quem?
– Um homem muito bom...
– Quem é ele?
– O nome dele é Jason. Ele é professor na universidade.
– Professor de quê? – Não que importasse, mas...
– Física.
– Como você o conheceu? – A garganta dele parecia estar cheia de cacos de vidro.
– Amigos em comum.
Mack levou o prato para a pia. Raspou as sobras para dentro do triturador de lixo.
– Por que não me contou? Foi ele que mandou aquelas flores?
– Foi, e eu não contei por medo de como você iria reagir.
– E como eu estou reagindo?
– Com mágoa.
Mack ignorou o comentário.
– Há quanto tempo vocês estão saindo?
– Alguns meses.
– Liam sabe?
A pausa foi a resposta de que ele precisava. O irmão tinha mentido no dia anterior. Mack se virou.
– Vou tomar um banho.
Chegou a dar dez passos, mas a mãe o deteve.
– Braden, por quanto tempo você vai mentir sobre o que aconteceu com seu pai?
Ele cerrou os punhos.
– Não quero falar sobre isso.
– Evitar o assunto não o faz desaparecer.
– Deu certo até agora.
– Deu mesmo? – A mãe se postou na frente dele. – Eu quero ver você feliz e sossegado.
– Eu ficaria feliz e sossegado se você se mudasse para cá.
– Não ficaria, não.
– O que isso tem a ver com ele?

A mãe colocou a mão no meio do peito do filho.

– Tudo.

Mack balançou a cabeça e esfregou o nariz.

– Você merece deixar isso para trás – disse ela, batendo no peito do filho. – Merece ser feliz.

Mack desviou dela e a deixou no meio da cozinha. Ele era feliz. Era Braden Mack, porra. O rei da vida noturna de Nashville, melhor amigo de todo mundo.

O caminho até o aeroporto foi carregado de uma tensão que não acontecia entre eles havia muito tempo.

– Pode só me deixar no embarque, querido.

Mack revirou os olhos.

– Eu levo você lá dentro, mãe.

– Você está de mau humor, então assim vai ser melhor para nós dois.

– Uau, está mesmo ansiosa para se livrar de mim? – Ele entrou no acostamento na frente do terminal e parou o carro.

– Olhe para mim.

Ele obedeceu. Brevemente.

– Eu sei que você está com raiva e magoado. Desculpa.

Mack deu de ombros e se sentiu uma criança petulante, mas tudo bem. *Estava* com raiva. *Estava* magoado.

– Estou fazendo isso pelo seu bem, Braden. Está na hora de se concentrar na sua vida, de parar de se preocupar com a minha.

Mack saltou do carro, tirou a mala da mãe do porta-malas e levou-a até ela na calçada.

– Ei. – A mãe tomou o rosto dele nas mãos. – Gostei dela.

Mack nem se deu ao trabalho de perguntar de quem a mãe estava falando. Também gostava dela. Mais do que devia.

– Ela é boa para você – disse Erin, se afastando. – Conte a verdade para a moça.

Certo. A verdade. Resolveria tudo, não é? Liv odiava mentiras. Tinha deixado isso bem claro, e sem saber a extensão da mentira que ele vivia todos os dias. Mack seria um idiota se acreditasse que Liv o perdoaria e diria *não é nada de mais*. Mack tinha um motivo para estar mentindo. E, depois de tanto tempo, a mentira só crescia.

Porque, quando as pessoas soubessem a verdade sobre ele, sobre seu pai... Não. Não deixaria aquilo se espalhar.

Mack dirigiu sem destino depois que deixou a mãe no aeroporto. Não queria ir para casa. Não queria ir para o trabalho. Só havia um lugar onde queria estar, mas levou uma hora tentando se convencer a não ir... até que acabou batendo a mão no volante e dando meia-volta. Nem sabia se ela estava em casa. Talvez tivesse levado as meninas para passear... Droga. Ele sabia onde queria estar.

Apertou o botão do viva-voz e ligou para Liv.

– Alô – atendeu ela, sem fôlego.

– Oi – respondeu ele, em estupor, porque perdera todos os neurônios ao ouvir a voz dela. *Olha o Mack gaguejando.*

– Hum, o que foi?

Ele limpou a mão suada na calça jeans.

– O que, hã... O que você e as meninas vão fazer hoje à tarde?

Houve uma pausa. Foi longa o suficiente para provocar um pequeno ataque cardíaco nele.

– Hã... Nada, na verdade. Eu tenho que... – Liv soltou uma risada nervosa e respirou fundo. – Alexis ligou e perguntou se posso ajudar no café hoje. O gato dela foi mordido, acho, e ela precisa levá-lo ao veterinário de emergência. Então vou deixar as meninas com Rosie em meia hora.

O coração de Mack acelerou.

– Eu posso cuidar delas para você.

Outra pausa. Outro pequeno ataque cardíaco.

– Você quer cuidar delas?

– Eu posso levá-las para tomar sorvete, sei lá. – Ele se encolheu. Meu Deus, tinha como falar de um jeito mais sinistro e desesperado? *Olha o Mack fazendo careta.*

– Acho que elas iam adorar – disse Liv.

– Chego aí em vinte minutos.

– Tem certeza?

– Tenho que comprar alguma coisa no caminho? Comida, leite?

– Não. – Liv riu.

– Estou a caminho.

– Mack, *obrigada*.

Ele chegou em quinze minutos e, depois de entrar na propriedade, respirou pelo que pareceu ser a primeira vez naquele dia. Liv devia ter ouvido o carro, porque apareceu na escada assim que ele desligou o motor. Ela usava uma calça jeans que o deixou com água na boca e uma camiseta branca lisa. O cabelo estava preso no alto da cabeça.

Dois montinhos de alegria de marias-chiquinhas correram na frente de Liv assim que ele saiu do carro.

– Tio Mack!

Mack pegou uma criança em cada braço e as jogou nos ombros. As meninas deram gritinhos e, quando ele as botou no chão, viu que Liv observava com um sorriso carinhoso. Se era para ele ou para as meninas, não sabia. Só queria ver aquele sorriso de novo.

– Obrigada por isso – disse Liv, se aproximando. Ela parecia dividida. – Pensei em dizer para Alexis que não poderia ajudar, mas ela anda bem esquisita por causa da história do Royce e…

– Ei. – Mack passou a mão na nuca de Liv e apertou de leve. – Deixa comigo.

Três coisas aconteceram ao mesmo tempo.

Liv olhou para os lábios dele.

Mack olhou para os olhos dela.

E uma compreensão tácita aconteceu entre os dois.

Falariam sobre aquele beijo mais tarde.

DEZESSETE

Cinco horas depois, Alexis entrou no café no instante em que Liv estava trancando a porta da frente.

– Como foi? – perguntou Alexis, meio sem fôlego, carregando uma caixa de transporte de gatos na mão esquerda.

Liv desamarrou o avental.

– Bem. Como está Roliço?

– Levou uns pontos, e receitaram antibióticos. Ele vai ficar bem. – Alexis colocou a caixa no chão e tirou a capa de chuva. – Muito obrigada.

– Claro. Sempre que precisar. – Liv fez uma careta mental. Havia uma hesitação incômoda no ar.

Alexis também devia ter sentido, porque as duas falaram ao mesmo tempo:

– Pode ficar mais um pouco?

– Está tudo bem entre a gente?

As duas pararam e riram.

– Você primeiro – disse Liv.

– Eu queria saber se você pode ficar mais um pouco.

Liv assentiu.

– Um pouquinho. Deixei Ava e Amelia com Mack, então...

Alexis ficou de boca aberta.

– Você as deixou com *Braden Mack*?

– Mack é surpreendentemente bom com crianças. As meninas são loucas por ele.

– Ah – murmurou Alexis de um jeito bem parecido com a forma como Thea tinha dito *Eu sei*.

– Não vá interpretando nada – comentou Liv, rindo. – Ele só está me ajudando. Nada além disso.

– Se você diz... – Alexis sorriu. – O que você ia dizer antes?

– Quando... Ah. Certo. É que... – Liv mordeu o lábio. – Eu só queria ter certeza de que está tudo bem entre a gente. Não conversamos desde a última vez que vim aqui, e as coisas ficaram estranhas quando fui embora.

Alexis soltou o ar, aliviada.

– Foi culpa minha. Minha reação foi meio exacerbada.

– A minha também.

Alexis pegou a caixa do gato e fez sinal para Liv segui-la até a parte de trás da loja.

– Foi muito movimentado hoje?

– Não muito. O fluxo foi regular, mas tranquilo.

Alex colocou Roliço no chão de novo.

– Algum progresso na procura de emprego?

– Nenhum.

– Nem mesmo o Parkway? Eu mesma liguei para o chef responsável.

– E eles responderam... Eu tinha uma entrevista marcada para semana que vem...

– Que ótimo!

– ... mas desmarcaram sem explicar o motivo.

Alexis desanimou.

– Você acha que Royce teve alguma coisa a ver com isso?

Liv deu de ombros.

– É a única coisa que faz sentido. Ele ameaçou me destruir e está cumprindo a promessa. – Liv se sentou em um banco junto à parede, soltando um suspiro frustrado. – Não sei o que fazer. Jessica se recusa a sair. Mack até ofereceu um emprego a ela. Qualquer um. Ela não quer aceitar.

Alexis colocou uma tigela de água na frente de Roliço.

– Talvez você devesse simplesmente deixar para lá.

– Não posso. Deve haver um meio de fazer esse homem parar. Estamos tentando obter uma lista de mulheres que trabalharam lá antes de mim e que podem ter saído em circunstâncias estranhas.

Alexis congelou.

– Por quê?

– Para eu falar com elas. Para ver se sabem alguma coisa ou se querem se manifestar. – Liv mordeu o lábio enquanto as vozes conflitantes em sua cabeça lutavam para decidir se devia calar a boca ou seguir em frente. *Seguir em frente* venceu. – Você... você conhece alguém?

Alexis se levantou devagar. Balançou a cabeça.

– Eu só preciso de nomes, Alexis. Mais nada.

– Desculpe, mas não posso.

Deus, estavam mesmo de volta àquilo?

– Por quê? Não entendo...

– Se não se manifestaram até agora, devem ter um motivo.

– Você conhece alguém?

Alexis fez careta.

– Não posso dizer o nome dela.

Liv se levantou.

– Você *conhece* alguém!

O rosto de Alexis se petrificou.

– Você tem que largar de mão, Liv. Não aprendeu nada com o que aconteceu com o casamento da sua irmã?

Liv sentiu as palavras dela queimarem como óleo quente em seu rosto. Uau. Não sabia que Alexis era adepta desse tipo de golpe, direto na jugular. As pessoas mais doces e calmas eram as que mais surpreendiam.

Alexis suspirou e pediu desculpas.

– Desculpe. Foi grosseria minha.

– Não, você está certa. Eu não ajudei em nada quando Thea e Gavin estavam separados. Convenci Thea de que Gavin não era de confiança porque não acredito que seja possível confiar em homem nenhum, e isso quase estragou as chances de os dois voltarem. Foi um erro com o qual terei que viver.

Alexis se aproximou e a abraçou.

– Mesmo assim, eu não devia ter falado desse jeito.

Liv abraçou a amiga e recuou.

– Tenho que ir.

Alexis segurou as mãos dela.

– Por favor, não vá embora com raiva.

– Eu não estou com raiva. – Liv olhou para os próprios pés e optou pela honestidade. – Estou decepcionada e confusa. Venho tentando acabar com um predador. Não sei por que você quer me impedir de fazer isso.

– Algumas batalhas não podem ser vencidas.

A decepção desceu quente e furiosa pela garganta enquanto Liv andava até o carro. As palavras de Alexis quicaram em seu cérebro durante todo o trajeto até a fazenda. *Algumas batalhas não podem ser vencidas.* Liv se recusava a acreditar naquilo.

Meia hora depois, seus faróis iluminaram a traseira do carro de Mack quando entrou na propriedade, e a decepção se transformou em expectativa. A janela virada para a entrada de carros brilhava em tons alternados de azul e branco, como se a única luz dentro do apartamento fosse a da televisão. Liv subiu a escada, encontrou a porta destrancada e a abriu com cuidado. Não queria acordar as meninas. Seus olhos levaram um momento para se ajustarem, mas o que viu quando entrou fez seu coração disparar.

Mack estava no sofá, as meninas encolhidas de cada lado com os pés no colo dele. A cabeça estava apoiada no encosto do sofá, um braço esticado sobre as almofadas do encosto e a outra mão descansando no peito, os dedos abertos. Dormia um sono profundo.

E o apartamento estava limpo. A caneca de café e os pratos de aveia que Liv tinha deixado na pia não estavam mais lá. Os brinquedos das meninas tinham sido recolhidos e enfileirados junto à mesa da televisão. Ele até tinha arrumado os sapatos perto da porta: estavam perfeitamente enfileirados no tapetinho.

Liv fechou a porta o mais silenciosamente que conseguiu, mas o rangido das dobradiças a denunciou. Ouviu uma inspiração intensa atrás dela. Virou-se. Mack ergueu a cabeça com um sorriso sonolento e levantou a mão num cumprimento. Liv chegou mais perto do sofá, e ele se endireitou com um olhar cuidadoso para cada gêmea adormecida. Com um grande bocejo, esticou os braços acima da cabeça, e foi isso que a derrubou de vez. O bocejo e a espreguiçada. Masculino e ao mesmo tempo vulnerável.

– Como elas se comportaram? – sussurrou Liv.

– Como diabinhas. – Mack sorriu, e Liv soube que era mentira. – Elas foram ótimas. Correram, se sujaram, todas as coisas boas.

– Muito obrigada por isso.

– Pare de me agradecer. – Mack se levantou e se espreguiçou de novo e, desta vez, a camiseta subiu o suficiente para Liv ter um vislumbre de seu abdome com uma penugem escura. – Está com fome?

– O quê? – Liv desviou o olhar.

– Rosie trouxe comida. Quer que eu esquente para você?

– Eu posso esquentar.

– Deixa comigo. Vamos levar as meninas para a cama, e eu preparo a comida.

Cada um pegou uma gêmea adormecida, e Mack seguiu Liv pelo corredor até o quarto. Ela evitou fazer contato visual com ele quando colocaram as meninas na cama e as cobriram com o edredom. Era bem fácil imaginar *os dois* deitados ali, mas, mesmo com as emoções sexualizadas, ela ainda não estava pronta para aquilo.

– Eu, hã… vou trocar de roupa.

Mack assentiu.

– A comida te aguarda.

Ele encostou um pouco a porta quando saiu, e Liv se abanou. Seus sentidos ainda não estavam preparados para ver Mack em seu quarto. Vestiu um short e uma camiseta de dormir.

– Uau, eu poderia me acostumar com isso – comentou ao voltar para a sala.

Mack ergueu o rosto da bancada da cozinha.

– O quê? Voltar para casa e encontrar um prato de comida ou se deparar com um homem impressionante como este aqui?

– Você tinha que deixar a situação constrangedora, né?

Mas a irritação dela era falsa. Liv estava agradecida pela provocação e pelo sarcasmo. Era como se Mack soubesse que ela precisava de leveza para superar a tensão sexual que envolvia o ambiente.

Mack serviu um prato de ensopado de atum, seu favorito, junto de um copo de água. Então se sentou na cadeira ao lado.

– Bom, como você é covarde demais para falar sobre aquele beijo... – começou ele, fingindo casualidade.

– Hã, como é?

Mack se inclinou para a frente.

– Talvez a gente devesse falar sobre o fato de que você quase me beijou quando eu cheguei.

Um calor subiu pelo pescoço dela. Pega no flagra.

– Ah, você quer dizer quando *você* quase *me* beijou.

– Querida, eu sei quando estou prestes a ser beijado, e aquilo foi uma preliminar séria de beijo.

– Isso nem existe.

Mack passou a língua pelo lábio inferior.

– Ah, existe. E você fez.

Liv cruzou os braços, mas seus seios de repente estavam sensíveis, por isso ela acabou colocando as mãos na cintura, o que ficou estranho, porque estava sentada.

– Já está à vontade? – provocou Mack.

Liv apoiou os cotovelos na mesa.

Ele assentiu.

– Por acaso eu sou especialista nessas coisas.

Liv riu com deboche.

– Sei que você acha que é.

– Você não está nem um pouco curiosa sobre como eu sabia o que você estava pensando?

– Não. – *Sim*.

– Você deve achar que é porque olhou para a minha boca como se quisesse sorvê-la.

– Uau, você *realmente* leu muitos romances.

– Não foi nem o fato de você ter passado a língua pelo canto da boca.

Liv revirou os olhos e deu uma garfada.

– Não. Você olhou para a minha pulsação.

Liv arqueou uma sobrancelha.

– Você olhou bem... para cá. – Mack estendeu a mão pelo espaço curto entre os dois e encostou o polegar na jugular dela. – Foi o maior sinal.

O polegar dele acariciou a pele dela.

Ela prendeu a respiração.

E a comida entalou.

Liv começou a tossir. Arregalou os olhos e tomou um gole de água.

– Eu não olhei para o seu pescoço – disse, engasgada.

Mack se recostou na cadeira, numa postura arrogante e satisfeita.

– Vai discutir com o mestre?

– Vou, porque você está se esquecendo de um detalhe muito importante. – Liv se inclinou para a frente até seus narizes quase se tocarem. – Eu nem gosto de você.

– Acho que já passamos dessa fase, não concorda? – A voz dele foi como uma carícia na pele.

Liv comeu várias garfadas, mas acabou desistindo. Seu corpo estava faminto e não era pelo ensopado de Rosie.

– Acabou? – Mack pegou o prato.

– Você não precisa me servir.

– Eu sei, mas quero que você me veja lavando um prato.

Liv deu uma risada, apesar dos esforços para se conter.

– Por quê?

– Para você ver como eu sou sexy.

Ela inclinou a cabeça.

– Eu admito: um homem lavando louça é uma das minhas fantasias.

– Fantasias? No plural?

– Eu sou uma mulher normal. Claro que é no plural.

– Eu não me incomodaria de ouvir algumas das outras.

– Não quero chocar você.

Mack se virou e secou as mãos. O gesto preguiçoso conjurou pensamentos libidinosos na mente de Liv.

– Faça a gentileza de me chocar. Por favor – pediu.

Liv se levantou e segurou a mão dele.

– É melhor você vir comigo. – Ela o puxou até o sofá e encostou delicadamente a mão no peito dele. E empurrou-o de leve. – Senta.

Mack arqueou bem as sobrancelhas, mas obedeceu.

– Chega até o encosto – ordenou ela.

– Até agora, estou totalmente de acordo com o que você vá fazer.

Liv se sentou ao lado dele, encolheu os pés, levantou o braço esquerdo dele e se acomodou embaixo. Ela se aconchegou no ombro dele e encostou a bochecha no ponto bem acima do coração. Liv não conseguiu conter o *hummmm* que surgiu em sua garganta.

– O que você está fazendo? – perguntou Mack, rouco.

– Me aconchegando.

– Se aconchegando? – Ele riu, deslizando a mão pelas costas dela. Parou logo acima da cintura do short.

– Aham.

– Então ficar aconchegada a alguém é uma fantasia.

– É.

Mack acariciou a pele exposta entre a camiseta e o short. Liv prendeu a respiração por causa do contato. Sob o ouvido dela, o coração dele bateu mais rápido.

– Já está chocado? – A voz de Liv soava rouca também.

– Completamente. – A dele também. – Acho que você deveria me contar o que mais acontece nessa sua fantasia.

– A gente conversa.

– Baixaria?

– Coisas chatas. Como foi o dia, filmes que a gente quer ver, coisas estranhas que um cliente pediu no restaurante, coisas idiotas que aconteceram no bar.

– Eu poderia passar o dia inteiro falando sobre isso.

Liv riu. Mack apoiou o queixo no topo da cabeça dela.

– Por que essa é sua fantasia?

– Sei lá.

– Deve haver um motivo.

– Eu gosto da ideia de ter alguém em quem me apoiar às vezes.

Liv não pretendia admitir aquilo, mas algo no calor da pele e nos batimentos do coração dele a levou a um momento de vulnerabilidade do qual se arrependeria depois.

– Na noite em que fui demitida, eu queria ter alguém em quem me aconchegar.

O coração dele disparou de novo.

– E o que você fez?

– Vi televisão e chorei.

A respiração dele ficou mais difícil.

– Eu teria te abraçado.

– Eu não gostava de você na época, lembra?

Mack respondeu com um toque do polegar na cintura dela:

– E agora?

– Estou começando a gostar.

Liv o sentiu engolir em seco. Com força.

– O que mais acontece nessa fantasia?

– Você faz massagem nas minhas costas.

Os músculos dele se moveram, e uma expectativa percorreu os nervos dela. Mack enfiou a mão embaixo da camiseta dela e começou um caminho preguiçoso pela coluna.

– Assim?

– É. – Liv fechou os olhos e fincou os dedos na camiseta dele. Mack era rígido sob seu toque. Ela se sentia fraca sob o toque dele.

– Me conta mais – murmurou Mack, a voz tensa, a respiração difícil. O desejo forte em cada expiração era inconfundível.

– Talvez uma massagem no pescoço.

– Agora você está abusando.

Liv riu, mas ficou imóvel quando a mão dele subiu mais sob sua camiseta. Os dedos dele começaram a fazer magia nos tendões tensos do pescoço dela. Liv baixou a cabeça para facilitar o acesso.

– Você está tentando algo mais?

– Já tenho aqui tudo de que preciso.

Quando abriu os olhos e ergueu o rosto, Liv viu que a afeição que ouvira na voz dele também transparecia nos olhos, que a encaravam dilatados. O que quer que estivessem fazendo, o que quer que de repente tivesse começado a acontecer, era monumental. Íntimo. Quente. E tão perigoso...

– Só para você saber – disse Mack, a voz rouca –, estou pensando de novo.

– Em quê?

– Em te beijar.

Liv engoliu em seco.

– Mas não tem certeza?

– Estou nervoso.

Ela mal conseguia ouvir, com o sangue rugindo pelas veias.

– Por quê?

– Porque quero fazer isso direito.

– Imagino que você tenha experiência suficiente. Isso não deve ser um problema.

– Não é a experiência que importa. São as emoções. As minhas estão meio confusas.

Liv sentiu um aperto no peito.

– Uau. Quando acho que você está sob controle, você começa a dizer essas coisas superfofas.

– Não conte para ninguém. Vai estragar minha reputação.

– Talvez você devesse me beijar logo de uma vez, que tal?

Mack inclinou a cabeça na direção dela e parou ali, boca sobre boca, hálito com hálito. Liv percebeu, com um sobressalto, que Mack não estava brincando: estava *mesmo* nervoso. Ou talvez aquilo fosse a tal preliminar de beijo de que ele falara. Mack capturou o lábio inferior dela entre os dele e o puxou delicadamente, depois fez o mesmo com o superior. E ficaram assim, um sentindo o outro, se ajustando ao outro, à mudança repentina naquele relacionamento.

Quando Liv começou a se perguntar se aquilo ia mesmo acontecer,

Mack soltou um grunhido baixo e rouco e apertou sua boca na dela. Segurou a cabeça dela, o toque quente no couro cabeludo.

Se o primeiro beijo em frente ao bar foi uma batida urgente, uma dança frenética, aquele foi uma balada romântica. Uma valsa doce. Uma união em câmera lenta de corpo e mente que Liv não queria que terminasse. As inseguranças teriam seu momento, mas não naquele instante. Porque, naquele momento, seus sentidos estavam vivos com *aquilo*. O fogo entre os dois. Chiava, soltava fagulhas e queimava.

Todos os seus sentidos estavam sintonizados com o movimento lento dos dedos dele em seu cabelo, com a respiração irregular que viajava do peito dele para o seu, com o toque e a pressão em sua boca.

Cedeu à tentação e deslizou a mão pelo braço dele até enfiar os dedos por dentro da manga da camiseta. Liv o sentiu estremecer, e ele de repente arrancou a boca da dela e começou uma descida quente por sua mandíbula enquanto as mãos deslizavam pelas laterais do seu corpo. Quando os lábios tocaram no ponto em seu pescoço onde a pulsação latejava, Liv soltou um gemido e apertou o volume do bíceps dele. Mack contraiu o braço o suficiente para deixar o músculo mais evidente. Liv sorriu e apertou o bíceps dele de novo, então foi recompensada com um movimento de língua no pequeno decote.

– Que cheiro gostoso – comentou Mack, levando a boca à orelha dela.

– Estou com cheiro de confeitaria.

– Exatamente. – A ponta da língua dele tocou o lóbulo da orelha dela. – Você sempre tem cheiro de biscoito ou sorvete de baunilha. – Mack foi beijando seu corpo até chegar aos lábios dela. – Me deixa louco.

Ah, sim. Aquilo sim era ser beijada. Aquilo sim era se perder em luz e som e sensações até tudo desaparecer, menos os lábios, o gosto, o cheiro, *ele*. Aquilo era o que faltava a Liv, sem que ela sequer soubesse.

Também era assim que se cometiam erros. Precisava se preocupar, mas não se preocupou. Precisava parar, mas não parou. Seu cérebro, todo o seu mundo só conseguia se concentrar em uma coisa: a sensação das mãos dele em seu rosto, dos lábios dele nos dela.

Quando Mack finalmente afastou a boca, os dois estavam ofegantes de calor e desejo. Liv abriu os olhos e o viu observando seu rosto com uma expressão carinhosa, com um toque de assombro na pequena curva do sorriso. Mack puxou a mão dela para dar um beijo em seu pulso antes de colocá-la sobre o coração.

Ah, uau. Aquele foi... foi o gesto mais romântico que Liv já tinha vivenciado.

– Mack... – Só conseguiu pronunciar o nome dele.

– Eu gosto quando você fala meu nome assim.

E puxou a boca de Liv para a dele de novo.

De repente os dois ficaram paralisados com o barulho de movimento no quarto.

Mack soltou um grunhido baixo e ergueu a cabeça para escutar. Depois de um momento de silêncio, encostou sua testa na dela. Ficaram assim por um longo instante reorganizando os pensamentos.

A mente de Liv estava uma confusão caótica e assustada. Não era para ele ser assim, doce e carinhoso. Era para ele ser Braden Mack, o mulherengo, infantiloide e sarcástico. Era seguro quando ele era assim.

– Posso perguntar uma coisa?

– Pode – murmurou ela.

– Como as galinhas fazem sexo se não têm vagina?

– Ah, meu Deus! – Liv o empurrou para longe com uma risada, uma risada agradecida, e pegou a almofada mais próxima. Usou-a para bater na cabeça dele. – Vá para casa.

Mack riu, pulou em cima dela e pegou-a pela cintura antes que ela pudesse escapar. Puxou-a contra o peito e se reclinou no sofá, trazendo-a mais para junto de si.

– Você tem que me contar – pediu. – Imagina como seriam horríveis os resultados do Google.

Liv suspirou.

– Elas esfregam as cloacas.

Mack passou as mãos pelos braços dela.

– Você deveria ir lá em casa amanhã à noite.

– Essa mudança de assunto foi meio perturbadora.

– Você pode fazer cupcakes para mim.

– Sério? Caramba. Que proposta irrecusável.

– Você estaria retribuindo meu favor. Eu cuidei das meninas. Você pode colocar os estudos da escola de gastronomia em prática na minha cozinha incrível.

– Não consigo acreditar que estou prestes a dizer sim.

Mack cruzou os braços atrás da cabeça, provavelmente porque sabia que acentuava os bíceps.

– Foi lavar a louça que fez a diferença, não foi? Eu sei que estou certo.

Liv saiu de perto dele.

– Melhor parar enquanto você está na vantagem.

Mack segurou a mão dela assim que ela se levantou.

– Ei, Liv.

Ela olhou para baixo, pronta para outro comentário espertinho e, na verdade, necessitando desesperadamente de um.

– O quê?

Mack passou o polegar pelos nós dos dedos dela.

– Meu peito é seu sempre que você precisar.

Aquele era o Mack que mais a assustava. Aquela versão doce e encantadora do homem que se esforçava tanto para fingir que não se preocupava com nada no mundo. Aquela era a versão de Mack pela qual poderia se apaixonar – e o tipo de pensamento tolo e ingênuo que ela deveria estar expulsando com uma vassoura, como fazia com Randy. Até onde sabia, Mack mostrara aquele lado dele para uma dezena de Gretchens só no ano anterior.

Mas seu coração não pareceu se importar. Não com ele sorrindo daquele jeito, como se ela fosse a única mulher no mundo ou, melhor ainda, a única mulher com quem ele queria estar.

Aquele era um homem no qual poderia confiar.

Ou seja: o pior tipo de homem.

DEZOITO

Malcolm parecia cansado e irritado quando Mack se sentou à mesa deles, na lanchonete, às sete e meia da manhã seguinte. Mack não tinha ligado para mais ninguém porque não era um assunto sobre o qual pudesse conversar com os outros rapazes.

– Qual é a grande emergência? – Malcolm bocejou.

Mack olhou em volta furtivamente antes de responder:

– Liv vai lá em casa hoje à noite.

Malcolm cofiou a barba.

– Entendi. – Ele balançou a cabeça. – Quer dizer, na verdade, não. Qual é a grande emergência?

– Eu não quero fazer besteira.

– Mack, foi você quem ensinou tudo o que sabemos sobre romance. Você não vai fazer besteira.

– Eu não estou falando de sexo, otário.

Malcolm sorriu.

– Eu também não. Então me diz qual é o problema.

Mack repuxou os lábios e afastou o olhar.

– Eu não sei se ela… se ela está mesmo a fim de mim.

Malcolm deixou escapar uma baforada.

– Desculpa. Eu só preciso ter certeza de que entendi. Você está preocupado porque, pela primeira vez na vida, vai ter que fazer algum esforço?

– Sei que deve ser engraçado para você, mas eu estou péssimo. Gretchen me deixou inseguro. Eu nunca tinha levado um fora e não sei exatamente o que fiz de errado. E Liv é... – Mack passou a mão no rosto.

Uma garçonete levou café e perguntou se queriam pedir algum prato. Os dois abanaram a mão.

– Liv é...? – perguntou Malcolm.

Mack teve a horrível sensação de que, até aquele momento, nunca entendera de verdade como era difícil estar daquele lado do clube do livro. Por anos, estimulava todos a falarem, se quisessem salvar o relacionamento, mas sem nunca acreditar de verdade que um dia precisaria ouvir seu próprio conselho.

– Ela é arredia. Desconfiada. Quando acho que está se abrindo para mim, ela se fecha de novo. Não quero que isso aconteça depois desta noite.

– Você gosta mesmo dela – comentou Malcolm, a voz com um toque de *caramba*.

O humor de Mack piorou.

– Olha – começou Malcolm, se apoiando nos cotovelos. – Você sabe como isso tudo funciona. Se ela tem medo e se está determinada a ficar longe de você, vai ficar vulnerável hoje à noite, porque o sexo é importante. Esteja preparado para o sarcasmo dela.

Aquilo fazia sentido. Era exatamente o que Mack teria dito para qualquer um dos outros caras. Mesmo assim...

– E o que eu faço?

Malcolm o encarou com uma expressão de "Você está falando sério?".

– Você sabe a resposta.

Claro. Mack sabia o que diria para qualquer um deles.

– Ser aquilo de que ela precisa no momento.

Malcolm assentiu.

Mas aquelas palavras de repente não significavam nada para ele, porque Liv estava desconstruindo tudo o que ele achava que sabia. Mack tinha saído do apartamento dela, na noite anterior, com os nervos à flor da pele. Liv o massacrara com aquela fantasia de aconchego e com suas palavras francas. *Eu gosto da ideia de ter alguém em quem me apoiar às vezes.* Foi a coisa mais solitária que Mack já tinha ouvido, e o assustador foi que soube exatamente do que ela estava falando. Jamais admitiria para os amigos, mas passara muitas noites sozinho naquela casa enorme, amaldiçoando o silêncio e encarando o espaço vazio do outro lado da cama.

– É mais difícil do que você imaginava, não é? – comentou Malcolm, interrompendo seus pensamentos.

Mack tomou um gole de café.

– Você não sabe mesmo por que Gretchen terminou?

– Ah, ela me explicou, mas era besteira.

– Tipo o quê?

– É constrangedor... – Mack sabia que era uma coisa idiota de se dizer antes mesmo de falar.

– Quantas vezes dissemos exatamente a mesma coisa e você falou que tínhamos que superar?

Mack puxou o cardápio abandonado.

– Eu sei.

– Você ouviu os aspectos humilhantes da vida de cada um de nós, cara. É a sua vez.

– Eu sei. – Ele inflou as bochechas e resolveu falar. – Gretchen disse que eu a tratava bem, com vinhos e jantares, mas que parecia seguir um manual de instruções. Que era perfeito demais. – As palavras ainda doíam. – Como alguma coisa pode ser perfeita demais?

– Porque a perfeição é o oposto da autenticidade, Mack.

Ele engoliu em seco; aquilo era bem parecido com o que Gretchen tinha dito. *Ela quer que seja real.*

– Eu não sei quem devo ser com Liv – admitiu, baixinho, com vergonha.

– Seja apenas você mesmo, Mack.

Mas e se essa fosse a única coisa que não podia dar a ela? Se fosse esperto, cancelaria o encontro. Liv merecia coisa melhor. Merecia alguém que não estivesse fazendo o que ela mais odiava: mentindo.

Teria que ser o que ela precisava. O que ela queria.

Braden Mack dos infernos.

O que ela estava fazendo?

Acabando com uma coceira. Era isso que estava fazendo. E nada mais. Às 20h05, Liv entrou na rua de Mack e reduziu a velocidade do carro para olhar os números das casas à luz fraca dos postes que emitiam um brilho quente e amarelado nos gramados arrumadinhos da região onde ele morava. Achava que Mack vivia uma vida de luxo, considerando que estava disposto a pagar mil dólares por um cupcake, mas não estava preparada para a ostentação em cada casa por que passava. Eram casas enormes de tijolos ou de pedras, com dois andares, diante de jardins elaborados, as fachadas iluminadas por luzes discretas planejadas para destacar os atributos sem obviedade.

Tinha conhecido gente rica o suficiente ao longo da vida para saber que raramente havia um motivo nobre para tanta ostentação. Os donos daquelas casas queriam mostrar ou esconder alguma coisa.

E ela sabia que a segunda opção sempre era pior.

Oitocentos metros depois, encontrou uma caixa de correspondência de pedra e com o endereço dele. Virou à esquerda pelo caminho pavimentado e dirigiu por árvores antigas de copa alta. Um pouco depois das árvores, a casa dele se projetava acima do gramado.

A porta da frente se abriu quando Liv começou a parar o carro na frente do pórtico. Mack saiu; usava uma bermuda de golfe e uma camiseta meio apertada em todas as partes boas. Ele deu uma corridinha, descendo os poucos degraus, e a cumprimentou no carro. Seu coração disparou daquele jeito característico, mas Liv o fez sossegar.

Aquela noite seria de alívio físico. Mais nada.

– Oi – cumprimentou Mack, abrindo a porta dela. Antes que Liv soubesse o que estava acontecendo, ele se inclinou e encostou os lábios nos dela. – Tem alguma coisa para eu levar lá para dentro?

Ficar sem palavras não era um estado natural dela, mas foi a reação de Liv naquele momento.

– Cupcakes no banco de trás – gaguejou.

– Deixa comigo.

Liv o seguiu para dentro de casa e tentou não ficar boquiaberta com todo aquele luxo. O saguão de entrada tinha uns 5 metros de altura e uma escadaria circular no meio. Sentiu o piso de mármore frio quando tirou os sapatos.

– Foi fácil de achar? – perguntou Mack, casualmente, carregando o prato coberto.

– Aham.

– A cozinha é por aqui.

Desta vez, ficar sem palavras não foi um problema.

– Puta merda – sussurrou ela. – Você só pode estar de brincadeira.

Era sua cozinha dos sonhos. Uma verdadeira cozinha de chef. Um fogão a gás de oito bocas e um forno duplo. Ah, as coisas que poderia fazer ali...

– Gostou? – O divertimento na voz de Mack, que colocava o prato na mesa, interrompeu suas fantasias culinárias.

– Por que você precisa de uma cozinha dessas? – perguntou Liv, com rispidez, mal-humorada sem motivo aparente, fora o nervosismo.

– Porque eu preciso comer? – Ele deu uma piscadela.

– Você cozinha?

Mack deu de ombros.

– Claro. Pizza congelada. Às vezes até coloco uma lasanha no micro-ondas.

Ele estava comprando briga. E sabia disso. Seu sorriso seria capaz de derreter gelo.

– Você cozinha – disse ela, percebendo que era provocação.

– Claro que eu cozinho. Eu sou adulto. Me alimentar faz parte.

Liv revirou os olhos.

– Que tal uma bebida? – ofereceu ele.

– Claro.

Mack pegou um chardonnay na geladeira, tirou a rolha e serviu duas taças. Entregou uma das taças a Liv e deixou os dedos se demorarem nos dela.

– Eu talvez precise de algo mais forte do que isso – comentou ela, recuando.

– Nisso eu posso ajudar.

A gargalhada escapou do peito dela com uma alegria que rompeu a tensão. Liv sentiu vontade de beijá-lo só por isso.

– Essa foi uma insinuação sexual digna de liga amadora de beisebol, Mack. Eu esperava mais.

Mack riu daquele seu jeito grave e masculino típico enquanto enfiava a rolha na garrafa de vinho.

– Mas você parece bom nisso – comentou Liv.

– Bom em quê?

Ela indicou a garrafa.

– Enfiar coisas grossas em buracos apertados.

Mack soltou uma gargalhada, uma explosão de surpresa sincera e de choque que ergueu seu rosto todo e deu a Liv a sensação de ganhar na loteria. Foi inesperado, emocionante e totalmente revolucionário.

Mack pegou a taça atrás de Liv, mas deixou uma das mãos na bancada, o que o obrigou a se inclinar o suficiente para os mamilos dela roçarem em seu peito. A voz e o olhar dele ficaram provocantes.

– E você *me* acha digno de uma liga amadora de beisebol?

Ela deu de ombros, com indiferença fingida.

– Eu posso estar meio enferrujada em correr as bases.

– Você não percorre as bases há um tempo, é?

– Acho que preciso de um treino com o taco.

– Quer uma dica de *home run*?

– Sempre.

Ele se inclinou de novo.

– O que faz diferença é como você segura o taco.

– É agora que você me ensina a encontrar o ponto G?

Mack deu uma piscadela.

– Essa por acaso é minha especialidade.

Liv abanou o rosto.

– Caramba. Está quente aqui ou é só a minha vagina?

A risada dele, dessa vez, fez o coração dela pular como um coelho cheio de cafeína. Ainda sorrindo, Mack se inclinou contra a ilha atrás dele, uma das mãos apoiada na bancada, a outra aninhando a taça de vinho, que parecia absurdamente frágil em seus dedos fortes e grossos. A imagem dele era de masculinidade sem remorso e sem esforço. E Liv tinha o suficiente de garota frágil dentro de si para apreciar cada centímetro disso.

– Esta casa é grande demais para um homem solteiro – comentou ela.

Mack olhou em volta antes de voltar o olhar para ela de novo.

– Eu não vou ser solteiro para sempre.

– E se a futura Sra. Mack não quiser morar aqui?

Os olhos dele exibiram surpresa genuína.

– Por que ela não ia querer?

– Eu sei, é loucura, mas algumas mulheres gostam de ter poder de decisão sobre a casa onde vão morar – provocou Liv, falando por cima da borda da taça.

– Eu posso adaptar. Planejo tratar a futura Sra. Mack como uma princesa, então o que ela quiser, ela vai ter.

Liv deu um riso de deboche.

– Você realmente lê romances demais.

Mack ergueu a sobrancelha.

– E você não lê o suficiente. – Ele tomou um gole de vinho. – Quer conhecer a casa?

Não, Liv teve vontade de dizer. Porque não queria saber mais nada sobre ele que poderia sugá-la para aquele redemoinho perigoso de surpresas que desafiavam os estereótipos. Não queria ver mais fotos da família nem descobrir qual cômodo ele via como futuro quartinho de bebê.

– Venha – disse Mack, se afastando da bancada. – Vou te mostrar minha coleção de livros.

Liv soltou um gemido exagerado.

– Pode me dar um tiro agora.

Mack tomou a mão de Liv e entrelaçou seus dedos nos dela.

– Você precisa de um pouco de romance na sua vida.

Ele a puxou gentilmente para que o seguisse pelo corredor. Viraram à esquerda na escadaria e entraram numa sala com estantes de madeira escura que iam do chão ao teto e exibiam uma biblioteca inteira não só de romances, mas de livros sobre política, história, esportes e ciências. Maldito. Liv precisava que ele fosse um playboy desmiolado, não um homem de pensamentos profundos.

Um par de poltronas de couro macias ladeava uma lareira de tijolos. Uma das poltronas parecia mais gasta, e uma imagem indesejada surgiu na mente de Liv: Mack sentado ali, os pés no banquinho à frente, lendo um livro sobre a queda do Império Romano.

Na cornija acima da lareira, uma fileira de fotos de família chamou sua atenção. Liv soltou a mão dele e chegou mais perto. Passou os dedos por uma moldura dourada com a foto de um homem sorridente segurando um peixe.

– É seu pai? – perguntou, baixinho.

Atrás dela, Mack limpou a garganta.

– Não. Meu tio.

– Você tem alguma foto do seu pai?

– Não aqui.

A voz embargada a fez se virar. Era por isso que não queria conhecer a casa. Não podia se permitir pensar nele como um filho de luto que ainda ficava engasgado só de pensar no pai. Desviou dele e atravessou a sala até as estantes onde ficavam os romances.

– Qual é seu favorito? – perguntou, inclinando a cabeça para ler as lombadas desgastadas.

– Esse aqui. – Ele esticou o braço até uma prateleira acima do nível dos olhos. Os dedos compridos pegaram um livro e o ofereceram a ela.

Liv pegou o livro da mão dele e leu o título em voz alta:

– *Sonhos de Natal*.

– Já li mais de dez vezes.

Ela o virou e leu a quarta capa. Seus olhos percorreram a sinopse. Mãe solo volta para a cidade natal e se apaixona pelo estranho que mora na casa ao lado. Tem algo sobre um cachorro de resgate e o verdadeiro significado do Natal.

– Por que este é seu favorito?

– Você vai ter que ler para descobrir.

Liv colocou o livro de volta no lugar.

– Tem alguma coisa sobre assassinos em série? Prefiro ler isso. Pode me dar ideias para lidar com Royce.

Mack de repente espalmou a mão na estante, bloqueando a passagem de Liv por trás. A boca roçou o lóbulo da orelha dela.

– Por que você aceitou o convite de hoje?

Liv ficou fraca.

– Além de querer ver a cozinha da qual você ficava se gabando?

– É, além disso.

O estômago dela deu um nó. *Que seja apenas sexual. Que seja casual.*

– Eu tomei uma decisão.

– Uma decisão boa ou ruim?

– Provavelmente ruim.

– Meu tipo favorito. – Mack chegou mais perto e quase encostou o corpo no dela. – Qual foi?

Liv colocou a taça na prateleira e se virou no calor do quase abraço.

– Você e eu vamos transar.

Mack bateu com a mão no peito.

– Estou oficialmente chocado. Você está sugerindo que a gente esfregue as cloacas?

– Algo por aí. Mas, juro por Deus, se você só aguentar três segundos, vou gritar para todo mundo que o famoso Braden Mack é uma fraude sexual.

Ele rosnou uma baixaria e a puxou para junto do corpo rígido.

– Se isso é um desafio, eu aceito.

Liv recuou até encostar na estante.

– Você deve estar curioso sobre o que me fez tomar essa decisão.

– Não particularmente.

– Eu concluí que fazia sentido.

– Ah, é? – A boca de Mack encontrou o ponto sensível abaixo da orelha dela.

– Nós obviamente estamos atraídos um pelo outro.

– Obviamente.

– Já nos beijamos três vezes, e até que não foi ruim.

Ele recuou, afrontado.

– "Até que não foi ruim"?

Liv suspirou dramaticamente.

– Homens e seus egos.

– É biológico – provocou Mack, passando o nariz no dela. – Gostamos de nos sentir valorizados.

– Dá para perceber que você quer transar comigo.

– Qual foi a primeira pista?

– Bom, tem isso. – Liv estendeu a mão entre os dois e segurou o volume duro e inconfundível que testava a resistência do zíper da calça dele.

Mack engoliu em seco.

– Isso realmente costuma me entregar.

– E já estamos passando muito tempo juntos, mesmo.

– Verdade.

– Então faz sentido. Não é?

Mack respondeu enfiando os dedos no cabelo dela e puxando seus lábios para perto. Foi um beijo cinematográfico quente, intenso, estilo *tira meu fôlego*. Ele levantou a cabeça rápido demais e rosnou junto aos lábios dela:

– Chega de falação, Liv. A gente vai fazer isso ou não?

Liv mordeu o lábio dele.

– Me leva para cima.

Mack passou um braço embaixo das pernas dela e a pegou no colo, do mesmo jeito que fizera na noite em que a salvou da briga no bar. Só que, desta vez, ela não protestou. Mack a carregou escada acima sem falar, o rosto uma máscara de determinação. Liv se encostou no pescoço dele e lhe mordeu a pele embaixo da orelha.

Ele soltou um gemido grave, chutou a porta de um quarto e a colocou depressa no chão, na frente de uma cômoda de mogno.

Que seja apenas sexual. Mais nada. Liv ficou nas pontas dos pés para beijá-lo, mas Mack balançou a cabeça.

– Vira de costas – ordenou ele, a voz rouca.

Liv obedeceu e apoiou as mãos na cômoda.

– Vou ser revistada?

Mack desceu as mãos pelo corpo dela até chegar aos quadris. Com um puxão forte, ele a trouxe mais para perto, até encostar na ereção. E levou a boca ao seu ouvido.

– Você está no comando, Liv. Mande em mim como eu sei que você quer.

Sim. Isso ela podia fazer. Interpretar um papel. Deixar o coração de fora. Deixar que Mack a tocasse e fizesse seu corpo cantar como o mestre que ele supostamente era.

– Beija o meu pescoço – pediu, inclinando a cabeça.

Os lábios dele pareciam eletricidade na pele, provocando fagulhas na espinha. Mack ficou ali, fazendo coisas com a língua que a deixaram ofegante em apenas cinco segundos.

Liv cobriu uma das mãos dele com a dela e a puxou para longe do quadril. Com os dedos entrelaçados, passou a mão dele por sua barriga e parou na cintura da calça jeans.

– Me diz o que você quer – pediu Mack, ofegante.

– Quero que você me toque. – Aquela voz era dela? Deus, parecia que estava debaixo de água.

Os dedos habilidosos de Mack abriram o botão da calça e puxaram o zíper a cada centímetro agonizante. Liv inspirou de expectativa quando sentiu as pontas dos dedos roçarem na barreira de seda entre seu sexo e o toque dele.

– Vá em frente – gemeu.

Mack enfiou os dedos na calcinha. O primeiro toque na pele quente e úmida deixou seus joelhos bambos. Ele a segurou pela cintura.

– Estou te segurando, meu bem – murmurou.

Foi doce e carinhoso. Doce e carinhoso demais.

Que seja apenas sexual. Só isso.

Liv se moveu na mão dele. Tentando. Tentando. Mack acelerou o ritmo, massageando no ponto em que ela precisava.

– Ah, Deus – gemeu Liv. – Você é mesmo bom nisso.

– Eu sei. – Mack deu uma mordidinha no ombro dela.

– Sua arrogância estraga um pouco.

– Você preferiria que eu fosse ruim?

Ela gemeu uma resposta. Mack mordeu o lóbulo da orelha de Liv, que choramingou. Ele parou.

– Machucou?

Ela enfiou a mão na calça e cobriu os dedos dele com a mão.

– Não para.

– Isso aí, gata. Me diz o que você precisa, Liv – sussurrou ele, em seu ouvido. – Manda em mim.

– Enfia os dedos em mim.

Mack deslizou dois dedos pela abertura úmida e os enfiou nela. Liv afundou as unhas na mão dele e soltou um gritinho. Seu corpo estava no comando, e ele manteve um braço firme em sua cintura enquanto fazia o que ela queria. Liv se balançou na mão de Mack, que acompanhou o ritmo dos quadris dela com os movimentos.

– Você está quase lá, não está? – sussurrou Mack, porque falar parecia ter ficado tão difícil para ele quanto para ela.

– Estou – gemeu Liv.

– Me conta como te fazer chegar lá. Me diz como te fazer gozar.

– Mais forte.

Isso foi tudo que ela conseguiu dizer, mas Mack sabia o que ela queria. Usou a base da mão para pressioná-la. Liv deu um gritinho e convulsionou em volta dos seus dedos. O corpo ficou inerte junto ao dele. Dentro da calcinha, Mack entrelaçou os dedos nos dela. Liv virou a cabeça e o beijou por cima do ombro.

Mack a pegou nos braços de novo, virou-a e a colocou na cama. Liv se ajustou no colchão, o corpo relaxado, um rubor satisfeito na pele.

– E agora? – perguntou ele, parado acima dela.

– Tira a roupa.

Mack se despiu devagar, sem se apressar para revelar pele e músculo ao olhar faminto dela. Não havia 1 grama de gordura em seu corpo. Mack tinha músculos rígidos que eram resultado de corrida e genética, não de horas numa academia. O peito era coberto de pelos densos e escuros que escasseavam até entrarem provocantemente pela calça Levi's.

Liv engoliu em seco.

Ele deu uma piscadela.

– Recebo muito essa reação.

Ela balançou a cabeça.

– Eu sabia. Sua boca vai estragar tudo.

– Você não faz ideia do que minha boca é capaz de fazer.

Mack arrancou a calça dela. Os dois tiraram o resto das roupas depressa, freneticamente. Ele se deitou ao lado dela, soltou um gemido e grudou a boca na dela. Passou um braço por sua cintura e a puxou para o colo, sem nunca interromper o beijo. Montada nele, Liv ofegou quando o latejar exigente de seu desejo se encontrou com o volume rígido do dele. Com o prazer intenso, algo tomou conta dos dois; algo primitivo, feroz e descontrolado.

Mack desceu as mãos para segurar a bunda dela, apertando e massageando e a equilibrando enquanto erguia seus quadris num ritmo erótico. Liv segurou os ombros dele, fincou os dedos na pele e se balançou sobre o membro duro. Os dedos grossos e calejados tocaram na parte de baixo dos seus seios, depois mais alto, até os mamilos se enrijecerem sob a exploração apressada.

Não foi suficiente.

– Eu preciso da sua boca – gemeu ela.

Mack se inclinou para a frente e sugou um mamilo duro. Liv soltou um gritinho e inclinou a cabeça para trás, as mãos enfiadas no cabelo dele para mantê-lo onde estava. Mack agraciou cada seio com muita atenção, sugando e lambendo até a pressão entre as coxas dela ficar insuportável.

Liv talvez tivesse conseguido manter daquele jeito, apenas físico, seu corpo reagindo ao dele, se Mack não tivesse parado, se não tivesse erguido o olhar, se não tivesse balançado a cabeça e sussurrado, maravilhado:

– Eu não consigo parar de olhar você.

Ela poderia ter conseguido se convencer de que aquilo não significava nada se seu coração não tivesse se traído com aquelas palavras, com a expressão nos olhos dele e com o carinho no beijo quando Mack puxou sua boca para a dele de novo.

Poderia ter conseguido dizer a si mesma que era hora de parar com a baboseira romântica se ele não tivesse sido tão carinhoso. Se não a tivesse tocado com uma reverência que a deixou trêmula. Se não tivesse sorrido pra ela quando a ergueu pelo tempo necessário para colocar um preservativo.

Talvez, mais do que qualquer outra coisa, o responsável por derrubá-la tivesse sido o sorriso.

Mack sorriu como se estivesse feliz de estar ali, de estar com ela.

Como se estivesse feliz.

Liv ficava indefesa com aquele sorriso.

Baixou o corpo, roçando na ereção dele. O gemido grave e gutural a encheu de uma satisfação tão erótica que ela repetiu o gesto. Mack reagiu com outro gemido e a deitou de costas de repente. E os beijos recomeçaram. Lentos e sensuais. Com as pernas dela bem abertas. A ereção dele aninhada no núcleo que mais latejava em seu corpo.

– Porra, Liv – gemeu Mack, roçando nela.

De repente, ele a penetrou.

Ele a preencheu.

Ele a fez voar, voar tão alto que Liv soube na hora que a queda de volta seria dolorosa.

Mack apagou.

Não sabia quando tinha acontecido nem como, mas em um minuto estava curtindo a energia carnal da experiência sexual mais primorosa da vida e, no seguinte, estava apagado.

E só soube que isso tinha acontecido porque acordou com frio e sozinho.

Ele se apoiou nos cotovelos e olhou para o quarto escuro.

– Liv?

Ela saiu do banheiro. Parcialmente vestida.

Mack se sentou e esfregou os olhos.

– O que você está fazendo?

– Indo para casa.

– Por quê?

– A gente fez o que eu vim fazer.

Sua primeira reação foi ficar ofendido, mas Mack se lembrou do que Malcolm dissera. Liv ficaria vulnerável depois daquilo. Ela se retrairia.

Mack tinha desempenhado um papel a noite toda, e ela também, e o jogo continuava. Portanto, deu continuidade a ele.

Mack se apoiou na cabeceira e fingiu não estar emburrado.

– Eu não ganho nem beijo de boa-noite?

Liv cedeu, mas o beijo foi o suficiente para deixá-lo duro de novo. Mack passou a mão pela cintura dela e tentou puxá-la, mas ela se levantou.

– Vai ser melhor para nós dois se eu for agora.

– Vou precisar que você explique isso, porque acho que seria melhor se você ficasse nua de novo e me desse mais algumas ordens.

– É para o seu próprio bem. – Liv enfiou os braços na camiseta e a puxou pela cabeça. – Já entendi qual é a sua e sei que você vai precisar de um tempo para absorver isso tudo.

A observação foi irritantemente correta.

– Eu consigo absorver muito bem com nós dois pelados na cama.

Ela deu de ombros e balançou a cabeça com uma expressão de pena.

– A questão é a seguinte: se não tomarmos cuidado, você vai se apaixonar. E eu não posso carregar isso na minha consciência.

Mack deu uma risada nervosa. Caramba!

– O que te faz pensar que eu vou me apaixonar por você?

– Porque é isso que você faz.

– Não é, não. Eu nunca fico de coração partido. Sou do tipo que leva para jantar e depois para a cama.

– Que lê romances e está tão desesperado para impressionar uma mulher que gasta mil dólares num cupcake.

– Você vai se esquecer disso algum dia?

– Aceite, Mack. Você é um herói romântico.

– Me explique isso aí – pediu ele.

Liv indicou o quarto.

– Você mora num castelo que construiu para uma princesa que não existe. É todo sensível… Eu não quero ser a pessoa que vai partir esse coração frágil.

Desta vez, a observação foi tão certeira que ele sentiu a dor percorrer o corpo todo. Liv estava brincando, claro. Mas, por um momento terrível, Mack teve medo de ela conseguir ver através dele.

– Você não está brincando, né? Vai mesmo embora?

– Vou.

Liv se inclinou e o beijou de novo. E foi embora. Porque era isso que ela fazia.

Mack ouviu os passos dela na escada, a porta sendo aberta e fechada. Deitou-se de novo no travesseiro. Aquela mulher estava estragando o disfarce dele de todas as formas. E Mack não estava gostando nem um pouco.

Seu telefone tocou cinco minutos depois que ela saiu, e Mack atendeu sem olhar para a tela.

– Mudou de ideia?

– Hã?

Merda. Mack se sentou ereto. Não era Liv. Era Sonia.

– O que foi?

– Preciso de você e Liv aqui. Uma garota chamada Jessica apareceu no bar.

Mack se descobriu, desligou o celular, então ligou depressa para Liv. Ela atendeu com irreverência forçada.

– Nossa, acabei de sair. Já está com saudades?

– Vem me buscar. Jessica acabou de aparecer no bar.

DEZENOVE

Mack fechou a porta do escritório enquanto Jessica, de joelhos bambos, se sentava em uma das cadeiras na frente da mesa. Ela segurava os dois lados do casaco sobre o peito e mordia o lábio inferior.

Liv se sentou ao lado dela e perguntou, com delicadeza:

– Você está bem?

Mack se apoiou na frente da mesa e cruzou os braços. Jessica olhou para ele, nervosa.

– Quer que eu saia? – perguntou ele.

Talvez tivesse acontecido alguma coisa que Jessica não quisesse contar na frente de um homem. Aquele pensamento fez seu estômago dar um nó.

Mas Jessica balançou a cabeça e engoliu em seco.

– Não, eu… só não sei o que fazer.

– Comece do começo – sugeriu Liv, baixinho.

– Eu não aguento mais. Ele está tão cruel agora e… foi horrível hoje.

Mack cerrou os punhos.

– Horrível como?

– Ele…? – Liv se interrompeu, como se tentasse pensar no jeito certo de fazer a pergunta que pairava no ar. – Ele tentou te assediar de novo, como antes?

– Não. Não daquele jeito.

Mack soltou o ar que nem tinha percebido que estava prendendo.

– Mas ele gritou – disse Jessica. – Ele me olha de cara feia toda vez que me vê. E... – ela fez uma pausa, com outro olhar nervoso na direção de Mack – ... só pensa em destruir sua reputação.

– A reputação de quem? De Liv?

– De vocês dois.

De forma inconsciente, Mack estalou as mãos, como se se preparasse para uma briga.

– Destruir nossa reputação como?

– Ele está providenciando para que Liv não consiga emprego em lugar nenhum. E eu... não sei sobre você. Mas ele odeia você porque sabe que os dois estão juntos. E mandou alguém vigiar vocês.

Com a parte do cérebro que não era um laser direcionado ao ódio por Royce Preston e à preocupação com Jessica, Mack esperou que Liv fizesse algum comentário sobre não estarem *juntos*, mas ela não respondeu, e essa mesma parte do seu cérebro ficou irracionalmente feliz, considerando as circunstâncias.

– Como você sabe disso? – questionou Liv.

– Ele me falou – explicou Jessica. – Disse que as pessoas que o desafiavam sempre se arrependiam. Eu acho... acho que ele queria me intimidar.

Mack pigarreou antes de perguntar:

– Isso foi hoje?

Jessica assentiu.

– Eu trabalhei no turno da tarde e, quando acabou, ele fez Geoff me levar de carro em casa. Para ter certeza de que eu não viria aqui, acho. Não sei por que ele não me demite logo de uma vez.

– Você não pode voltar lá – disse Mack, a voz mais ríspida do que pretendia.

O lábio inferior de Jessica tremeu.

– Eu sei. Mas não sei o que fazer.

– Jessica, peça demissão – sugeriu Liv, segurando a mão da garota. – Não volte lá. A gente *vai* acabar com ele.

Eles levaram Jessica em casa. Quando pararam em uma vaga na frente do alojamento, Mack deu o número dele e de Liv para ela.

– Liv e eu vamos resolver isso – disse ele com uma voz que esperava que fosse tranquilizadora. – Ligue se Royce ou Geoff e o outro segurança tentarem fazer contato ou se fizerem alguma coisa para te intimidar, está bem? Quando estiver pronta, você tem um emprego no meu estabelecimento.

Jessica assentiu, o rosto abatido.

– Obrigada pela ajuda – sussurrou. – Me desculpem por ter sido uma vaca antes.

– Ei. Não. Não precisa pedir desculpas.

Ela deu de ombros, o lábio inferior tremendo de novo.

– Nada disso estaria acontecendo se eu...

Liv se virou do banco do motorista.

– Nada disso estaria acontecendo se Royce não fosse um merda que se aproveita das mulheres. Só isso. Fim da história. *Nada* disso é culpa sua.

Jessica desceu o olhar para o colo e mordeu o lábio.

– Mack e eu vamos cuidar disso – garantiu Liv. – Ele não vai mais fazer mal a você nem a ninguém.

Desta vez, quando Jessica assentiu, sua expressão era de quem realmente acreditava.

Liv entrou na via expressa e seguiu na direção da casa de Mack. Ele ficou em silêncio por dez minutos antes de falar de novo:

– Royce está ficando descontrolado.

– Ele sempre foi descontrolado.

– Mas está piorando, obviamente. E, se Jessica pedir demissão, ele vai perder a cabeça.

Liv pegou a saída para a região dele. Mack a observou sob a luz fraca do painel. Mesmo uma hora e meia depois de sair da cama dele, Liv ainda estava com uma expressão revigorante de sexo que o deixou excitado e fez seu coração bater mais rápido.

Que se danassem os papéis interpretados por eles. Que se danasse a necessidade dela de espaço. *Ele* precisava que ela ficasse protegida.

– Talvez você devesse ficar comigo até isso acabar.

Liv virou a cabeça tão rápido na direção dele que Mack teve medo de ela bater o carro.

– O quê?

– Estou preocupado com o jeito como Royce está agindo, com esses exageros dele. Fazer Geoff levar Jessica em casa? Me vigiar? Ele é perigoso, Liv.

Ela riu e entrou na rua dele.

– Acho que vou ficar bem.

– Eu queria ter certeza disso.

Liv o encarou de um jeito que dizia que Mack tinha violado uma das regras principais dos manuais. Tinha ido longe demais. Falado muito. E, agora, sua guarda estava oficialmente erguida.

Liv entrou no terreno da casa dele.

– Eu sei me cuidar, Mack.

– Sei que sabe, mas eu me sentiria melhor se...

Ela apertou o volante.

– Eu te ligo.

– Quando?

Ela deu de ombros.

– Daqui a uns dois dias.

Mack ficou de boca aberta, o coração disparado.

– Dois *dias*?

Ela inspirou fundo, o único sinal de que era mentira. Mas o que Mack deveria fazer? Recusar-se a sair? Ele abriu a porta. Mal teve tempo de fechá-la, e ela já tinha engatado a ré. Mack ficou parado na entrada e a viu sair dirigindo.

E ficou sozinho de novo, com a pergunta que sempre parecia ficar no ar quando ela ia embora.

O que tinha acabado de acontecer? Só que, desta vez, uma nova pergunta surgiu imediatamente em seguida. Como poderia fazer aquilo acontecer de novo?

VINTE

Duas noites depois, Liv estava com o telefone sobre o peito, xingando a si mesma de todos os palavrões existentes por seu medo teimoso, quando um barulho do lado de fora a deixou tensa.

Devia ser um guaxinim.

Ou talvez um dos bodes tivesse se soltado.

Ou Hop decidira trabalhar mais um pouco no trator.

Mas, ao ouvir o ruído inconfundível de sapatos no cascalho, ela pulou da cama com a certeza absoluta de que alguém estava se esgueirando do lado de fora do apartamento. Uma pessoa mais bem ajustada provavelmente se preocuparia antes com a própria segurança, mas o primeiro pensamento de Liv foi como Mack ficaria irritado com ela, pois ele avisara que Royce estava mesmo descontrolado.

Droga. Odiava quando ele estava certo.

Andando nas pontas dos pés, seguiu pelo corredor até a sala... na mesma hora em que um passo leve soou na escada lá fora.

Talvez fosse Rosie. Devia ser, não? Ela só precisava de... alguma coisa. Às onze da noite.

Outro passo na escada fez os pelos dos braços de Liv se eriçarem. Era um passo pesado demais para ser de Rosie. Ofegando, olhou para o celular e tentou calcular quanto tempo demoraria para a polícia chegar se ligasse para a emergência. Dez minutos? E se o invasor fosse até a casa principal e atacasse Rosie?

Liv apertou o botão de emergência do celular e se abaixou. Uma atendente respondeu quase na mesma hora e lhe perguntou qual era a emergência.

– Acho que alguém está tentando entrar no meu apartamento.

– Certo, senhora. Pode me dar o endereço?

Ela respondeu.

– Onde você está?

– No chão da sala.

– E está vendo alguém?

– Estou ouvindo. Acho que está subindo a escada.

– Ele está dentro de casa?

– O quê? Não. Eu... eu moro em um apartamento em cima de uma garagem. A escada fica do lado de fora.

– Estou enviando uma viatura até a sua residência. Pode me dizer seu nome?

– Liv.

A atendente permaneceu calma.

– Liv, vou ficar ao telefone com você até os policiais chegarem.

– Você sabe quanto tempo vai demorar?

– Tem uma viatura a cinco minutos daí.

– É tempo demais.

Liv se arrastou até a janela. A atendente perguntou o que estava acontecendo naquele momento. Liv puxou um canto da cortina e espiou. Estava escuro demais para ver alguma coisa.

– Não o vejo, mas ele está subindo a escada.

Os passos ainda não tinham contornado a lateral do prédio.

– Liv, preciso que você fique quieta.

– Ligo daqui a pouco.

Ela desligou, em meio a protestos da atendente. Ainda rastejando, foi até a porta. Com movimentos lentos, levantou a mão e fez uma careta ao abrir o ferrolho. Ouviu um clique baixo. Liv ficou paralisada.

O homem não parou, então ou não tinha ouvido o barulho ou não se incomodou.

Liv pegou o objeto mais próximo, uma sandália Birkenstock, e se levantou. Inspirando fundo, abriu a porta. Desceu o primeiro lance de escada dois degraus por vez, chegou ao patamar e bateu com o calçado como se fosse uma tenista tentando uma vaga em Wimbledon.

Bateu em um rosto, e o homem soltou um grunhido surpreso. Os braços dele se balançaram por um momento apavorante enquanto ele se desequilibrava na extremidade do patamar. Mas foi tempo suficiente para Liv perceber que tinha cometido um erro terrível. Tempo suficiente para ela olhar por cima do ombro dele e contar quantos degraus cairia. Tempo suficiente para encará-lo e perceber que não era um estranho.

– Que porra é essa, Liv? – perguntou Mack.

E caiu. Assim como o cupcake, ele perdeu a briga contra a gravidade. Mack virou para trás e deslizou os dez degraus até o chão de terra, batendo a cabeça na madeira barulhenta.

Ele caiu de cabeça no cascalho, as pernas ainda na escada. Soltou um gemido e falou um palavrão.

A culpa a deixou de mau humor.

– Que droga, Mack. O que você está fazendo?

Ele levantou a cabeça.

– Você está falando sério? O que *você* está fazendo?

– Me defendendo de um invasor, como eu falei que era capaz de fazer.

– Se d-defendendo? – Mack mal conseguiu falar, a voz exalava descrença. – Com uma sandália?

– Foi o que eu consegui encontrar na hora.

Mack ficou de pé. A calça jeans e a camisa branca estavam cobertas de sujeira. Uma mancha vermelha intensa embaixo de seu olho esquerdo tinha o leve contorno da sandália.

Liv firmou as mãos na cintura.

– Por que você não ligou antes?

– Porque eu sabia que você se recusaria a me receber aqui e, droga, já se passaram dois dias! Eu queria ver você.

– E achou que seria uma boa ideia simplesmente aparecer?

Mack limpou as mãos na calça.

– Me deixa tentar entender – disse ele, com irritação. – Você ouve um homem do lado de fora do seu apartamento e, em vez de chamar a droga da polícia, pula em cima dele sem nem verificar se o sujeito tem uma arma ou se está sozinho?

Merda. A polícia. Liv voltou correndo pela escada e passou pela porta. Pegou o telefone no chão e ligou para a emergência de novo.

Talvez ainda desse tempo de cancelar.

Tarde demais.

A ligação foi atendida na hora em que luzes vermelhas e azuis surgiram lá fora.

– Desculpem pelo mal-entendido.

Vinte minutos depois, Liv pediu desculpas pela milionésima vez. Os quatro policiais no local a tinham afastado de Mack; também interrogaram Rosie e Hop... que estava lá no meio da noite, o que era meio estranho.

– Achei que ele fosse um bandido.

– Bandido? – perguntou o policial.

– Ele é meu... – Ela parou e olhou para Mack, que ergueu uma sobrancelha em divertimento. – Meu amigo.

Mack riu.

A humilhação só terminou alguns minutos depois, e os policiais foram embora.

– Não acredito que você apareceu aqui do nada – disse Liv, subindo a escada.

– É, bom, eu não acredito que você chamou a polícia por minha causa.

– Vinte minutos atrás você estava com raiva por eu não ter chamado a polícia! Decida-se.

Mack a seguiu até o apartamento.

– Você não tem ideia de como estou com vontade de te bater – ameaçou ela.

– Promete?

Liv abriu a porta do freezer e pegou a fôrma de gelo. Virou-a em cima de um pano de prato. Uns dez cubos caíram, mas um deslizou pela bancada e caiu no chão. Ela não se importou. Na verdade, torceu secretamente para Mack escorregar e cair.

Na sala, Mack se sentou no sofá com um gemido dramático, levando a mão à bochecha. Resmungando, Liv amarrou as pontas do pano e andou até a sala. Ele estava com os pés apoiados na mesa de centro e a cabeça inclinada para trás, os olhos fechados. Mesmo do outro lado da sala, dava para ver o hematoma arroxeado na bochecha dele.

Uau. Tinha acertado com força.

Mack ergueu a cabeça e abriu um olho quando ela se aproximou. Liv entregou o pano com gelo.

– Toma. Só não sei bem por que eu estou te ajudando.

– Porque você se importa, talvez?

– Você me deu o maior susto.

Mack encostou o gelo no rosto.

– Uma aspirina cairia bem.

Liv foi até o banheiro, mexeu no armário e voltou com um frasco de Tylenol.

– A seco? – perguntou ele.

– Pode engasgar.

– Você está muito hostil para alguém que acabou de bater em um homem inocente.

– Inocente? Você estava se esgueirando em volta da minha casa!

– Eu não estava me esgueirando. Estava tentando fazer silêncio para não acordar Randy.

– O que você está fazendo aqui?

– *Dois dias inteiros*, Liv. – Ele jogou o pano com gelo de lado e se levantou. – Talvez você goste dessa coisa de transar e sumir, mas eu não.

Liv engoliu a culpa e a vergonha. Tinha decidido evitá-lo principalmente para evitar os próprios sentimentos.

– Eu falei que seriam *uns* dois dias. Eu estava dando tempo para você absorver a situação.

– Sabe o que eu acho? – perguntou Mack, chegando mais perto. – Acho que era *você* quem precisava de tempo para absorver os últimos acontecimentos e por isso inventou essa história idiota e me deixou no vácuo por dois dias inteiros.

O corpo dela ficou quente e frio ao mesmo tempo. Quente por causa da expressão ardente nos olhos dele. Frio porque, droga, não era justo. Mack a fizera recuar para a cozinha. Estava encurralada. Se deixasse que ele a encarasse, perceberia que o que estava dizendo era verdade.

– Era disso que eu tinha medo – comentou Liv, a voz rouca. – Você já se apegou. Eu sou uma destruidora de corações.

Mack apoiou as mãos na bancada, de cada lado dela, e se inclinou para a frente. Seus olhos tinham uma expressão exausta e tensa, e por um momento Liv se perguntou se aquilo podia ser real. Mack tinha mesmo sentido sua falta? Estava mesmo magoado por ter sido evitado por dois dias inteiros?

Mack fez uma expressão mal-humorada.

– Seria tão ruim assim se eu gostasse de você?

O coração dela pulou.

– Você não gosta.

– Não?

– Você pode achar que sim, mas não é real.

Mack gemeu e revirou os olhos.

– Ah, pode explicar melhor?

– Você tem complexo de herói e acha que eu estou em perigo ou alguma merda assim e seu… hormônio de herói está à toda.

– Hormônio de herói?

– É. E aí a gente misturou sexo e, bum, você incorporou o príncipe da Disney em tempo integral.

Mack cruzou os braços.

– Espera. Achei que você tivesse dito que eu ia me apaixonar perdidamente por você. Agora eu não ligo mais para você? Decida-se.

Liv fez careta. Um furo no enredo.

– Você *acha* que gosta de mim porque você é do tipo que se apaixona. Mas não se importa comigo de verdade.

— Então seu medo não é que eu me apaixone por você, só que eu *ache* que estou apaixonado por você.

Liv olhou de esguelha para ele.

— É.

Mack a encarou, o canto da boca subindo num sorriso relutante.

— Caramba, Liv, como você complica as coisas.

Ela deu de ombros.

— É um problema seu, não meu.

— Bom, espero que você esteja certa, porque gostar de você seria uma grande inconveniência.

— Então considere-se liberado.

— Obrigado. Isso facilita muito a minha vida.

— De nada.

— Liv — murmurou Mack, se inclinando para perto demais.

O perfume inconfundível dele a atingiu com a força de uma bola de demolição. Aquele cara nunca cheirava mal. Suado, sujo, ensanguentado, um filho da mãe arrogante. Mas continuava com cheiro de pura luxúria.

— O quê? — retrucou ela, a voz rouca.

— Você fala muita merda.

Ele não estava errado. E foi por isso que o coração suplantou o cérebro e disse *que se dane*. Liv segurou a frente da camisa dele e o puxou para a frente. Suas bocas colidiram, e ela o deixou fazer o que ele mais sabia. Começaram com um beijo de língua profundo e quente, mas em dez segundos uma das mãos já estava dentro da blusa. Depois disso, não houve muita discussão entre seus princípios e suas partes sensíveis, porque ambos pareciam ter a mesma opinião. E essa opinião era *Claro, vamos tirar a roupa*, porque, caramba, o que aquele homem era capaz de fazer em um mamilo só com os dedos deveria ser ilegal.

Liv gemeu e arqueou o corpo sob o toque dele.

Mack a beliscou.

— Quem manda agora?

— Você vai estragar tudo com essa sua boca.

— Essa minha boca vai provar que você está errada.

Mack ficou de joelhos, e Liv não sabia como tinha acontecido, mas subitamente estava sem calça e aquela boca dele a lambia por cima da renda da calcinha enquanto ela se apoiava na cabeça dele.

– Só para você saber, eu não concordei em transar de novo – gemeu Liv.

– Isso não é transar, meu bem – provocou Mack.

Ele deslizou a mão esquerda pela coxa dela e parou na parte de baixo da calcinha, onde uma camada fina de algodão separava seus dedos do desejo pulsante que ansiava desesperadamente por aquele toque.

– Parece – disse ela, gemendo.

– Então você precisa praticar mais.

Liv tinha começado a murmurar coisas incoerentes quando ele puxou o tecido e expôs a pele. Mack fez aquela coisa com a língua de novo e, quando deslizou dois dedos para dentro dela, Liv se perdeu. Fogos de artifício explodiram. Mordeu o próprio braço para não começar a cantar o hino nacional.

Mas Mack não tinha acabado. Em seu estado atordoado, Liv tomou ciência de que ele mordiscava seu corpo enquanto ia subindo, abrindo a calça, o ruído de uma embalagem de camisinha...

Ela parou.

– Onde você conseguiu isso?

– No meu bolso de trás.

– Bem pensado.

– Gosto de estar preparado.

Liv também, mas não estava preparada para ser erguida, encostada na porta do apartamento e penetrada com um movimento intenso. Talvez ele também não estivesse preparado, porque passou alguns instantes sem se mover. Mack apoiou a testa no ombro dela e fez um ruído que foi meio de prazer e meio de dor, e Liv não entendeu nada. A maçaneta machucou sua nádega, mas a sensação de tê-lo dentro de si era tão intensa que não se importou.

Mack começou a se mover. Estocadas firmes que a empurraram com força contra a porta, o que fez seus músculos íntimos começarem a pulsar de novo como o brilho vermelho dos fogos. Mack cobriu sua boca com a dele para sufocar o som das bombas explodindo dentro dela.

Mack grunhiu, as mãos apertando a parte inferior das costas de Liv, onde ele a segurava. Liv se agarrou a ele, os braços em volta do pescoço, as pernas em volta da cintura.

– Liv – grunhiu Mack, de repente. – Ah, Deus.

Ele gozou com uma estocada forte final e outro grunhido.

Liv mal tinha voltado para a Terra quando o sentiu puxar a calça com uma das mãos e começar a carregá-la na direção do quarto.

– O que você está fazendo?

– Levando você para a cama.

– Não. Hã-hã. Você não vai ficar.

– Vou, sim. Eu não faço esse tipo de coisa. Eu não curto fazer sexo e sumir, Liv.

Ela esperava que Mack a largasse na cama, mas ele não fez isso. Ele se inclinou e a pousou gentilmente, abandonando a postura de macho alfa durão tão depressa quanto tinha tirado a calça dela. Mack a olhou de um jeito que a lembrou por que o evitara por dois dias, porque uma garota podia se apegar a um olhar daqueles. E não seria a maior burrice do mundo?

– Eu só quero acordar ao seu lado – disse ele, baixinho. – Tudo bem por você?

Não deu tempo de Liv concordar com nada. Mack tirou a camisa e a largou no chão. A calça foi em seguida. Ela mal teve tempo de chegar para o lado, e Mack já estava puxando as cobertas e entrando embaixo delas. Liv puxou o edredom até o peito.

Ele virou a cabeça e soltou uma gargalhada.

– Você está com medo de mim?

Com medo? Sim. Mack a apavorava.

– Boa noite, Liv. – Ele bocejou.

E o filho da mãe fechou os olhos. A respiração entrou num ritmo lento e regular em minutos. Como ele podia dormir? O corpo dela estava pegando fogo. Bastaria um convite e pularia em cima dele. Mas Mack não parecia nem um pouco afetado pela proximidade dos dois.

Homens. Conseguiam ligar e desligar as emoções como se tivessem um interruptor. Não era justo.

– Cretino – sussurrou ela.
– O que eu fiz desta vez?
Liv ofegou.
– Achei que você estivesse dormindo.
– Eu sei. Eu estava te deixando me admirar.
– Eu te odeio.

Ela virou de lado, ficando de costas para ele. Atrás dela, a cama afundou e se moveu, e um braço pesado envolveu sua cintura. Mack a puxou junto ao peito. Os contornos de seu corpo rígido se ajustaram aos do dela. Se Liv chegasse os quadris para trás uns 2 centímetros, provavelmente sentiria *aquilo*.

– Desculpa por ter te assustado – disse Mack, baixinho, com sinceridade.
Liv se virou de frente para ele.
– Desculpa por não ter ligado. – Podia ceder ao menos nisso.

Mack acariciou o contorno do queixo dela. Liv não precisou de encorajamento, apenas se entregou ao beijo. A ele. Até estar deitada de costas de novo. Mack deslizou a mão pela lateral do corpo dela, prendeu-a atrás do joelho e puxou a perna por cima do próprio quadril.

– Eu achava que sabia o que fazia com as mulheres, Liv – sussurrou ele. – Mas aí eu conheci uma chef confeiteira, e meu mundo virou de cabeça para baixo.

Um tempo depois, Liv adormeceu nos braços dele, se perguntando se Mack sabia o que tinha feito com ela com aquelas simples palavras.

VINTE E UM

Liv acordou um tempo depois com o peso do corpo dele sobre o dela.
 O quê...?
 – Fique quieta.
 Mack cobriu sua boca com a mão, e os lábios roçaram a orelha dela quando ele sussurrou. O que ele estava fazendo? Era algum jogo sexual pervertido? Liv se mexeu embaixo dele, mas ele a segurou com força.
 – Isso é vingança por eu ter te batido? – perguntou ela.
 – Só me escute – ordenou ele. – Tem alguém lá embaixo.
 Liv revirou os olhos. Ah, certo.
 – Quero que você se tranque no banheiro...
 O quê?! De jeito nenhum. Ela balançou a cabeça.
 – Meu Deus, Liv. Me escute só desta vez!
 E foi nessa hora que ela ouviu. O cacarejo inconfundível de um galo furioso que odiava homens.

Mack vestiu a calça jeans e desceu a escada correndo. Claro que Liv se recusou a ficar dentro de casa.

– Socorro!

Os gritos de um homem desesperado foram encobertos pelos cacarejos furiosos de Randy. Mack pulou do último degrau e foi correndo para a entrada de carros, onde um contorno disforme estava caído de costas, os braços erguidos para se proteger das garras.

– Quem é você?

– Socorro! – gritou o homem, de novo, as mãos agora na frente do rosto.

Ele moveu o braço de repente e jogou Randy longe o suficiente para rolar e fugir de outro ataque. O sujeito então ficou de quatro, com a bunda virada para eles.

– Sou eu! – gritou o homem.

– Eu não sei quem você é.

Ele se levantou e se virou, e agora Liv tinha se juntado a Mack. Ela soltou um grito surpreso.

– Geoff!

– Meu Deus! – gritou o homem, cobrindo os ouvidos.

– O que você está fazendo aqui? – perguntou Mack.

– Livvie! – Outra voz de homem. Hop. Desta vez, vinda da casa.

Liv se virou. Mack se virou. Geoff se virou. E os três soltaram um grito coletivo porque...

– AI, MEU DEUS, POR QUE VOCÊ ESTÁ PELADO? – Liv cobriu os olhos.

Mack entendeu a reação. Meu Deus, Hop estava nu. Correndo. Nu.

E Geoff soltou outro grunhido assustado, porque Hop estava voando em câmera lenta, em um movimento de derrubada que deixaria orgulhosa a Liga de Futebol Americano. A poeira subiu em uma nuvem, quando os dois bateram no chão, Hop por cima. A bunda exposta.

– Ah, Deus – gemeu Liv. – Eu nunca vou me recuperar disso.

Hop estava dando um mata-leão no sujeito.

– Você tem cinco segundos para me dizer quem é e por que está aqui.

Geoff grunhiu e tentou respirar. Hop diminuiu a pressão do braço.

– É um dos fortões do Royce – disse Liv.

A porta dos fundos da casa se abriu de novo. Rosie saiu correndo de roupão, o cabelo solto em volta dos ombros. Ela carregava uma calça jeans masculina e uma camisa de flanela. Entregou as roupas para Hop e o encarou com *aquele olhar*.

O queixo de Liv caiu.

– Ah, meu Deus.

– A gente pode falar disso depois – repreendeu-a Rosie. – O que está acontecendo aqui?

Hop relatou depressa os poucos detalhes que tinham. Rosie segurou o roupão bem fechado.

Hop puxou Geoff para que ficasse de pé.

– O que você quer?

– Ajudar – declarou Geoff, ofegante.

– Mentira! – gritou Mack.

– Juro. – Geoff passou as mãos sujas no rosto. – Não quero mais fazer parte dos absurdos do Royce.

Hop não se comoveu.

– Como podemos confiar nele? E se for uma armadilha?

– Não é uma armadilha. Juro. Só me escutem, por favor.

– Vai falando.

Geoff pressionou a bolsa de gelo de Rosie na bochecha e ficou com o olhar cauteloso voltado para Hop, que – ainda bem – tinha vestido a calça jeans.

– Eu quero ajudar.

– Você já disse isso – comentou Mack, os braços cruzados. – Ajudar com quê?

– Sei que vocês estão tentando expor Royce.

– Não tenho ideia do que você está falando.

Ele tinha incorporado o policial, e Mack só podia admirar a encenação. Geoff chegou a piscar por um momento, como se talvez estivesse enganado. Então logo se deu conta.

– Meu Deus, eu não estou gravando nem nada.

– E como vamos confiar em você?

– Quer que eu tire a porra da roupa?

Hop bateu na parte de trás da cabeça dele.

– Cuidado com a porra da boca.

– Por favor, não tira a roupa – pediu Liv. – Eu já fui sujeitada a bolas não solicitadas demais por uma vida inteira.

Mack esperava que as dele não estivessem incluídas nisso.

– Eu vim ajudar, juro por Deus – garantiu Geoff. – Não aceito essa porcaria toda. Achei que ia ser um simples guarda-costas! Mas ele perdeu a cabeça, eu juro.

– Como assim?

– Ele está paranoico!

– Vai devagar. O que ele mandou você fazer, em vez de ser guarda--costas e intimidar meus futuros empregadores?

– Você sabe disso?

Liv assentiu.

– Estamos sabendo.

Ele deu de ombros.

– No começo era só vigiar as contas de vocês no Facebook, sabe como é. Para ver se falariam dele.

– E depois?

– Depois, quando a Jessica contou que vocês foram ao campus dela, Royce perdeu a cabeça. Ele... – Geoff engoliu em seco, o que revelou vergonha ou medo do que planejava dizer em seguida.

– Ele o quê? – rosnou Mack.

– Ele nos fez seguir a garota por toda parte. E você também.

As três últimas palavras soaram mais alto.

Mack falou um palavrão, e Hop apontou.

– Está vendo? Era disso que eu estava falando. Vocês se meteram numa merda que não era da conta de vocês...

Rosie apoiou a mão gentil no braço dele e, milagrosamente, Hop se calou.

– Ele enlouqueceu. Piorou quando a Jessica pediu demissão – continuou Geoff. – Não quero mais fazer parte disso.

– Por que você não pede demissão? – perguntou Mack, em tom desafiador. Ainda não confiava naquele otário.

– Ir embora e deixar que ele se safe? De jeito nenhum, cara. Eu tenho irmãs. Se alguém fizesse essas coisas com elas, levaria uma surra.

Mack resistiu à vontade de comentar que um homem não deveria precisar ter irmãs para reconhecer como o comportamento de Royce era errado, mas não pareceu o momento certo.

– Você conhece alguma mulher que ele tenha assediado além da Jessica? – indagou Liv.

– Não.

– Onde a gente poderia encontrar essa informação?

– No escritório dele. Royce tem algum registro secreto lá.

– Mentira – resmungou Hop. – Ninguém seria burro a esse ponto.

– Você não o conhece – retorquiu Liv. – Ele é um cretino arrogante que acha que pode se safar de qualquer coisa. Jamais passaria pela cabeça dele que alguém tivesse coragem de revelar seus segredos sujos.

– Ou violar sua confiança – acrescentou Mack, o olhar direcionado para Geoff.

– Eu não sou leal àquele filho da mãe – disse Geoff. E, com uma certa admiração nos olhos, se voltou para Liv. – Acho que é por isso que ele tem medo de você. Royce sabe que você o acha um merda e que nunca foi leal a ele. E não está acostumado com gente que ele não consegue intimidar ou comprar para impressionar.

Uma onda de orgulho encheu o peito de Mack de calor.

– O que exatamente você pode fazer por nós? – perguntou Hop.

– O que vocês querem?

– Precisamos de nomes – disse Liv. – Precisamos saber quantas mulheres ele assediou e quanto pagou a elas.

– Essa informação está nos arquivos.

– Você consegue acessar esses arquivos?

– Eu… não sei. Mas sei onde ficam.

Mack ergueu as sobrancelhas e assentiu na direção de Liv.

– O que você acha?

– Eu acho que a gente devia confiar nele. É a melhor informação que conseguimos até agora.

– Concordo – disse Hop. – Vamos reunir todo mundo amanhã e bolar um plano.

Geoff se levantou e entregou a bolsa de gelo para Rosie.

– Obrigado, dona. Acho melhor eu ir agora.

– Besteira – disse Rosie. – Está tarde. Fique por aqui.

Mack e Hop emitiram ruídos similares de *que ideia absurda*, mas foram calados por um único olhar.

Rosie acompanhou Geoff até o banheiro do andar de baixo. Liv se levantou e disse que precisava de um copo de água.

– Então... – disse Mack quando ela estava longe. E fez sinal na direção do banheiro. – Aquilo pareceu promissor.

– Vá se foder – resmungou Hop.

– Você poderia só agradecer.

– Não tenho por que te agradecer.

Mack ficou sério.

– Onde é que a gente foi se meter, não é?

Hop assentiu.

– É.

– Você acha que a gente deveria parar?

Hop o encarou com o olhar mais certeiro que ele já tinha visto.

– De jeito nenhum. Estou dentro.

VINTE E DOIS

Os rapazes – menos Del e Gavin, que tinham um jogo fora – chegaram à fazenda pouco antes do meio-dia para planejar os passos seguintes. Geoff se sentou no canto, como um refém, alternando entre roer as unhas e comer biscoitos.

– De que adianta a gente conseguir uma lista de nomes? – perguntou Malcolm. – Todas as mulheres devem ter assinado acordos de confidencialidade. E se alguma quisesse se manifestar, já teria feito isso.

– Não precisamos revelar os nomes – disse Liv. – Só precisamos confrontá-lo com a quantidade. Podemos deixar os nomes de fora.

– Seria prova suficiente para vazar aos repórteres no evento do livro de receitas – sugeriu Derek. – Ninguém precisa ser identificado. Ninguém precisa saber de onde elas vieram.

– Eu posso encobrir nossos rastros – garantiu Noah.

Liv não duvidava. Mas sentiu uma pontada no estômago mesmo assim.

– Só para deixar claro: estamos falando mesmo de fazer isso, não é? De invadir o escritório do Royce?

Mack parou na frente dela, perto o suficiente para baixar a voz, perto o suficiente para ser óbvio.

– Você está no comando – comentou ele. – Se não estiver à vontade com isso, é só falar.

Liv teve vontade de beijá-lo, mas se conteve. Não sabia bem como as coisas estavam entre os dois depois da noite anterior, mas ainda não estava preparada para essa coisa de *demonstração pública de afeto*.

– Eu só quero ter certeza de que estamos todos de acordo com relação ao que estamos nos metendo – disse ela. – Royce já causou danos demais. Não quero que nenhum de vocês sofra por derrubá-lo.

– Então é melhor a gente garantir que não vão nos pegar – interveio Hop.

O plano foi elaborado depressa. Derek chegaria primeiro e se posicionaria no bar, para ficar de olho em Royce. Malcolm e a esposa fariam uma reserva na área VIP...

– Peçam o Sultan – disse Liv. – Isso vai deixá-lo eufórico.

Isso manteria Royce ocupado enquanto Geoff levava Mack, Noah e o russo escondidos até o setor administrativo.

– E eu? – perguntou Liv.

– Você vai ficar aqui – disse Mack.

– O quê? De jeito nenhum!

Mack a encarou.

– Liv, você não pode ir. Royce vai saber que tem alguma coisa acontecendo se vir você.

– Hum, eu poderia dizer o mesmo sobre você.

Mack trincou os dentes.

– Não é seguro.

– Não é seguro para mim, não é seguro para você.

– Ele está certo – concordou Hop.

– Isso é tão machista!

Mack passou as mãos no cabelo.

– Liv, nessa questão, por favor, me deixe ficar no comando.

– Hã, não. Fui eu que comecei tudo isso. Não vou ficar para trás enquanto vocês correm todos os riscos.

Rosie entrou e entregou uma galinha para o russo.

– Talvez você possa ficar na van – sugeriu Rosie.

Liv se virou para ela, boquiaberta.

– Eu achei que pelo menos você fosse ficar do meu lado.

Rosie deu de ombros.

– Minha opinião aqui é meio parcial.

– A minha também – disse Mack baixinho. – Preciso que você fique segura.

A expressão dele fez o coração de Liv reagir de uma forma da qual não gostou, porque não estava pronta para confiar naquilo, então fez o que sempre fazia. Ficou rabugenta.

– Eu não tenho como conversar com você assim. Você está agindo como, como…

Mack arqueou as sobrancelhas.

Liv firmou as mãos na cintura.

– Como um namorado superprotetor.

Mack ergueu as mãos.

– É porque eu sou! Talvez você não tenha reparado depois da noite de ontem, amor, mas eu estou fisgado.

A frase explodiu na sala e respingou em todos os presentes. Liv piscou, inspirou fundo.

O silêncio ensurdecedor foi seguido por um sussurro baixo.

– Eu sabia – murmurou o russo.

O caos se instaurou quando os rapazes pegaram suas carteiras e começaram a jogar dinheiro no russo.

O russo se levantou e ergueu a galinha no ar para dançar.

– Eu ganhei a aposta! Eu ganhei a aposta!

– Tinha aposta? – sibilou Liv.

Mack ergueu as mãos.

– Eu não tive nada a ver com isso.

Hop se levantou e gritou:

– Calem a boca! Estamos falando de coisa séria aqui!

O tom de autoridade de Hop fez todos os presentes se controlarem.

– Liv, você vai na van comigo. Malcolm, faça a reserva para as oito, se puder. Noah, você disse que tem uma van que a gente pode usar?

Noah assentiu, sorrindo como um gamer que acabou de conseguir um upgrade.

– Ah, tenho.

– Isso só pode ser sacanagem.

Às sete da noite, Noah parou na frente da casa de Mack com uma van branca suja cuja aparência era muito suspeita.

Liv, Hop e Mack se entreolharam em silêncio. Noah abriu a janela do passageiro.

– Prontos?

Mack abriu a porta.

– A ideia é parecermos criminosos?

– É uma boa van. Minha primeira transa foi aqui.

– Estou fora. – Hop recuou, as mãos erguidas.

– Não se preocupe. Tirei os assentos muito tempo atrás.

– Quando? – resmungou Hop. – No impeachment do Clinton? Essa coisa é pré-histórica.

– É, eu estava no ensino fundamental no impeachment do Clinton.

Hop mostrou o dedo do meio para ele.

Noah fez sinal para todos entrarem.

– Era uma das vans do negócio de telhados do meu avô.

– Que ótimo. Uma van de telhados é exatamente o que a gente precisa – disse Mack.

Noah saiu, contornou até a lateral do veículo e abriu a porta de correr, revelando um interior amplo e cheio de equipamentos de computação, além de uma espécie de rádio que ocupava uma parede inteira. Telas de computador ofereciam uma visão em 360 graus da parte externa da van.

Todos ficaram imóveis.

– Isso é mesmo uma van de vigilância – constatou Mack. – Você não estava mentindo.

Noah se sentou ao volante.

– Não.

– Por que exatamente você tem isso?

Enquanto Liv e Hop se acomodavam no banco de trás, Noah foi com a van para a rua.

– Todos os profissionais de TI têm uma.

– Você trabalha para a CIA, não é? – perguntou Liv.

– A CIA não pode operar em território nacional.

– Uma resposta totalmente natural.

– Já a NSA...

– Não sei quando você está brincando – comentou Liv.

– Ninguém admite que trabalha para a NSA, Liv.

A casa do russo ficava a 5 quilômetros da casa de Mack. Eles o encontraram esperando do lado de fora usando calça preta, camiseta preta e jaqueta de couro estilo gângster. Ele carregava uma lancheira preta do tipo que se vê em obras.

Depois de um breve silêncio, Noah falou pelos dois:

– O que exatamente está acontecendo aqui?

Mack suspirou e passou a mão no rosto.

– Eu falei para ele usar roupas escuras.

Noah estacionou, saiu e contornou a van para abrir as portas de trás. O russo entrou, o corpanzil ocupando a maior parte do espaço. Ele se sentou no chão, com os joelhos dobrados no peito, a lancheira ao lado.

Alguns minutos depois que Noah começou a dirigir, uma movimentação no assento de trás fez Mack se virar. O russo estava remexendo na lancheira e distribuindo lanchinhos para Hop e Liv.

– O que você está fazendo? – perguntou Mack.

– Eu estou com fome – respondeu o russo.

– Você trouxe *comida*?

– Eu sinto muita fome.

– Espero que não tenha queijo aí. – Mack se virou de volta. – Isso está descambando depressa para a pior ideia na história das ideias erradas.

– Lá vêm eles.

Logo antes das oito, Mack se endireitou no banco e observou um dos monitores na parte de trás da van. Tinham estacionado no andar mais alto da garagem com vista para o Savoy. O SUV preto de Malcolm parou no totem do manobrista em frente ao restaurante. Um motorista vestido de preto abriu a porta para a esposa de Malcolm, Tracy.

– Eu não acredito que estamos fazendo isso – sussurrou Liv, espremida ao lado de Mack no chão, que segurou a mão dela.

Liv entrelaçou os dedos nos dele. Estava nervosa nesse nível.

– Vai ficar tudo bem – garantiu Mack, com vontade de se inclinar e beijar a cabeça dela, mas achou que seria abusar da sorte.

Menos de um minuto se passou, e Geoff se comunicou:

– Eles estão se sentando.

Mais alguns minutos.

– Royce está vindo cumprimentá-los.

– É a nossa deixa – disse Mack.

Ele se virou para a esquerda, se deparando com Liv que estava roendo uma unha.

– Vai ficar tudo bem.

Ela assentiu.

– Tome cuidado.

Que se dane. Inclinou a cabeça e deu um beijo intenso e rápido nela.

Ele, Noah e o russo pularam da van e correram escada abaixo. Todos estavam sem fôlego quando chegaram ao térreo. Dobraram uma esquina na viela atrás do restaurante. Mais adiante, a porta dos fundos do restaurante se abriu. Em silêncio, os três entraram.

Geoff fechou a porta com um clique baixo e entregou um cartão magnético a Mack.

– De quem é? – perguntou Mack.

Suor pingou do queixo de Geoff. Ele estava nervoso à beça.

– De ninguém. É o cartão genérico que usamos para entregas.

– Então não dá para rastrear. Perfeito.

Tinham entrado na área de entregas do restaurante, que provavelmente ficava lotada durante o dia, mas estava deserta agora, felizmente. O local tinha cheiro de concreto sujo e óleo de motor. Uma porta na extremidade estava iluminada só por uma placa de SAÍDA.

Geoff apontou para a placa.

– A escada fica ali. Lembra o que eu falei sobre como chegar lá?
– Virar à esquerda no alto da escada – disse Mack.
Geoff assentiu e passou a mão pelo rosto.
– Tem certeza de que o escritório fica destrancado? – perguntou Noah.
– Eu mesmo destranquei. Vocês têm dez minutos.
– Vamos.
– Falem comigo – ordenou Hop pela escuta de Mack.
– Entramos – respondeu Mack. – Indo para a escada agora.

Mack se lembrou das instruções de Geoff, mais cedo. Havia duas escadas principais para os andares superiores. A dos fundos, onde estavam, era usada mais pelos funcionários da administração e estaria vazia àquela hora da noite.

As telas dos monitores banhavam todo o andar num brilho azul suave quando saíram da escada. A sala que invadiriam ficava no fim do corredor à esquerda, segundo Geoff.

– Vamos logo – sibilou Mack.

Os três seguiram pelo corredor acarpetado até verem o escritório que Geoff tinha descrito. Mack prendeu o ar quando Noah segurou a maçaneta com as mãos enluvadas. Iam mesmo fazer aquilo. Meu Deus.

Com um girar silencioso da maçaneta, entraram.

Mack soltou o ar e seguiu Noah para dentro, com o russo logo atrás.

Mack fez sinal para a porta, e o russo assentiu. Ele assumiu o posto para vigiar o corredor enquanto Noah e Mack atravessavam o espaço até a mesa. O computador estava ligado, mas precisava de um login.

Mack murmurou um palavrão.

– Tem certeza de que você consegue fazer isso?

Noah se sentou na cadeira de Royce e começou a digitar imediatamente. Manipulava o computador como Mozart compunha uma sinfonia. Segundos depois, ele conseguira acesso.

– Meu Deus, como foi rápido.

– As pessoas não pensam muito nas senhas – explicou Noah.

Ele tirou um pen drive do bolso e o enfiou na lateral do computador.

Mack se virou para olhar o escritório. Amarrou a cara quando viu a foto de Royce com a esposa.

– Dez minutos – disse Hop, no ouvido deles.

O suor escorreu pelo rosto de Mack. O russo estava na porta, pronto para derrubar qualquer um que aparecesse.

Os dedos de Noah voaram no teclado.

– Você sabe o que está procurando? – perguntou Mack.

– Não fala comigo.

– Liv está me enlouquecendo pedindo notícias – soou a voz de Hop. Mack sorriu.

– Diz que a gente está bem.

Só que não estavam. Noah estava xingando e batendo nas teclas.

– O que houve?

– Eu falei pra não falar comigo!

O som de uma buzina de carro na rua lá fora quase fez Mack dar um salto.

– Anda logo – disse ele.

– Entrei – sussurrou Noah.

Mack correu para olhar enquanto Noah acessava uma lista de arquivos.

– O que estamos vendo?

– Vou baixar tudo.

– Quanto tempo vai demorar?

Noah o ignorou. Mack cerrou os punhos enluvados e começou a batê-los na testa, aflito.

– Quase acabando – disse Noah. – Mais cinco segundos.

Mack contou mentalmente.

– Saí – declarou Noah.

Mack soltou um suspiro aliviado.

– Vamos.

Noah tirou o pen drive do computador, fechou o arquivo em que tinha entrado e se afastou da mesa. O russo levantou a mão antes de eles saírem, olhou o corredor e assentiu.

Quando chegaram ao meio do caminho, ouviram passos.

Merda. Merdamerdamerda. Mack encarou Noah, que tinha uma expressão igualmente alarmada. O russo se virou.

Fosse quem fosse, estava indo na direção deles. Mack segurou

Noah e o jogou embaixo de uma mesa. O russo pegou Mack pelo pulso e o puxou para trás de uma meia parede que separava um cubículo do seguinte.

Vozes masculinas se aproximavam. Os seguranças da noite sobre os quais Geoff avisara. Ah, porra. Que merda.

De repente, o russo soltou um gemido baixo.

– Ah, não. – Mack espiou o rosto dele com atenção. – Ah, merda, não.

– O quê? – sussurrou Hop pelo fone.

– Acho que tem alguma coisa errada com ele – respondeu Noah no microfone.

– Com quem?

– O russo. Ele está com uma cara estranha.

Mack segurou as lapelas do russo e o puxou para perto.

– Respira. Respira fundo.

O russo começou a hiperventilar.

– O que está acontecendo? – gritou Hop.

– Não sei! – sussurrou Noah.

– O que você comeu? – indagou Mack.

– Nada de queijo. Só queijo vegano.

– Você não pode comer queijo vegano!

– Não é feito de leite. Não é de leite.

– Mas ainda é queijo!

O russo gemeu de novo e, mesmo à luz fraca dos computadores, Mack viu a cor sumir do rosto dele.

O suor escorreu pelas costas de Mack.

– Você precisa contrair as nádegas, cara. Contrai e respira, porque, se você soltar agora, é nosso fim.

– Você está de brincadeira? – sibilou Noah. – Tudo isso por causa de um peido?

– Você não entende – disse Mack, olhando de lado. – Ele não só peida. É como rasgar uma costura e...

Uma falação baixa em russo o interrompeu.

Mack entrou em pânico.

– Estamos ferrados... Estamos ferrados...

– Ele não pode soltar em silêncio? – perguntou Noah.

– Não é com o som que estamos preocupados. É com a droga do cheiro.

– Isso é piada, né? – perguntou Hop no fone.

– Eu não consigo segurar – gemeu o russo.

– Você tem que segurar.

– Não é saudável segurar – resmungou o russo.

Mack o sacudiu.

– Também não vai ser saudável se você soltar.

O russo gemeu e massageou a barriga. Seu rosto se retorceu de dor. Fora do esconderijo, os passos se aproximaram. Mack colocou a mão sobre a boca do russo. O suor pingava como cascata pelo rosto dele.

Não podia acreditar. Seria pego por invadir propriedade particular e cem outros crimes por causa de um maldito peido.

E nem era dele!

Mas, como costumava acontecer nos manuais, uma epifania repentina surgiu no meio do pânico. Valeria a pena ser preso porque estava fazendo aquilo por Liv. Mais ninguém. Estava oficialmente apaixonado. "De inimigos a amantes" não era mais apenas um tipo de história de ficção para ele, era sua vida.

– O que está acontecendo aí? – gritou Hop, no ouvido deles.

A luz da lanterna dos seguranças oscilou pelo chão, se aproximando.

O russo inspirou e prendeu o ar.

Os guardas passaram.

O russo expirou.

E um cheiro de morte se espalhou pelo ar.

Noah ficou de quatro e engatinhou, com ânsia de vômito. No corredor, alguém gritou:

– Caramba, cara! Você peidou?

– Não fui eu – respondeu o outro guarda.

Houve um momento de silêncio quando os dois se deram conta do que aquilo significava.

Mack segurou Noah pelo braço e o puxou.

– Corre – sussurrou.

A única coisa que ouviram quando chegaram à escada foi um grito de nojo.

– Ah, meu Deus. Que cheiro é esse?

– Acho que eu me caguei. – O russo mal conseguia andar, muito menos descer a escada correndo.

– Então você vai a pé para casa – sussurrou Mack. – Você quase nos fez ser pegos!

– Meu Deus do céu. – Noah teve ânsia de vômito e tentou respirar. – Que porra é essa? Qual é o problema dele?

– Ele tem problemas digestivos.

– Ah, caramba, parece que ele tem uma vaca morta na barriga.

Saíram pela porta dos fundos da área de entregas e correram pela viela. A van cantou pneu quando parou para resgatá-los. Liv abriu a porta.

– Entrem!

Mack entrou primeiro, seguido de Noah e do russo.

– O que aconteceu lá? – gritou Liv.

Noah apontou para o russo.

– Ele peidou.

– Esqueçam isso – disse Hop, no banco do motorista. – Conseguimos?

Mack se recostou na parede da van.

– Conseguimos.

Noah puxou o notebook para o colo, encostou a cabeça na parede para recuperar o fôlego, ligou o aparelho e enfiou o pen drive na entrada.

Mack olhou para Liv. Queria abraçá-la, mas se segurou. Ela estava daquele jeito esquivo de novo, preocupado. Devia ser por causa do que tinha acontecido e talvez não tivesse nada a ver com a relação dos dois, mas Mack não queria correr riscos.

– Vai demorar um pouco – avisou Noah. – Preciso olhar essa merda toda e ver o que tem aqui.

– Tudo bem – disse Mack, ofegante. – O russo precisa mesmo de um banho.

– Alarme falso – retrucou o russo. – Foi só um peido.

O silêncio e a tensão permearam o trajeto até a casa de Mack. Noah levou o notebook para dentro e o colocou na ilha da cozinha. Mack distribuiu cervejas geladas.

– Quanto tempo? – perguntou ele a Noah.

– Não sei – respondeu Noah, ignorando a cerveja. – Talvez uma hora. Talvez vinte minutos. Me deixa em paz.

Mack capturou o olhar de Liv.

– Vou trocar de roupa – comentou, torcendo para ela entender o recado.

O recado era *Vou tirar as roupas e seria legal se você tirasse também.*

Ou Liv não entendeu ou tinha voltado a ficar distante.

– Vou esperar aqui – disse ela.

Quando ele voltou, dez minutos depois, ela tinha ido embora. Encontrou Noah, o russo e Hop com expressões idênticas de surpresa na frente do computador.

– O que foi? – indagou Mack. – Aonde ela foi?

– Você precisa ver isso – disse Noah.

Mack se aproximou e olhou para a tela.

– Não estou entendendo. É uma lista de antigas funcionárias?

Noah engoliu em seco.

– É uma lista de mulheres que foram pagas.

No alto, havia um nome que ele conhecia.

Alexis Carlisle.

VINTE E TRÊS

Estava quase na hora do ToeBeans fechar quando Liv entrou.

Alexis estava na bancada com o avental cor de cereja, atendendo uma mulher muito animada por comprar os últimos biscoitos do dia por metade do preço. Ao ouvir a porta, Alexis ergueu o rosto e acenou com um sorriso. Que rapidamente se desfez.

Liv contornou a bancada.

– Preciso falar com você.

Alexis olhou para a cliente silenciosamente pedindo desculpas. A mulher estava digitando a senha do cartão de crédito.

– Hum, não dá para esperar?

– Não.

Alexis pediu ao jovem na máquina de expresso que terminasse a transação. Virou-se com expressão irritada e foi para a cozinha. O cozinheiro estava limpando o lugar, então Alexis levou Liv para o escritório. Era do tamanho de um banheiro, com espaço apenas para uma mesa, cadeiras e um arquivo. Liv precisou se espremer para conseguirem fechar a porta.

Alexis cruzou os braços.

– Foi muita grosseria aquilo lá fora. O que está acontecendo?

– Eu estou com a lista.

Alexis engoliu em seco.

– Que lista?

– A lista de pessoas que receberam dinheiro do Royce.

Alexis ficou pálida e balançou a cabeça.

– Já conversamos sobre isso cem vezes. Eu não vou contar nada.

– *Seu nome está na lista!* – A amiga pulou ao ouvir o grito de Liv, que não tinha tempo nem paciência para se sentir mal. – Por que ele está te pagando? Por que você o protege?

Uma fagulha se acendeu nos olhos de Alexis.

– Eu não o estou protegendo!

– Você tem a chance de me ajudar a expor esse cara. Agora. E não quer fazer isso. Então, sinto muito, mas isso torna você igual aos homens que encobriram tudo o que ele fez.

Alexis bateu com as mãos na mesa.

– Como você ousa! Como ousa entrar aqui e me dizer isso? Você não sabe o que está falando nem o que eu passei.

Liv observou o rosto da amiga. O brilho de lágrimas de raiva nos olhos. O tremor nos lábios. A cor nas bochechas.

– Ah, meu Deus – sussurrou Liv, os joelhos cedendo, a adrenalina súbita a deixando enjoada. – Ah, meu Deus, Alexis. Por que você não me contou?

Ela se arrependeu na mesma hora, mas a confusão e o sentimento de ter sido traída tomaram o controle da sua língua.

– Eu também trabalhava lá, mas você nem pensou em me avisar. Depois que saiu, podia ter me contado como ele era.

Alexis estava tremendo de indignação.

– *Isso*. Foi por isso que eu nunca falei. A questão sempre gira em torno de você. Tem ideia de como foi para mim? Você se importa?

– Você tem uma responsabilidade para com as outras mulheres!

– Percebe o que está falando? Você entra aqui, cheia de julgamentos...

A bile fez a garganta de Liv arder.

– Eu não estou julgando.

– Sério? Desde que foi demitida, a única coisa de que você fala é que nunca ficaria numa situação assim e que não entende como uma mulher permitiria isso acontecer.

– Não é verdade.

Mas era. Até Mack chamara a sua atenção por isso.

A expressão de Alexis era um misto de fúria e arrependimento.

– Você acha mesmo que eu não quis avisar? Que não quis me livrar pelo menos uma vez do peso desse segredo? Mas eu sabia que não podia. Porque você usa a fraqueza como arma. Você tem tanta vergonha dos erros que cometeu, tem tanto medo da própria fragilidade, que acusa todo mundo ao redor de ser fraco pelo simples crime de serem humanos.

As palavras a feriram como cacos de vidro e deixaram Liv sangrando. Um fragmento da voz de Liv conseguiu passar pelos destroços para gaguejar outra negação fraca.

– Não é verdade.

– Eu não vou ajudar, Liv. Já aguentei coisas demais por causa de Royce Preston. Eu saí e acabou para mim. E você não tem o direito de expor aquelas mulheres e sujeitá-las a algo que não tem como entender. Se quer ser a grande heroína e derrubar Royce, fique à vontade. Mas não nos arraste para a confusão só porque você tem algo a provar. – A mão de Alexis tremeu quando ela apontou para a porta. – Agora saia da minha vida e não volte mais.

Duas horas depois, Mack estava oficialmente preocupado porque Liv não respondia a nenhuma de suas mensagens. Noah, Hop e o russo tinham ido embora depois das onze.

Pouco antes da meia-noite, Mack mandou outra mensagem. Estou preocupado. Só me avisa se está bem.

A campainha tocou.

Mack mal teve tempo de abrir a porta, e Liv já foi entrando. Ele cambaleou para trás, aliviado, e também um pouco irritado.

– Meu Deus, Liv, onde você estava…

Liv envolveu o pescoço dele com os braços e o silenciou com os lábios. Ao mesmo tempo que ficava com as pernas bambas, a parte lógica do cérebro de Mack reconhecia que aquilo não estava certo. As ações dela eram quase desesperadas. Havia algo errado.

Passou um braço pela cintura dela e a puxou de lado para fechar a porta com o pé.

– O que houve? – murmurou, junto aos lábios dela.

Liv ocupou os lábios dele de novo, desta vez usando a distração para puxá-lo até a sala. Mack foi de boa vontade; ficava impotente contra o sentimento que aquela mulher provocava nele, contra o caos que ela gerava em seus sentidos com um simples toque.

Pararam no meio da sala, e Mack interrompeu o beijo com um gemido gutural.

– Fala comigo. O que houve com Alexis?

Ela enfiou o rosto no peito dele e enrolou os dedos na camiseta.

– Liv.

Ela recuou e deixou os braços penderem junto ao corpo.

– Ela mentiu para mim o tempo todo. Por *anos*.

Mack engoliu em seco e sentiu o gosto de algo amargo e sinistro na garganta.

– Ela não confiou em mim – sussurrou Liv, a voz seca. – Me acusou de julgar demais. De usar a fraqueza dos outros como arma.

A necessidade instintiva de protegê-la fez Mack acariciar o rosto dela.

– Então ela não te conhece.

Liv o encarou com a mesma expressão de quando ela entrou em seu escritório e exigiu que ele contratasse Jessica. Como naquele dia, os olhos dela traíam a batalha que estava travando internamente: a necessidade de acreditar nas palavras dele, de confiar, mas sem saber como. Só que, desta vez, Mack foi tomado pela percepção doentia de que Liv não tinha motivos para confiar nele, para acreditar nele.

Porque também estava mentindo para ela.

Tinha se apaixonado. Loucamente. E estava mentindo para ela.

Sua voz soou como cascalho.

– Liv...

Ela o interrompeu:

– Alexis não vai ajudar. Não vai se manifestar.

– Talvez ela só precise de tempo.

– O problema é que não temos tempo! – Ela balançou a cabeça e o encarou com uma expressão de angústia. – Nós não temos tempo para esperar que alguém faça isso.

Mack ergueu o rosto dela.

– O que isso quer dizer?

– Essa luta é minha. Eu comecei isso. Preciso terminar.

– Liv...

Ela se afastou dele.

– O baile da Câmara é amanhã à noite.

– O que tem? – perguntou ele, o medo fazendo o suor se acumular debaixo dos braços.

– Eu vou agir. Vou gravá-lo.

VINTE E QUATRO

– Não é um plano ruim, Mack.

Liv, Noah, Hop, Derek, Malcolm e o russo estavam sentados ao redor da ilha na cozinha de Mack, na manhã seguinte. Noah fez careta quando falou, como se prevendo a resposta de Mack.

– É um plano horrível! Ela não pode enfrentar Royce sozinha.

– Eu não vou estar sozinha – protestou Liv. – Vocês vão poder ouvir no...

– Não.

– E Derek vai estar no salão comigo. Royce não vai encontrar nenhuma ligação entre nós.

Mack cerrou os punhos.

– Não. Deve haver outra forma de obter uma confissão.

– Como? – questionou Liv.

– Não sei – resmungou Mack.

Noah pigarreou baixinho.

– Eu posso botar uma escuta nela...

A cabeça de Mack quase explodiu.

– Escuta? É sério?

Liv tentou acalmá-lo.

– Estamos falando do Royce. Ele não é sequestrador nem assassino.

– Nunca se sabe do que as pessoas são capazes quando são pressionadas, Liv. – Ele passou as mãos pelo cabelo. – Não é uma boa ideia.

– Você tem alguma ideia melhor? – perguntou Liv.

Mack ergueu as mãos.

– Tenho. Que tal qualquer outro plano que não envolva você confrontar Royce? E se ele descobrir que você está gravando?

– Ele não vai saber – retrucou Noah.

– Como você pode ter certeza?

O rosto de Noah ficou inexpressivo, mas de um jeito que dizia *pare de fazer perguntas*.

– Porque eu sei fazer isso.

Mack começou a andar de um lado para outro.

– Você tem que confiar em mim – disse Liv.

– Eu confio em você. É no Royce que eu não confio.

– Então confie que sou capaz de lidar com ele. Eu trabalhei durante um ano para ele. Sei como ele é, sei como falar com ele.

Mack parou de andar.

– Eu deveria ir com você.

– Não. Seria suspeito demais.

Mack sentiu a pontada amarga do desespero no fundo da garganta.

– Coisas demais podem dar errado.

– Eu vou estar em um local público. O que ele poderia fazer?

– Ele poderia colocar alguma coisa na sua comida – argumentou Mack, amarrando a cara de repente.

Liv riu.

– Eu não vou comer.

– Ele poderia injetar veneno radioativo em você por baixo da mesa e você morreria lentamente – sugeriu o russo.

Todos olharam para o russo. Ele deu de ombros.

– Acontece o tempo todo na Rússia.

– O que estou pensando é o seguinte... – disse Mack. – A gente manda dois caras na sua frente...

– Não. Eu tenho que ir sozinha.

– Dois caras que ele não conhece e que não poderia ligar a você – continuou Mack. – Eles podem pegar uma mesa antes de você chegar e ficar de olho. Se algo de ruim acontecer, eles podem te salvar.

– Me *salvar*?

Do outro lado da sala, Hop esfregou o rosto e murmurou algo que pareceu *lá vamos nós*.

– É só uma palavra inocente, Liv.

– Eu sei me cuidar, Mack.

– A gente deveria pensar num sinal, de qualquer modo – comentou Derek.

– Derrubar o saleiro – sugeriu Malcolm.

Todos assentiram, animados.

– Tirou isso dos livros? – perguntou Liv.

Eles assentiram de novo.

Mack amarrou mais a cara.

– Vai ficar tudo bem – disse Liv. – Royce não vai fazer nada em público porque pode acabar no Instagram.

– Mas e depois? E se ele seguir você para a rua?

O russo estalou os nós dos dedos.

– Eu esmago as bolas dele.

O chuveiro do apartamento de Liv estava aberto quando Mack chegou, antes das cinco daquela tarde. Noah pegaria todos às seis, menos Liv. Ela iria dirigindo. Mack passara meia hora protestando contra essa parte do plano, mas fora voto vencido.

Não tiveram um único momento a sós para conversar desde a noite anterior, e ele precisava falar com ela antes de Liv sair. Como tudo naquela noite parecia ameaçador, não podia deixá-la ir sem ter certeza de que ela compreendia certas coisas. Haveria tempo depois para contar toda a verdade, e ele faria isso. Mas naquele instante só precisava...

O chuveiro foi desligado. Mack pigarreou.

– Estou aqui! – gritou.

– Está bem. Saio em um segundo.

Ela apareceu só de toalha. *Veja Mack babar.*

– Liv – gemeu ele.

– Você está bem?

– Estou.

Ela o encarou, divertindo-se, e passou por ele direto até a cozinha, declarando:

– Eu preciso de café.

Mack a viu enchendo a cafeteira. A urgência o levou até ela. Passou um braço pela cintura dela e a puxou com firmeza para perto, até ter Liv aninhada em seu peito.

– Está sentindo isso?

– Hum, é agora que eu tenho que perguntar se você guardou um taco de beisebol na sua calça ou...?

Mack ignorou o sarcasmo.

– Estou falando do meu coração, Liv.

Ele a sentiu perder o ar antes de expirar depressa.

– Está disparado – sussurrou ela.

Mack encostou a testa na parte de trás da cabeça dela.

– Está assim desde que você me beijou naquele bar, e eu não consigo fazer parar.

– Você... quer que pare?

– Só se o seu não disparar também.

Liv deslizou as mãos para cobrir as dele, que estavam sobre sua barriga. Mack reagiu imediatamente, entrelaçando seus dedos nos dela e fechando-os num punho apertado. Liv passou o polegar por cima do de Mack, que retribuiu. O tempo todo, a testa dele pressionava a cabeça dela, a respiração quente e rápida no cabelo, a outra mão espalmada na barriga, marcando-a com o toque quente.

– Liv – sussurrou Mack, o tom fazendo-o parecer jovem e vulnerável. – Eu sou o único sentindo isso?

Liv abriu a mão dele sobre seu coração disparado, os dedos roçando a curva macia do seio por cima da toalha úmida.

– Eu menti para você – sussurrou ela.

Mack ficou paralisado.

– Sobre o quê?

– Sabe todas aquelas coisas de te dar tempo para absorver e não querer partir seu coração?

Mack abriu um sorriso suave.

– Eu lembro.

– Eu estava falando de mim.

Mack roçou o rosto no cabelo dela, sentindo o coração na boca.

– Eu sei.

– Eu estava me protegendo porque... fiquei com medo de me aproximar demais de você.

– Por quê? – A voz dele era um grunhido debaixo da camada de emoções que lhe sufocavam a garganta.

– Eu não sei fazer isso. Não sei confiar.

Confiar. Lá estava aquela porra de palavra de novo.

– Meu pai... – Ela parou para engolir em seco. – Ele mentia para nós o tempo todo. Dizia que ia ligar e não ligava. Prometia que poderíamos passar uma semana com ele nas férias de verão e depois inventava desculpas para não irmos. Eu não sei acreditar nas pessoas.

Acredite em mim, pediu Mack, silenciosamente. E a abraçou mais forte, seu corpo tremendo com a necessidade de contar a verdade. Podia contar. Naquele momento. Bastava abrir a boca e falar, contar a verdade sobre ele e que ela era a única mulher no mundo em quem confiava para saber a verdade, a única mulher a quem conseguia se imaginar contando a verdade, e então talvez...

Talvez o quê? Ela entendesse? Ela o beijasse e tudo ficasse bem?

Ou ela iria embora, enojada?

O suor se acumulava em suas axilas. Com uma longa expiração, Mack encostou o rosto no ombro exposto dela. Liv inclinou a cabeça para trás e o abraçou como se sentisse que ele precisava de... alguma coisa.

Ela virou o rosto e o beijou. Um beijo doce. Suave.

– Eu tenho que me arrumar – disse ela.

E saiu dos seus braços.

VINTE E CINCO

– Está me ouvindo? – falou Liv baixinho quando saiu do elevador no andar mais alto do Parkway Hotel.

Os saltos afundaram no tapete, e ela parou por tempo suficiente para se recompor antes de seguir o burburinho do baile no salão no fim do corredor.

– Estou ouvindo, Liv – respondeu Noah. – Avise de novo quando entrar no salão.

Seu estômago se contraía a cada passo. E se ela fracassasse? E se Royce se recusasse a falar com ela? E se ele falasse, mas não revelasse nada? E se revelasse tudo, mas Noah não conseguisse gravar por causa do barulho?

– Liv. – Era Mack desta vez, e só o som da voz dele acalmou seu coração disparado. – Não precisa responder, mas queria que você soubesse que eu estou aqui.

Eu estou aqui. Palavras tão simples, mas que carregavam tanto significado. Como alguém podia ser tão bom em dizer tanto com tão poucas palavras? Como podia tê-lo julgado tão errado?

Eu sou o único sentindo isso?

Não, tivera vontade de dizer. *Não, você não está sozinho. Eu também sinto.* Lamentava não ter dito. Lamentava não ter permitido que ele fosse junto. Lamentava seu medo, suas inseguranças. E lamentava ser tão fechada emocionalmente, com um passado que a deixara cheia de dúvidas e desconfianças. Lamentava não ter se virado nos braços de Mack e dito que seu coração disparava por ele também e que não queria que parasse.

Um homem de smoking parado junto à porta do salão a cumprimentou.

– Boa noite. Posso ver seu ingresso, por favor?

Liv abriu a bolsa clutch e tirou o convite que Derek lhe dera. Satisfeito por ela não ser penetra, o homem sorriu e abriu a porta. Liv foi atingida pelo volume repentino: risadas, conversas, taças tilintando e banda tocando ao vivo. Lustres cintilantes provocavam um brilho amarelado suave, fraco o suficiente para captar perfeitamente o reflexo dos brincos de diamantes e dos vestidos de lantejoulas. Se os ricos sabiam alguma coisa, era como tirar vantagem do ambiente.

Liv parou mais uma vez para se situar.

– Entrei – disse, olhando para baixo para ninguém notar que ela estava falando sozinha. – Estão me ouvindo?

– Alto e claro, Liv.

O alívio lhe deu confiança para entrar na festa e estampar um sorriso no rosto. Um garçom se aproximou com uma bandeja com taças de champanhe. Liv aceitou uma com um agradecimento baixo e tomou um golinho. Não queria beber, mas tinha medo de parecer deslocada se não aceitasse.

– Derek está sentado a uma mesa com o nome da cidade – informou Noah, no ouvido dela.

Liv observou o salão, que estava arrumado como se fosse para um casamento. Mesas redondas ocupavam metade do ambiente, onde pessoas em vários níveis de vestimenta formal tinham se acomodado com seus comes e bebes. Algumas mesas estavam reservadas com os nomes de empresas patrocinadoras inscritas em plaquinhas bem acima dos arranjos florais. Ela observou cada cartão até encontrar o de Nashville. Derek e a esposa olharam distraidamente na direção dela, mas afastaram o olhar depressa.

– Já o vi – respondeu ela.

– E Royce?

Do outro lado do salão havia um bar comprido cercado de mesas altas para as pessoas socializarem. No meio, havia uma pista de dança com bem poucas pessoas.

– Não o vi ainda – disse ela baixinho.

– Procure o flash das câmeras – sugeriu Mack. – É onde ele vai estar.

Liv conteve uma gargalhada. Novamente, desejou que Mack estivesse ao seu lado, em vez de sentado em uma van lá fora. Queria a mão dele em suas costas, a força e o calor dele. Precisava dele. E o mais incrível era que não estava com medo de admitir isso. Precisava dele e não se importava. Era assim que se confiava em alguém?

Uma explosão de gargalhadas no bar a fez voltar os olhos. Um grupo começava a formar um círculo, bajulando alguém que consumia a atenção e a adoração como uma esponja seca embaixo da torneira. Só podia ser Royce. Liv chegou mais perto. O homem se virou, e seu coração parou. Royce. Ele inclinou a cabeça para trás, para rir de alguma coisa que um homem disse, e bateu nas costas do sujeito, todo camarada. Uma mulher pediu uma foto, e outra apareceu logo em seguida.

Aquelas pessoas não tinham ideia de quem Royce era de verdade. Do que ele era capaz. De que, por trás da fachada simpática, havia um monstro.

E era esse o motivo de ela estar ali.

– Encontrei – sussurrou ela.

– Certo. Vamos ficar calados agora – avisou Noah. – Mas estamos aqui.

– Você consegue, Liv – disse Mack, em seguida. – Você é a pessoa mais corajosa que já conheci.

A confiança dele passou para ela. Liv se empertigou, tomou um longo gole de champanhe e saiu andando. Deixou a taça numa mesa alta quando se aproximou do grupo e prendeu a bolsa embaixo do braço. O círculo ficou relutante em permitir uma recém-chegada entrar, mas Liv conseguiu se espremer o suficiente para ser vista. Esperou que Royce se virasse, que a visse. Seu coração batia tão forte que devia dar para ouvir na van.

Royce finalmente olhou na direção dela, e houve uma fração de segundo de descrença seguida por uma total falta de emoção.

– Olivia – disse ele, com sua voz falsa nojenta. – Que surpresa.

– Olá, Royce.

– Você está linda esta noite – elogiou ele, tranquilo.

Ela deu de ombros, blasé.

– Esta roupa velha?

Alguns curiosos observaram a conversa. Uma das mulheres ao lado de Royce a encarou com o que só poderia ser descrito como irritação por uma intrusa ter roubado a atenção dele. A mulher não sabia que Royce era casado? Não que isso o impedisse de pular a cerca, mas... Meu Deus.

Liv estendeu a mão para a mulher.

– Liv Papandreas. Eu trabalhava no Savoy.

A mulher abriu um sorriso amarelo.

– Ah, uau! Que interessante!

– Foi interessante mesmo.

– Você é chef?

– Olivia *era* chef confeiteira – interveio Royce, porque não conseguia se conter, mas também porque devia estar com medo do que Liv diria.

Que bom. Queria que ele ficasse nervoso e com medo.

– O que é uma chef confeiteira? – perguntou a mulher.

– Basicamente, eu preparava as sobremesas. Minha especialidade era o Sultan.

Isso conquistou uma série de *oohs* e *aahs*, pois todo mundo já tinha ouvido falar no Sultan.

– Sempre quis experimentar – disse um homem. – Mas não sei se posso pagar.

O homem riu com nervosismo e lançou um olhar na direção de Royce, temendo tê-lo insultado.

Liv abanou a mão.

– Não esquenta. É só um cupcake. Os ingredientes na verdade só custam uns 200 dólares.

O rosto de Royce ficou petrificado e sombrio, mas ele logo se recuperou com uma risada.

— Você está contando segredos de Estado, Olivia.

Os outros se juntaram a ele numa risada meio aliviada, como se soubessem que Royce estava furioso.

Liv imaginou Mack na van, ouvindo. Isso lhe deu coragem de seguir em frente.

— Royce, eu gostaria de roubar você por um minuto. Posso? — Ela acenou na direção da pista de dança.

A mulher ao lado dele olhou para Royce com expressão magoada, como se ele tivesse prometido dançar com ela. Mas o homem era um tubarão atrás de comida e não ia perder a chance de arrancar um pedaço de Liv. Mal sabia que era ela quem sentia o cheiro de sangue. Royce estava ferido e nem sabia.

Ele forçou outro sorriso, agora sinistro.

— Claro. Eu adoraria.

O grupo se abriu para deixá-lo passar, como se ele fosse um maldito rei. Todos os olhares pesaram nas costas dela enquanto Liv o levava para a pista de dança. A banda tinha começado a tocar uma música lenta, e outros casais se juntaram a eles depressa.

A pele de Liv ficou arrepiada quando Royce colocou a mão em sua lombar e puxou seu corpo para ficarem próximos. Precisaria de uma hora de banho para se sentir limpa depois daquilo. Ele tinha cheiro de champanhe e perfume, uma combinação sufocante que para sempre estragaria as duas coisas para ela.

Royce segurou a mão dela com mais força do que o necessário, e, quando falou, sua voz soou como um sussurro frio e ameaçador:

— O que você acha que está fazendo?

— Networking. Ainda estou procurando emprego, infelizmente.

Os olhos de Royce percorreram o salão, como se ele tivesse medo de ser visto com ela. Liv gostava dele assim, amedrontado.

— Eu até me candidatei para um emprego aqui — continuou ela, em tom casual. — O Parkway estava procurando um chef confeiteiro e marcou entrevista comigo, mas daí... *puf!* Cancelaram sem motivo. Você por acaso não sabe nada sobre isso, né?

Royce trincou os dentes.

– O mercado é difícil.

– Ainda mais quando alguém espalha boatos para arruinar sua reputação.

Os dedos dele a pressionaram na cintura dela.

– Eu avisei.

– Avisou mesmo.

Royce a encarou com o olhar frio, sombrio, duro.

– Se quer pedir desculpas, é tarde demais. Você teve sua chance.

– Na verdade, eu penso nisso como a *sua* chance. – Suor escorria pelas suas costas, e Liv rezou para ele não sentir a umidade pelo tecido fino do vestido.

– Nem pense em me ameaçar, Olivia. Você está se metendo em coisa grande demais para o seu tamanho.

Ela soltou um suspiro bem treinado.

– Você está certo. Não tenho como competir com você. Todos os seus ex-funcionários morrem de medo de dizer uma única coisa ruim sobre você.

– Você devia ter percebido isso bem antes.

– Que tal uma trégua?

Uma única sobrancelha bem-feita se arqueou quando Royce olhou para ela.

– Uma trégua implica abrirmos mão de uma coisa e recebermos algo em troca. Já passamos desse ponto.

– Eu só quero duas coisinhas de você.

– Eu não vou dar porra nenhuma.

Liv continuou falando antes que seu corpo cedesse à necessidade de tremer:

– Primeiro, quero que você prometa dar a Jessica uma boa carta de recomendação.

Um músculo se contraiu na mandíbula dele.

– E segundo?

– Que você pare de tentar me arruinar no mercado. Eu não preciso de uma recomendação sua. Só pare de sabotar minhas entrevistas de emprego.

Uma expressão de surpresa genuína surgiu no rosto dele antes de Royce a encobrir com um desprezo sarcástico.

– Já falei. Não sou homem de dar segundas chances.

– Tem certeza de que quer correr esse risco? Eu poderia abrir um processo, aí teríamos que discutir algumas confissões e, Deus, isso seria tão horrível e...

Royce abriu mão do fingimento e da educação para manter as aparências. Puxou-a com força contra o corpo e fechou a cara.

– Tente. Eu vou enterrar sua reputação. Tenho mais dinheiro do que você é capaz de sonhar.

Liv deu de ombros de um jeito que esperava que fosse um gesto calmo e casual, mas por dentro estava tremendo, quase vomitando. Royce ainda não tinha dito nada que pudesse comprometê-lo.

– É como falei. – Ela riu. – É confuso. Não seria mais fácil fazer um acordo?

Ele tremeu de raiva.

– Que tipo de acordo?

Liv engoliu em seco.

– Me diz você. O que eu posso oferecer para você recuar?

– Uma declaração assinada – sussurrou ele.

O coração dela parou. Agora... agora estava chegando perto.

– Uma declaração assinada dizendo o quê?

– Que você não viu absolutamente nada.

Merda. Era suficiente? Já tinha o necessário? Não parecia suficiente, mas, se fosse esperta, concordaria e iria embora e torceria para bastar. Só que não era esperta. Estava com raiva e com medo, e por isso agia sem pensar, como abrir a boca quando deveria mantê-la fechada.

– É assim que você faz? É assim que guarda seu segredinho sujo? Você intimida as mulheres até assinarem acordos dizendo que nada aconteceu, que nunca viram nada, que você não tocou nelas?

Royce soltou um suspiro cansado, como se estivesse exausto de ter que lidar com aquela inconveniência.

– Você acha mesmo que eu não sei como fazer isso depois de todo esse tempo?

A pulsação dela acelerou de novo, desta vez de empolgação. Caramba. Pegaram o maldito. Tinha conseguido! Royce não conseguiria explicar isso. Estava praticamente admitindo a culpa!

– É, acho que sabe – sussurrou Liv, tentando controlar a expressão. – Acho que consigo concordar com seus termos.

Royce piscou. O sangue dela virou gelo.

– Boa menina. Você sempre foi inteligente.

– Obrigada... eu acho. – Tentou se afastar dele, mas Royce a segurou com firmeza. A pulsação dela disparou.

– Eu sempre gostei de você, Olivia. Fico feliz de chegarmos a um acordo.

– Eu também. – Liv tentou recuar de novo, mas os dedos dele grudaram nas suas costas. Não conseguiria se soltar sem fazer uma cena.

Royce abriu um sorriso sugerindo que Liv tinha caído numa armadilha. Uma onda de adrenalina percorreu as veias dela, e a imagem de uma seringa radioativa lhe veio à mente. Percebeu, com medo nauseante, que nem tinha como pedir ajuda a Derek. Estava virada para o lado errado, e Derek estava escondido atrás dos outros dançarinos. Só podia rezar para que Noah e Mack entrassem em contato com ele.

– Quer saber? – disse Royce, o tom casual demais. – Em homenagem à nossa trégua, vou dar um conselho de graça a você.

– Me solta – sussurrou ela.

– Estou preocupado com a companhia que você escolheu.

Liv tentou manter a expressão neutra, mas suas veias congelaram.

– Não sei do que você está falando.

– Braden Mack, claro.

A raiva a fez tremer e turvou sua visão.

– Braden Mack é mil vezes o homem que você é. Sempre será. Você não tem o direito de dizer o nome dele. Você não tem o direito nem de pensar no nome dele.

– Sabe o que é engraçado? – Mais uma vez, o rosto de Royce ficou calmo, assustadoramente calmo. Como se Liv tivesse acabado de lhe dar a deixa perfeita. – O nome dele é exatamente o problema.

...

Mack ouvia vozes, mas pareciam baixas e abafadas sob o sangue que rugia em seus ouvidos. A van ficou pequena demais, quente demais, longe demais de Liv.

– Cara, você está ouvindo isso? – Talvez tivesse sido Noah quem falou, mas Mack estava concentrado em se comunicar com Liv antes que fosse tarde.

– Liv – chamou ele, no microfone. – Liv, me escuta. Saia de perto dele. Agora.

A voz de Liv de repente soou tímida, quando ela falou com Royce.

– C-Como assim?

– Ah, Liv, por favor. – Merda. Deus, por favor, ela não podia descobrir assim. Não podia descobrir por *ele*. – Você precisa me ouvir.

Noah se inclinou para o microfone.

– Derek, o que está acontecendo lá? Consegue ver os dois?

Se Derek respondeu, Mack não ouviu. Só ouvia Liv. E Royce. E o som de sua vida inteira desmoronando.

A voz de Royce tomou conta da van.

– Viu, era isso que eu temia, Olivia. Ele não contou a verdade. Você deveria me agradecer por te salvar daquele... filho de assassino.

Hop segurou o braço de Mack.

– Do que ele está falando, Mack?

Mack se soltou de Hop e tentou mais uma vez suplicar para Liv:

– Amor, por favor. Me escuta.

– Você é um mentiroso – sussurrou Liv. Mas o tremor na voz dela a traiu pelo microfone.

– O mentiroso é Mack, Olivia.

O estômago de Mack se contraiu. Ia vomitar. Não podia acontecer assim. *Eu odeio gente mentirosa.* Por que não contou a verdade quando teve chance?

– Ou devo dizer McRae? Esse é o verdadeiro nome dele. Braden McRae.

– Liv, por favor. – Mack passou as mãos pelo cabelo.

Noah estava gritando com Derek. Hop estava gritando com Mack.

Mack não ouviu nada, e Royce continuou:

– Filho de Josh McRae. Assassino. Espancador de esposas. Cumprindo prisão perpétua na Penitenciária Estadual de Iowa.

A voz de Liv saiu baixa quando ela falou:

– Você está mentindo. O pai dele morreu.

– Liv – chamou Mack de novo, a voz quase falha.

– Me solta – pediu Liv.

Houve um farfalhar de movimento, então a voz sinistra de Royce:

– Eu sempre venço, Olivia. Sempre.

Outro movimento, e um som ofegante. Como se ela estivesse correndo. Mack engoliu em seco.

– Liv, me escuta.

– Merda! – Quem disse isso foi Derek.

– O que está acontecendo? – perguntou Mack, o suor escorrendo pelo rosto.

Hop segurou o braço dele de novo.

– Seu filho da puta. Que mentiras você contou para ela?

Mack gritou ao microfone:

– Derek, o que está acontecendo?

– Ela está indo embora. Estou tentando ir atrás.

Mack andou até a porta de trás da van...

Noah segurou o braço dele.

– Mack, o que você está fazendo?

Ele abriu as portas e saltou.

– Mack, espera! – gritou Noah. – Se ele vir você, vai estragar tudo!

Passos soaram atrás de Mack, que corria na direção dos fundos do prédio. Noah o segurou, o virou e o jogou contra a parede sem esforço. De onde tinha vindo aquela força?

Mack o empurrou.

– Sai de cima de mim. Eu tenho que encontrar a Liv.

Noah segurou os ombros dele e o prendeu na parede.

– Ela já foi, cara. Foi embora.

Mack afastou os braços de Noah.

– Como assim, foi embora?

– Derek disse que ela não está mais lá. E você não pode entrar assim.

– Eu tenho que falar com ela – disse Mack, largando-se contra os tijolos frios. – Eu tenho que... Eu tenho que contar para ela. Tenho que contar por quê.

Noah se curvou, ofegante. Quando se levantou, passou o antebraço na testa.

– Volta para a van. É a única coisa que a gente pode fazer agora.

Não. Não era a única coisa que ele podia fazer. Tinha que encontrá-la. Antes que a perdesse para sempre.

VINTE E SEIS

Eram quase onze horas quando o Uber parou na entrada da casa de Thea. A única luz acesa na casa era da suíte, o que significava que talvez ela ainda estivesse acordada, lendo. Ou fazendo sexo por telefone com Gavin. Não importava; Liv lamentava ter que interromper.

Depois de sair do baile, tinha dirigido sem destino, o celular desligado, o coração sangrando. A gasolina acabara perto do centro, e ela pedira um carro para chegar até ali. Liv agradeceu ao motorista e saiu. Olhou para a casa a tempo de ver a cortina ser puxada. Pelo menos não teria que bater. Seus sapatos bambearam no caminho de pedras que levava à varanda. A luz da entrada foi acesa quando ela chegou à escadinha, e a porta foi aberta.

Thea saiu de moletom e calça de flanela.

– Ah, meu Deus, onde você estava? Todo mundo está surtando... Ah, meu Deus, o que houve?

Nesse momento, pela primeira vez em muito tempo, Liv se jogou nos braços da irmã e caiu no choro.

Vinte minutos depois, Thea se levantou do sofá e começou a andar de um lado para outro.

– Deve haver um motivo para ele ter mentido.
– E isso importa?
– Claro que importa! Ele não mentiu só para *você*. Mentiu para todo mundo. Deve haver um motivo. Não quer dar a ele a chance de se explicar?

Liv balançou a cabeça.

– Eu não consigo pensar agora. Não sei o que eu quero. – Ela se engasgou com a própria emoção. – Eu sabia que não devia ter me apaixonado por ele.

– Mas se apaixonou. Isso deve significar alguma coisa.

Significava que ela era uma idiota.

Thea se sentou no sofá e segurou as mãos dela.

– Eu sei que você tem dificuldade para confiar nas pessoas, mas...

– Não é questão de confiança! É que parece que eu nunca mereço a verdade!

Liv tremeu quando as palavras explodiram pela boca, chocada de ter dito aquilo em voz alta. Thea afundou nas almofadas do sofá.

– Como assim?

– *Você não vale todo esse trabalho* – sussurrou Liv. – Foi o que ele disse.

– *Quem?*

– O papai.

Thea balançou a cabeça.

– Quando? Quando foi que ele disse isso para você?

– No dia em que eu peguei o ônibus para vê-lo.

Os ombros de Thea caíram com o peso da lembrança. A lembrança terrível do dia em que Liv fugiu, aos 13 anos, entrou num ônibus e apareceu na casa do pai para a visita de verão prometida.

– Todos aqueles anos, ele mentiu quando disse que não tinha tempo nem espaço para nós e... – Liv deu de ombros. – Era tudo mentira. Papai tinha uma casa enorme. Só não queria brigar com a nova esposa. Que não queria saber delas. Que se recusava a permitir que morassem lá ou que fossem visitar.

Thea segurou as mãos de Liv de novo.

– Não estou entendendo. Quando ele disse...

– Que eu não valho o trabalho? Antes de me colocar no ônibus e me mandar para casa.

Thea ficou pálida.

– Você contou que voltou sozinha. Que ele nem estava lá quando você chegou. Que só *ela* estava lá.

– Eu não queria que você soubesse. – A ironia da revelação fez brotar uma risada triste. – Eu menti.

O rosto de Thea se transformou.

– Ah, Liv. Sinto muito. – De repente, a tristeza foi substituída pela raiva. – Meu Deus, estou tão cansada de pagarmos o preço dos absurdos dos nossos pais. – Thea caiu de joelhos na frente de Liv. – Me escuta. Eu quase perdi Gavin por causa da bagagem emocional que eles jogaram nas nossas costas. Não perca Mack pelo mesmo motivo.

– Isso é diferente.

– Como?

– Só é.

Os olhos de Thea conseguiram transmitir pena e decepção ao mesmo tempo. Liv odiou ambos. Afastou o rosto. Não tinha como explicar para a irmã uma coisa que ela mesma não entendia direito.

O celular de Thea tocou baixinho. Ela o tirou do bolso e olhou para a tela. Desviou os olhos para Liv na mesma hora.

– É ele de novo.

O estômago de Liv se contraiu.

– Não atende.

– Liv, ele está muito preocupado. Está ficando louco.

– Eu...

Thea atendeu no último segundo. Nem se deu ao trabalho de dizer "alô".

– Ela está aqui.

Mack entrou correndo na casa de Thea, o rosto transtornado e a voz trovejante. Ele ignorou Thea, segurou a nuca de Liv e deu um beijo na boca dela.

Então recuou o suficiente para apoiar a testa na dela.

– Você tem ideia de quanto eu estava preocupado?

Um gritinho de perto da escada denunciou a presença de Thea.

– Eu vou, hã, subir, acho, e deixar vocês conversarem – disse ela.

Seus pés fizeram um barulho suave na escada.

Mack a ignorou enquanto seus olhos analisavam a aparência de Liv como peças de um quebra-cabeça que não conseguia encaixar. Vestido vermelho. Curvas arrasadoras. O cabelo comprido e cacheado solto sobre os ombros expostos.

Olhos que já tinham se voltado para ele com paixão agora o encaravam com decepção.

– Braden McRae – sussurrou ela.

Mack deixou as mãos penderem ao lado do corpo.

– Eu não uso mais esse nome.

– Por que você mentiu para mim?

Ele olhou para o chão.

– Estou mentindo para todo mundo há tanto tempo que nem sei mais como contar a verdade. – Ele ergueu os olhos, e seu coração se partiu com a expressão vazia de Liv. – Meu pai era um alcoólatra abusivo e batia na minha mãe. Em nós também. No meu irmão e em mim. Nunca fomos poupados.

Uma lágrima rolou pela bochecha de Liv.

– Ah, Mack. Sinto muito.

Ele passou a mão pelo cabelo.

– Em uma noite, ele se meteu em uma briga de bar e matou um homem. Sem remorso. Sem emoção nenhuma, só raiva. E aí voltou para casa e continuou descontando na minha mãe.

A voz dele falhou, mas Mack não conseguiu parar. Não queria parar, não até Liv saber de tudo.

– A questão é que eu estava lá quando aconteceu. E eu não fiz nada. Estava com medo demais para protegê-la. Peguei meu irmãozinho e me escondi no armário, como um covarde, até acabar, mas aí já era tarde. Quando a encontrei, achei que estava morta.

Lágrimas pingaram do queixo dela. Mack imaginou se Liv tinha consciência de que estava chorando.

– Você me perguntou por que eu comecei a ler romances.

Ela assentiu, fungando.

– Foi quando minha mãe estava no hospital. Encontrei um na sala de espera quando ela estava em cirurgia. – Ele olhou para Liv, mas não a viu. Seu cérebro não transmitia mais ordens à boca. O mundo todo oscilou. Tudo estava turvo, denso, confuso. – Eu amava aquelas histórias. Não por causa do sexo, embora – ele deu uma gargalhada triste – tenham, sim, me ensinado tudo que eu sei. Eu amava porque as pessoas boas sempre venciam. Os homens sempre eram heróis e, se não fossem, recebiam o castigo que mereciam. Sempre.

Mack balançou a cabeça.

– Mudei de nome quando fiz 18 anos. Legalmente. Eu não queria nenhum vínculo com ele.

Liv se levantou e andou na direção de Mack, que queria agarrá-la e abraçá-la, mas a linguagem corporal dela pedia distância.

– Braden – sussurrou ela.

O coração dele saltou com a pronúncia de seu primeiro nome na voz dela.

– Sinto muito por você ter passado por tudo isso.

– Eu devia ter te contado – confessou ele, a voz rouca.

– Por que não contou?

– Eu...

– Você teve tantas chances de contar – disse Liv, a voz ficando mais forte. – Quantas vezes falamos do seu pai? Você mentiu na cara de pau.

– A gente mal se conhecia, Liv. Por que eu te contaria algo sobre o qual minto para todo mundo há anos?

Foi a coisa errada a dizer. O rosto dela se transformou numa máscara de certeza tranquila.

– Você tem razão – afirmou ela. – A gente mal se conhecia. Talvez ainda não se conheça. E é por isso que esse lance todo entre nós é loucura. Mas não passou disso. Um rolo maluco e agora...

Mack balançou a cabeça.

– Não diga isso.

– Talvez seja melhor terminar logo.

Aquelas palavras doeram com a mesma intensidade de uma facada no peito.

– Por quê? Nada mudou. Nada. Meu nome não muda o fato de que eu nunca senti o que sinto por você.

Liv abanou a mão, o sarcasmo surgindo como uma armadura.

– Você vai superar. Semana que vem outra pessoa vai derrubar um cupcake no seu colo.

– Para com essa baboseira. É infantilidade da sua parte.

O rosto dela transpareceu vergonha.

Mack se virou e entrelaçou as mãos no alto da cabeça. O piso oscilou.

– Eu sou só um homem com um coração – disse, se virando de volta. – Braden Mack ou Braden McRae, eu sou só um homem com um coração que você está partindo.

– Eu não consigo fazer isso – sussurrou Liv, se sentando no sofá.

– Você acha que é fácil para mim? – Braden caiu de joelhos na frente dela. – Estou morrendo de medo porque não tenho ideia do que essa sua expressão significa. E, depois do que vivemos, se você me expulsar daqui agora, eu não sei se conseguiria me recuperar.

Braden botou a mão na nuca de Liv e a obrigou a encará-lo.

– Me dá uma chance. Por favor.

Liv olhou fundo nos olhos dele, desafiando-o.

Ele moveu a mão para a bochecha dela.

– Você não estava nos meus planos – disse Liv.

– Você também não estava nos meus – respondeu ele, a voz grave e rouca. – Mas vamos dar um jeito. Vamos fazer funcionar. Eu nunca mais vou mentir para você. Só *confie em mim*.

E foi nessa hora que ele a perdeu.

O rosto dela murchou. O olhar ficou vazio. Liv se afastou dele.

– Me desculpe. Eu não posso.

Mack mal sentiu o próprio corpo quando se levantou.

– Tem certeza de que é isso que você quer?

– Não importa. A desconfiança sempre vai existir entre nós. Eu sempre vou ficar na dúvida se você está falando a verdade.

Mack ficou entorpecido.

– Eu não sou seu pai, Liv.

Os olhos dela escureceram.

– E eu não sou a princesa dos seus romances. Esta história não vai ter final feliz.

Mack não se lembrava de ter ido embora. Não se lembrava de ter dirigido. Não se lembrava de nada além de estar sentado na entrada de casa.

Não havia final feliz para ele. Jamais haveria.

E era um idiota por acreditar que poderia haver.

VINTE E SETE

Pela primeira vez na vida, Liv se sentiu grata por estar desempregada e não ter nenhuma responsabilidade.

Na manhã seguinte, Thea a levou de volta para a fazenda, e ela caiu na cama. Ficou lá o dia todo com o cobertor sobre a cabeça e uma caixa de lenços de papel ao lado. Levantou-se três vezes para fazer xixi e uma para virar os farelos de um pacote de Doritos na boca. Pouco depois das sete, Rosie bateu de leve à porta do quarto e disse que tinha deixado um ensopado de atum com macarrão na mesa.

A comida ainda estava lá, intocada e fria, quando Liv se levantou para procurar analgésico para a dor de cabeça que surgira no meio da noite. A culpa aumentou o latejar. Devia pelo menos ter falado com Rosie na noite anterior e agradecido pela comida e por tê-la liberado das tarefas da fazenda naquele dia.

Passou os dedos pelo cabelo embaraçado e fez uma careta quando encontrou um verdadeiro nó atrás. Deus, precisava tomar jeito. Era por isso que odiava chorar. Quando começava, não conseguia parar. E que perda de tempo. Perdera um dia inteiro da vida chorando por ele.

E, não, não estava se sentindo melhor. Estava ainda pior.

Não se sentia purificada. Sentia-se de ressaca.

E não se sentia renovada nem qualquer emoção que essas baboseiras de autoajuda diziam que alguém deveria sentir depois de um bom choro. Não. Liv parecia uma boneca de pano suja prestes a se desmanchar depois de ser arrastada por uma poça de lama e jogada de um lado para outro por um cachorro.

Porque alguma coisa tinha se partido dentro dela. Mack tinha partido alguma coisa dentro dela. E talvez essa coisa, acima de tudo, fosse o que provocava o ódio que sentia dele.

Prendeu o cabelo num rabo de cavalo, jogou água no rosto e esfregou as manchas laranja nos cantos da boca. Vestiu roupas limpas e abriu a porta do apartamento pela primeira vez em dois dias.

Parou na escada para ver se o mundo parecia diferente, mas não. Foi recebida pelos sons habituais. Randy cacarejou na árvore. Os bodes baliram. *Anda logo*, o mundo parecia dizer. Não há nada para ver aqui. Só uma garota de coração partido e uma lição aprendida.

Encontrou apenas dois ovos nos ninhos e uma sujeira de ração no chão deixou claro que Rosie já cuidara das galinhas. Uma onda de determinação a fez se empertigar. Aquele seria o último dia em que Rosie teria que cobri-la.

Entrou na casa, firmou as mãos na cintura e se preparou para dizer isso a ela. Mas não pronunciou uma palavra, porque Rosie se virou da pia, inclinou a cabeça e disse:

– Ah, querida. Eu juro que vai ficar tudo bem.

E, droga, as lágrimas começaram a rolar de novo. Liv soltou um *argh* e andou pisando duro até a pia.

– Eu estou tão de saco cheio disso.

Lavou o rosto outra vez. Rosie fez carinho nas costas dela.

– Está com fome?

– Ainda tem ensopado de atum com macarrão?

– Tem um prato na geladeira para você. Senta. Vou esquentar.

Liv pensou em protestar e dizer que ela mesma podia fazer isso, mas estava sem energia. Rosie trabalhou com determinação pela cozinha enquanto Liv enfiava as garfadas na boca. Quando o prato estava limpo, Rosie o retirou sem falar nada.

– Eu também fiz torta de chocolate – anunciou Rosie, de costas para Liv.

A culpa latejou nas suas têmporas de novo.

– Me desculpe por ontem à noite – disse Liv.

Rosie olhou para trás, franzindo a testa, confusa.

– Como assim?

– Eu ignorei quando você levou comida. E você teve que fazer todas as minhas tarefas.

Rosie deu uma risadinha e enfiou o prato no lava-louça.

– Querida, você não estava em condições ontem, nem à noite. Não precisa pedir desculpas. Às vezes, a melhor coisa que uma garota pode fazer é passar o dia sentindo pena de si mesma. – Ela se virou e apontou. – Desde que se levante no dia seguinte e volte ao trabalho.

– Eu sei. Me desculpa. Prometo que não vou faltar de novo.

– Livvie, eu não estou falando da porcaria das galinhas.

Liv assentiu.

– Vou começar a procurar emprego de novo...

– Eu também não estou falando disso. – Rosie voltou até a ilha. – Estou falando do Royce.

Liv gemeu e balançou a cabeça.

– Eu nem ligo mais para isso.

Não era verdade. Mas era bom fingir que era. Sua capacidade de oscilar à beira de penhascos emocionais tinha chegado ao limite. Precisava do consolo da gravidade por um tempo.

– Besteira – retrucou Rosie. – Você só está com pena de si mesma.

– Achei que você tivesse dito que eu merecia sentir pena de mim mesma.

– Isso foi ontem. Hoje preciso que você junte seus cacos e siga em frente.

Liv dirigiu o olhar para o colo, com vergonha.

– Tenho a sensação de que piorei as coisas.

– Essa sensação é porque você cutucou o urso, e o urso revidou. Ele atacou onde mais dói, e agora você está lambendo as feridas e com medo de terminar a luta.

— Talvez essa luta não seja minha.

Rosie bateu com a mão na ilha da cozinha.

— Besteira!

Liv deu um pulo na cadeira e levantou a cabeça. Nunca ouvira Rosie erguer a voz daquele jeito. Nem mesmo com Hop.

Rosie apontou o dedo para ela.

— Essa luta é de todas as mulheres, Olivia Papandreas. E eu sei que você não pediu, mas essa caiu no seu colo. Jessica conta com você. Alexis conta com você. Todas as mulheres daquela maldita lista contam com você. E *eu* conto com você.

A expressão de Rosie se suavizou na última frase, e ela contornou a ilha e parou ao lado da cadeira onde Liv estava. Esticou a mão e ajeitou uma mecha de cabelo fujona na testa de Liv, um gesto que lhe provocou outra onda de lágrimas.

— Estou contando com você para terminar o que a minha geração começou, Livvie. O que gerações de mulheres começaram, mas não conseguiram avançar.

Liv riu com deboche, grata por ter um motivo para isso.

— Não vamos exagerar. Eu sou só uma chef confeiteira, Rosie.

— A história foi construída por milhares de mulheres que acharam que eram *só* donas de casa ou *só* secretárias ou *só* costureiras, até o dia em que elas ficaram de saco cheio e decidiram reagir.

Uma lembrança fez Liv abrir um sorriso.

— Minha avó dizia algo parecido. *Não existe força na Terra tão intensa quanto uma mulher de saco cheio.*

— Sua avó era uma mulher sábia.

— Ah, bom, ela também acreditava que, se as vacas estivessem deitadas no campo, era porque logo iria chover, então...

— Viu? Uma mulher sábia.

Liv inspirou fundo.

— Eu fiz uma confusão danada — disse ela, depois de um momento.

Rosie assentiu.

— Nada que não possa ser resolvido.

— Preciso pedir desculpas a Alexis.

– Precisa mesmo. Precisamos das nossas amigas por perto. Royce já destruiu muita coisa. Não deixe que destrua isso também. – Rosie assentiu secamente. – Tenho uma coisa para você, e agora parece um ótimo momento para te entregar, porque você necessita de uma injeção de confiança.

Rosie atravessou a cozinha e entrou na sala. Liv se virou e a viu abrir a gaveta da escrivaninha e retirar um envelope grosso lá de dentro.

– O que é isso? – perguntou Liv quando Rosie voltou e lhe entregou o envelope.

– Meu testamento.

O ar fugiu dos pulmões de Liv em meio uma expiração em pânico.

– Eu juro por Deus, Rosie, se você me contar que está morrendo, eu vou te matar.

– Eu não estou morrendo. Vou tirar férias.

Liv afundou na cadeira.

– Graças a Deus.

– Eu queria que isso ficasse resolvido antes de eu ir.

– Isso o quê?

– Vou acrescentar você ao meu testamento.

O pouco de oxigênio que Liv tinha conseguido inspirar se foi.

– Você não pode fazer isso – gaguejou, balançando a cabeça; o penhasco emocional a estava puxando para baixo de novo. – Você não pode fazer isso.

– Está feito. Estive com meus advogados semana passada.

Liv só conseguiu emitir duas palavras:

– *Por quê?*

– Porque estou velha. Quero me aposentar, viajar, fazer mais sexo com Hop antes de ele não conseguir mais levantar o negócio.

Liv fez uma careta.

– E porque o dia em que você chegou aqui foi o melhor dia da minha vida.

Liv parou de falar e só cobriu o rosto com as mãos. Qual era o sentido de lutar contra as lágrimas àquela altura? A mão de Rosie estava apoiada em seu ombro, quente e tranquilizadora.

– Eu ganhei uma filha naquele dia. Uma filha da qual eu nem sabia que precisava.

Liv esfregou o nariz com as costas da mão e soluçou.

– Achei que o melhor dia da sua vida tinha sido quando Neil Young jogou uma camiseta suada para você na turnê de ônibus.

– Tem razão. Então você aparecer aqui foi o segundo melhor dia.

– Eu não sei o que dizer – sussurrou Liv, olhando para o envelope na bancada.

– Não precisa dizer nada. – Rosie ajeitou o cabelo dela de novo. – Só seja a mulher que eu sei que você é. Uma mulher que me dá orgulho.

Será que ela poderia ser uma mulher que dava orgulho a si mesma? Liv estava com as pernas bambas. Rosie era só a segunda pessoa na vida que lhe falara aquelas palavras. Ela recuou, mas o maldito penhasco se estendia para todos os lados. O medo de cair enfraquecia seus músculos.

– Estou com medo – sussurrou, por fim.

– De quê?

– De te decepcionar.

Rosie soltou um ruído incrédulo.

– É a segunda coisa mais burra que você me falou hoje. Você não conseguiria me decepcionar nem se tentasse.

Liv olhou para os próprios pés. O chão oscilou em sua visão marejada.

– Alexis estava certa sobre mim. Eu *julgo* muito. Tenho tanto medo das minhas próprias fraquezas que puno as outras pessoas pelas delas. Eu... eu não baixo a guarda para que os outros confiem em mim. Para que me *amem*.

– Quem quer que tenha feito você pensar assim não te merece.

Liv só percebeu que tinha fechado os olhos quando sentiu o calor das mãos de Rosie em seu rosto.

– Olhe para mim, querida.

Liv obedeceu e ergueu o rosto. Os olhos de Rosie eram calorosos, amorosos, *orgulhosos*.

– O que quer que houvesse de errado com essa pessoa, a ferida era *dela*. – Rosie afastou uma lágrima com o polegar. – Você não precisa mais carregar a cicatriz dela. Pode deixar para trás, Liv. Tudo isso. Permita-se ser amada e *deixe isso para trás.*

Liv permitiu que Rosie a puxasse para um abraço e chorou no ombro dela. Como poderia deixar para trás? Como alguém um dia poderia decidir que aquele era o momento em que tudo se curava? Não conseguiria. E, agora, tinha perdido o único homem que já amara.

E como o amava. Tanto, tanto. A imagem dele a assombrara à noite. A pequenez derrotada dele... Ela tinha causado aquilo. Braden contara a verdade, e Liv o mandara embora por causa de suas próprias inseguranças. Como ele poderia perdoá-la?

Liv se afastou e enxugou o rosto.

Rosie deu outra inspiração daquelas que queria dizer *agora que isso está resolvido...*

– Primeiro você precisa se cuidar. Vá pentear o cabelo. Tome um banho quente. Beba uma taça de vinho. Vou levar torta de chocolate e mandar Hop buscar seu carro.

– Eu te amo, Rosie – disse Liv, a voz falhando.

– Eu sei que ama, meu bem. Eu também te amo. – Ela apontou para a porta. – Agora, vá. Você tem mais o que fazer.

E Liv fez o que Rosie mandou. Voltou para o apartamento e penteou o cabelo. Bebeu uma taça de vinho. Tomou um banho quente de banheira. Afundou na água e suas lágrimas foram camufladas.

Uma hora depois, enrolou uma toalha no corpo e entrou na cozinha com a taça de vinho vazia. Um livro na mesa chamou sua atenção.

O protetor.

Mas... de onde tinha vindo?

Havia um bilhete em cima.

Um amigo me deu isto para ler. Achei que você poderia gostar.
– Hop

Liv soltou uma gargalhada. Hop... tinha recomendado um romance?
Havia um P.S.

Página 245. O medo é um motivador poderoso. Mas o amor também.

O medo é um motivador poderoso. As mesmas palavras que Mack – Braden – tinha dito. Liv levou o livro para o sofá e o folheou até chegar à 245.

Ellie enfiou as mãos no cabelo de Chase de novo.
– Tudo que aconteceu antes deste minuto não importa. A gente pode recomeçar.
– Como? – A palavra, abafada junto à pele quente e cheirosa do pescoço dela, foi uma súplica vinda do fundo de Chase, que queria acreditar desesperadamente que aquilo era possível.
– Olhe para mim.
Ellie segurou o rosto dele, guiando-o delicadamente para erguer a cabeça. Ele obedeceu, mas só o suficiente para encostar a testa na bochecha dela.
– A gente simplesmente recomeça. – Ellie encostou a testa na dele. – A gente esquece o passado.
– Do nada?
– Não. Não do nada. Eu estou com medo e confusa e me sinto completamente exposta e vulnerável, e essas são emoções que passei muito tempo tentando não sentir. Não estou dizendo que vai ser fácil. Só sei que ficarmos longe um do outro não funcionou tão bem para nós. Talvez perdoar um ao outro e recomeçar funcione.
Chase se agarrou às palavras dela. Absorveu-as, sentiu o peso da culpa e do fardo sumirem dos ombros durante o segundo maravilhoso em que acreditou naquilo.
Queria ficar naquela realidade alternativa em que poderia ser perdoado e ao mesmo tempo merecê-la. Onde o passado, a verdade, não importava. Onde poderia pegar o que ela oferecia: uma segunda chance, a redenção, ela. Queria ser digno de tudo aquilo, da adoração, da absolvição, do perdão. Queria

ser o homem que via nos olhos de Ellie quando ela olhava para ele da forma como estava olhando agora.

E só precisava escolher.

Honra ou egoísmo.

Felicidade ou solidão.

A escolha o apavorava, mas havia mesmo uma escolha a ser feita?

O medo é um motivador poderoso. Mas o amor também.

Horas depois, Liv fechou o livro e o colocou no sofá, ao seu lado. A toalha tinha secado em volta do corpo, mas o cabelo estava frio e úmido sob a toalha ainda enrolada na cabeça.

Uma vez, quando criança, Liv destruiu a bicicleta e ralou o braço. A sensação que tinha na alma agora era bem parecida. Sensível, em carne viva.

Mack sentia medo e amor quando mentiu para ela. E Liv jogara as duas coisas na cara dele. Só por causa do seu medo. Da sua fraqueza. A garganta de Liv ardeu com outra onda de lágrimas, mas ela as afastou. Não tinha tempo para chorar mais.

Eram quase nove da noite, mas não poderia mais adiar aquilo, nem queria. Tinha desculpas a pedir. Remexeu na cesta de roupas limpas no quarto, procurando uma calça de ioga e um moletom. Vestiu-se depressa, penteou o cabelo úmido e enfiou os pés nos tênis.

Meia hora depois, encontrou uma vaga na frente do café de Alexis.

A placa de ABERTO ainda estava na porta, mas o lugar estava vazio. Liv empurrou a porta e ouviu Alexis gritar da cozinha:

– Já vou.

Roliço espiou por trás da bancada e se encolheu. Liv o imaginou se juntando a Berrador para planejar o ato seguinte. *Ela voltou. Você corre para fazê-la tropeçar, e eu pulo na garganta.*

Um momento depois, Alexis apareceu com um sorriso largo... que morreu em seus lábios assim que viu Liv.

– Ah.

A hesitação na voz dela gerou um arrepio que percorreu Liv. Não havia jeito fácil de fazer aquilo.

– Me desculpa, Alexis.

Alexis ficou paralisada. O único sinal de vida foi um piscar de olhos. Mas ela engoliu em seco e, sem dizer nada, passou por Liv a caminho da porta. Liv fez uma careta, esperando que a amiga a expulsasse. Mas Alexis virou a placa de ABERTO para FECHADO. Sua mão pairou sobre o vidro por um segundo, um leve tremor visível nos dedos.

Ela se virou de novo. O rosto tinha perdido toda a cor.

Liv inspirou fundo e soltou o ar.

– Me desculpa por não ter sido uma boa amiga a ponto de você sentir que podia confiar a verdade a mim. Me desculpa por ver o mundo de um jeito tão radical a ponto de não conseguir enxergar o que você estava tentando me dizer.

Alexis, inexplicavelmente, suspirou e abanou as mãos.

– Para com isso.

Liv estremeceu por dentro.

– T-Tudo bem.

Alexis conseguiu abrir um sorrisinho fraco.

– Eu também devo um pedido de desculpas.

– Não deve, não.

– Eu falei umas coisas imperdoáveis.

– Eu mereci.

– Ninguém merece ouvir coisas assim.

Liv se aproximou dela.

– Mas você estava certa. Eu passei tanto tempo com vergonha da minha própria fraqueza que acabei virando-a contra as pessoas, esperei que vivessem de acordo com um padrão que eu mesma não conseguia cumprir.

– E eu ataquei para disfarçar a minha vergonha.

A indignação que sentiu por Alexis fez Liv estufar o peito.

– Mas você não fez nada de errado! Royce é um merda, ele forçou você a ficar nessa situação!

Alexis riu baixinho.

– Eu queria ter energia para lutar como você.

– Alexis, isso não...

– Quer saber? – disse Alexis, interrompendo-a. – É estranhamente libertador que alguém tenha descoberto esse segredo. Estou cansada pra caralho de viver assim.

Liv arregalou os olhos.

– Você falou palavrão.

– Eu sei. Pareceu apropriado para o momento.

– Concordo.

Alexis olhou para o teto e inspirou fundo. Soltou o ar e baixou o olhar.

– Eu preciso de uma bebida.

– Somos duas.

Liv seguiu Alexis até a cozinha, alerta a Roliço e Berrador. Os dois tinham ficado sozinhos por tempo suficiente para adquirir armas. Alexis foi até a extremidade da cozinha e pegou uma lata de Coca na geladeira. Liv riu alto quando ela apareceu com uma garrafa de uísque em seguida.

– Talvez só o uísque – sugeriu.

Alexis assentiu.

– Definitivamente.

Duas doses depois, estavam sentadas no chão da cozinha, encostadas na bancada de aço inoxidável.

– Minha mãe estava doente – revelou Alexis.

– Eu sei.

– Ele me ofereceu um monte de dinheiro, e eu só precisava ficar de boca fechada. De repente, pareceu que eu tinha uma saída. Não só do assédio e do inferno que era aquele emprego, mas uma saída para a minha mãe. Royce ofereceu tanto dinheiro que daria para pagar as despesas médicas, fazer um enterro de verdade e...

Ela olhou em volta, as mãos fazendo um gesto amplo, refletindo o álcool em seu organismo.

– Abrir seu próprio café – concluiu Liv.

– Viver meu sonho.

– Não tem motivo para sentir vergonha de nada disso.

– Eu sei disso racionalmente. E é provável que, se estivesse no seu lugar, estaria dizendo a mesma coisa. Mas é diferente quando é com você.

– Por quanto tempo aconteceu?

– Começou quase no momento em que eu cheguei.

Liv perdeu o ar.

– Durou mais de um ano?

– Sim. Um ano de pura humilhação. – A voz de Alexis ficou mais dura. – Um ano aprendendo a evitá-lo, a fingir que não me importava. Um ano acreditando que eu tinha que aguentar tudo para proteger minha carreira e tudo pelo que batalhei.

– Ele... Quer dizer, até onde ele foi? – Liv não sabia de que outra forma perguntar e se sentiu culpada.

– Você quer saber se eu dormi com ele?

– Não importa. Eu não devia ter perguntado.

– Sim.

Alexis respondeu tão baixo que Liv não teve certeza do que ela quis dizer. Mas sua expressão deixou claro.

– Você perguntou por que eu tenho vergonha. É por isso. Eu cedi às investidas dele. O que eu me tornei?

Alexis não esperou a resposta de Liv. Cambaleou para ficar de pé, a ânsia de vômito evidente. Liv assistiu, impotente, enquanto Alexis corria até a lata de lixo e botava tudo para fora.

Liv andou até a amiga e a abraçou por trás.

– Está tudo bem. Vai ficar tudo bem.

Alexis apoiou as mãos na borda da lata de lixo, ofegante e suada. Liv segurou os ombros dela e a forçou a se virar.

– O que você se tornou? – perguntou Liv, tomando o rosto da amiga nas mãos, assim como Rosie tinha feito com ela, mais cedo. – Você se tornou uma sobrevivente.

Lágrimas desciam pelas bochechas de Alexis.

– Eu dormi com ele. *Por vontade própria*, Liv.

– Não foi consensual. Não de verdade. E, mesmo que tenha sido, quem se importa? Ele tinha poder sobre você. Sabia que você estava vulnerável por causa da sua mãe. Ele se aproveitou disso. *De você.* E você fez a única coisa que achou que podia para se proteger e proteger a sua mãe. – Liv se lembrou do livro com um sorrisinho. – *O medo é um motivador poderoso. Mas o amor também.*

Alexis desmoronou, se entregando ao choro. Curvou-se e apoiou a testa no ombro de Liv, que a abraçou. E a embalou. E passou as mãos nas costas da amiga até o choro virar soluço, e o soluço virar uma respiração trêmula. Até acabar.

Alexis recuou com um gemido e se virou, esfregando as mãos nas bochechas.

– Meu Deus, eu odeio chorar.

– Eu sei. Nas últimas 24 horas, eu chorei mais que no resto da vida.

– Por quê? – Alexis fungou e se virou de novo.

Ah. É. Ela não sabia sobre Mack. Liv deu de ombros e contou tudo. Alexis ficou de queixo caído.

– Uau. Sua vida anda muito agitada.

– Anda mesmo.

– E... a relação com ele acabou?

Um nó se formou na garganta de Liv.

– Eu falei umas coisas imperdoáveis para ele.

Alexis inclinou a cabeça, e Liv soube que algo de profundo viria pela frente.

– Talvez ele precisasse ouvir.

Liv gemeu e revirou os olhos.

– Eu mereci isso, né?

– É.

Deus, e se tivesse estragado tudo?

– Mas ele não precisava. Ele merecia que eu fosse compreensiva, que o acolhesse. E eu não fiz nada disso.

Alexis colocou a mão no braço dela.

– Respira fundo.

Liv se virou para a bancada, serviu outra dose de uísque e tomou tudo de uma vez. Alexis se juntou a ela e fez o mesmo.

– Sabe o que eu quero fazer? – perguntou Alexis, colocando o copo no balcão.

– Encher a cara e falar mal dos homens?
– Não. Bom, sim. Mas depois disso.
– O que você quer fazer?

Alexis serviu mais duas doses e entregou uma para Liv.

– Destruir Royce Preston.

Liv bateu com o copo no dela. Porque essa era uma coisa que conseguia entender perfeitamente.

– Somos duas.

VINTE E OITO

Pela primeira vez na vida, Mack desejou estar desempregado.

Porque, depois de deixar Liv, cambaleou para casa, pegou uma garrafa de Jameson e a levou para a cama sem intenção nenhuma de chegar perto das suas boates ou de qualquer pessoa viva pelo tempo necessário para esquecer o gosto dela, a sensação dela, a lembrança dela.

Por três dias, não tomou banho. Mal comeu. Ignorou todos os telefonemas e mensagens de texto. Arremessou objetos. Quebrou outros. Mas o que mais fez foi dormir e beber e, quando bebia demais, pensava muito mesmo em ligar para ela e deixar mensagens com a voz engrolada, mas graças a Deus não fez nada disso, porque às vezes ele até chorava.

Porque seu coração estava entrando em colapso.

No quarto dia, a porta do seu quarto foi aberta.

– Ah, meu Deus, que cheiro é esse?

Ele rolou para o lado. Seus amigos estavam ali, exibindo expressões idênticas de repulsa.

– O que vocês querem? – rosnou ele.

– Viemos salvar você – disse Gavin –, mas acho que vamos precisar de máscaras de gás.

– Vai se foder.

Gavin tampou o nariz e a boca.

– Falando sério, Mack. Isso aqui mais parece uma jaula de camelo. Você andou se mijando, por acaso?

Mack pegou um travesseiro e o arremessou. Caiu a 3 metros deles.

– Vão embora.

Fingindo uma ânsia de vômito dramática, Gavin passou por cima do travesseiro e de uma pilha de roupas sujas e entrou no banheiro. Mack ouviu o barulho do chuveiro um momento depois.

– Vai se lavar, otário – disse Gavin, quando voltou. – Agora. Depois, desça. Está na hora de uma intervenção.

A porta se fechou quando eles saíram.

Mack olhou para o teto. Os amigos que se fodessem. Não precisava de intervenção. Queria ficar em paz para se afogar em infelicidade. Passou a mão pelo queixo com barba por fazer, sentiu o próprio fedor e se deu conta de que eles estavam certos pelo menos sobre uma coisa: precisava de um banho.

Os músculos rígidos protestaram quando Mack se sentou e colocou as pernas para fora da cama. Não se lembrava da última vez em que tinha ficado tanto tempo parado. A água quente bateu nos músculos enrijecidos dos ombros de Mack, que estava deprimido demais para notar.

Havia certa justiça poética naquilo, evidentemente. O fundador do Clube do Livro dos Homens, o cara que acreditava que os manuais tinham todas as respostas, que achava que sabia tudo que havia para saber sobre amor, derrubado por uma mulher.

Só que não era verdade, era? Ele mesmo tinha se derrubado. Violara uma das regras mais importantes: nunca mentir. Tivera mil chances de revelar a verdade a Liv, mas não o fizera. Mesmo depois que ela contou sobre seu passado sofrido, Mack se convencera de que só precisava de mais tempo para encontrar as palavras certas. Ignorara tudo o que tinha aprendido com os livros, esquecera cada lição que os heróis foram obrigados a aprender, e agora era tarde demais.

Mack passou as mãos pelo rosto e entrou debaixo da água escaldante, que virou uma punição, uma reprimenda, uma limpeza dolorida. Precisaria de mil banhos quentes para apagar a marca tatuada do corpo dela no dele, e nem isso seria suficiente para apagar do cérebro e do coração as lembranças de como foi finalmente se apaixonar de forma total e absoluta. Os manuais nunca ofereceram conselhos sobre como sobreviver a um "*in*felizes para sempre". Estava sozinho.

Quinze minutos depois, finalmente saiu do quarto e desceu a escada. O russo o encontrou no corredor que levava para a cozinha.

– Você precisa de um abraço, né?

– Na verdade, não... *argh*.

O russo o puxou para um abraço desajeitado, musculoso. Seu rosto ficou esmagado no ombro dele... e até que foi bom, então ficou lá por um momento e fechou os olhos. Abraços eram subestimados.

– Seu cheiro está bem melhor – disse o russo, recuando.

Pelo menos tinha isso a seu favor.

Quando Mack entrou na cozinha, encontrou os rapazes em vários estágios de uma faxina. Malcolm usava luvas de borracha que mal cabiam nos dedos enormes e esfregava a pia, milagrosamente livre da louça suja que se acumulara.

– Este lugar estava uma zona, cara – disse Del, sem afastar o olhar da coisa grudenta na bancada que ele estava esfregando. – Nunca vi sua cozinha assim.

– Eu tive uns dias ruins.

– Não brinca – disse Gavin. – Tinha um pedaço de pizza no chão prestes a ganhar vida própria e planejar um motim.

– Meu Deus, foram só quatro dias.

Todos pararam e o encararam.

– O quê? – gritou ele.

– Foram *cinco* dias – corrigiu Gavin.

Seus pulmões perderam o ar. Cinco dias? Tinha perdido a noção de um dia inteiro? Como isso tinha acontecido? Merda. Liv tentara ligar? Quando foi a última vez que verificou o telefone?

– Cadê meu celular? – sussurrou ele.

Gavin deu de ombros. Mack se virou e correu para o andar de cima. Arrancou os cobertores da cama, jogou travesseiros para trás. Nada. Onde estava? Ele se deitou no chão e olhou debaixo da cama. Ali estava.

Pegou o aparelho, tentou ligá-lo. Falou um palavrão ao ver que estava sem bateria. Pegou o carregador e correu para o andar de baixo.

Malcolm estava tirando alguma coisa do micro-ondas quando ele voltou para a cozinha. O cheiro gerou um ronco alto em seu estômago vazio, mas ele nem olhou e foi recarregar o celular. Seus polegares batucaram com nervosismo na bancada enquanto esperava a tela branca da vida aparecer.

– Venha se sentar e comer – ordenou Malcolm, andando atrás dele com um prato.

Mack o ignorou e apertou o botão de ligar de novo, mas viu a mesma imagem de bateria descarregada.

– Eu não vou falar de novo – avisou Malcolm.

O estômago de Mack roncou de novo, e ele cedeu. Sentou-se numa cadeira em frente à ilha, e Malcolm colocou o prato e uma garrafa de água na sua frente.

Mack se inclinou para a frente e olhou para o prato.

– O que é isso?

– Torta de frango.

– Isso estava no meu freezer?

– Não, eu trouxe.

Mack ergueu uma sobrancelha.

– Por quê?

– Você vai mesmo reclamar da comida que eu trouxe? Você está vivendo de bourbon e salgadinho há uma semana.

– Uísque. Não bourbon.

– É a mesma merda.

– Na verdade, não é – interveio Gavin. – Todo bourbon é uísque, mas nem todo uísque é bourbon.

– Meu Deus – murmurou Malcolm, cofiando a barba. Ele apontou para o prato de Mack. – Minha mãe fazia isso para mim quando eu ficava doente. Achei que você precisava de uma comidinha caseira.

Mack deu algumas garfadas. Suas papilas gustativas celebraram, mas o corpo se rebelou contra a presença de comida de verdade. A torta de frango virou pedra assim que bateu no estômago. Ele bebeu água.

Na sua frente, os rapazes estavam em fila, lado a lado, observando com expectativa.

– Eu estou vivo – murmurou Mack. – Podem ir agora.

Del deu um riso de deboche, como quem diz *ah, tá.*

– Você acha que a gente vai deixar você sozinho agora?

– Eu quero ficar sozinho.

– Não quer, não – disse Gavin.

– Quero, sim.

– Nada disso – interveio Malcolm. – Amigos não abandonam um ao outro.

Mack empurrou o prato por cima da bancada na direção dele. O russo o pegou e começou a comer a torta de frango com a mão, como se fosse um sanduíche.

Gavin olhou para ele, boquiaberto.

– Cara, como você pode estar com fome? A gente parou num drive-thru no caminho para cá.

– Aquilo foi o café da manhã – murmurou o russo, de boca cheia. – Isto é o almoço.

Malcolm puxou uma cadeira ao lado de Mack e se sentou.

– Conta o que aconteceu.

– Vocês sabem o que aconteceu.

– A gente só sabe o que aconteceu antes de você ir embora do baile, não depois – disse Del.

– E vocês esperam que eu acredite que ele – Mack apontou para Gavin – não contou todo o resto?

– Thea me contou sobre seu pai. – Ele fez uma pausa e acrescentou: – Eu não vi Liv. Ela está se escondendo e evitando todo mundo.

Mack cerrou os punhos para afastar a vontade repentina de encostar a testa na bancada e chorar. Se a raiva silenciosa de Liv tinha sido dolorosa, a solidariedade tranquila de Gavin era uma tortura. Uma parte dele queria que Gavin o machucasse. Que batesse nele. Gritasse com ele.

– Vamos lá, cara – disse Del baixinho. – Você sabe como funciona. Se não contar o que aconteceu, não temos como ajudar a resolver.

– Não tem nada para resolver. Acabou.

– A típica fala de um verdadeiro herói de romance quando tudo parece perdido – comentou Malcolm.

Mack gemeu.

– Eu não quero mais falar sobre essas besteiras de livros.

Os rapazes trocaram um revirar de olhos coletivo.

– Mack. – Malcolm suspirou. – Você sabe muito bem o que é isso. É o ponto baixo da sua história. Você não pode desistir.

– Você está me ouvindo? Isso não é uma história! É a minha vida e está uma droga. Ela disse que acabou, só isso.

– Que é basicamente o que todas as heroínas de romance dizem quando o herói faz merda – observou Del. – Mas não é o fim. Pare com isso, cara. Você sabe.

– Eu só sei que Liv estava certa o tempo todo. – O coração dele se apertou só de falar o nome dela em voz alta. – Eu li romances demais e só ganhei um coração partido.

– Esses romances salvaram o casamento de todos nós, cara – disse Del. – *Você* fez isso por nós. Você nos fez seguir em frente, nos fez continuar lendo e seguindo em frente mesmo quando tivemos essa sensação que você está tendo agora. Acha mesmo que vai nos espantar só porque está finalmente vivenciando o momento sombrio?

– O *momento sombrio*? – Mack apontou para a porta dos fundos. – Para fora. Todos vocês.

Eles o ignoraram.

– O que exatamente ela disse? – questionou Malcolm.

– Meu Deus – murmurou Mack, esfregando as mãos no rosto. – Que importância tem? Acabou.

– O... que... aconteceu? – rosnou Del, a frustração evidente não só na voz, mas nos lábios tensos.

Mack explodiu:

– Só o que eu sabia que aconteceria! Eu contei tudo! Despejei todo o meu coração para ela, mas, assim que soube a verdade sobre mim e meu passado, Liv não me quis mais. – A exaustão e a resignação transformaram seus músculos em mingau. Seus ombros murcharam, as mãos caíram, inúteis, no colo. – Eu contei tudo, mas não foi o suficiente.

Malcolm cruzou os braços e assumiu uma postura intimidadora.

– É isso? Você não vai nem lutar por ela?

– Não tem nada pelo que lutar. Ela deixou claro que não quer saber de mim.

– Besteira! – gritou Del. – Tem que haver mais do que isso. Liv não teria mandado você embora por isso.

Gavin soltou um suspiro fundo e se sentou em uma das cadeiras.

– Não sei, Del. Liv talvez fizesse isso. Ela é vingativa pra caramba.

Mack estreitou os olhos. Que tipo de baboseira era aquela?

Gavin se apoiou nos cotovelos.

– Olha, eu amo a minha cunhada, mas ela me deixa louco. Às vezes, nem entendo como ela e Thea podem ser parentes. Thea é gentil e cuidadosa, Liv é sarcástica e mal-humorada.

Mack cerrou os punhos, e seu coração disparou.

– Eu admiro você por tentar passar por cima dessas coisas, Mack. Porque aquela garota… – Gavin balançou a cabeça e soltou um assobio. – Ela dificulta muito a tarefa de amá-la.

Mack já tinha ouvido o suficiente e se levantou.

– Gavin, por respeito à nossa amizade, vou dar exatamente um segundo para você retirar tudo o que disse antes de eu quebrar a sua cara.

Gavin arqueou uma sobrancelha.

– Como é que é?

– Essa é a maior besteira que eu já ouvi. Liv é a pessoa mais fácil de amar que eu já conheci. É engraçada, inteligente, gentil e corajosa. E, se você passasse algum tempo tentando conhecê-la de verdade, veria que o sarcasmo é só uma forma de afastar as pessoas para ela não se magoar. É tudo uma fachada para um coração mole que tem medo de ser partido. Se você não enxerga isso, não merece tê-la na sua vida.

Todos trocaram um daqueles olhares sabichões irritantes. Gavin se recostou na cadeira e inclinou a cabeça.

– Então por que você não está lutando por ela?

Foi nessa hora que Mack se deu conta de que tinha sido manipulado. Filho da mãe.

– Você não quis dizer nada disso que acabou de falar, não é?

Gavin sorriu.

– Nem uma palavra.

Uma veia pareceu saltar na têmpora de Mack.

– Saiam da minha casa. Todos vocês.

Ele se virou e andou até a bancada em frente, onde o celular ainda estava morto, apagado. Apoiou as mãos na borda do granito e segurou-a com força até os nós dos dedos ficarem brancos, até a pele das palmas das mãos arder.

– Cara, para alguém que passou anos nos dando sermão sobre como adaptar os manuais às nossas próprias vidas e relacionamentos, você é péssimo em seguir os próprios conselhos – comentou Malcolm, atrás dele.

Mack mostrou o dedo do meio para todos sem se virar.

Houve um ruído de madeira no piso da cozinha, seguido da voz de Gavin:

– O que você me disse quando eu não consegui entender as ações de Chase em *O protetor*?

Mack segurou a beirada com mais força.

– Eu não quero falar sobre esse maldito livro.

– Você disse que eu não estava lendo nas entrelinhas.

– É a porra de um livro!

Um punho tocou de leve no ombro dele.

– Você não está lendo as entrelinhas das suas próprias ações, Mack – disse Gavin.

Mack sacudiu o ombro para ele retirar a mão.

– Foi ela que acabou com tudo, Gavin. Não eu.

– Foi mesmo? – perguntou Malcolm, os pés se movendo no piso quando ele também se aproximou. – Ou você simplesmente foi embora sem lutar?

Mack se enrijeceu, o peito apertado por uma sensação repentina de estar preso... não pelos amigos, mas por uma verdade que não queria enfrentar.

– Ela disse que tinha acabado.

– Você mesmo disse que Liv afasta as pessoas para se proteger – lembrou Gavin, baixinho.

– Você sabia que ela ia ficar na defensiva – disse Del, que agora tinha se juntado ao grupinho. – Que ela levantaria a guarda novamente.

– Você sabia disso, mas fez o que ela esperava que você fizesse – retrucou Malcolm.

Mack olhou para o celular, mandando que voltasse à vida, mas a tela permaneceu escura. Talvez fosse melhor, porque e se ele ligasse e não visse nenhuma mensagem de Liv? A ignorância era mesmo melhor. De tantas formas. O que não daria para ignorar era aquele sentimento, aquela dor agoniante, aquele medo exaustivo de os rapazes estarem certos.

O torno em volta do seu peito apertou de novo.

– Você deixou Liv te afastar em vez de ir lá e lutar por ela – disse Gavin. – Por quê?

Mack fechou os olhos. *O medo é um motivador poderoso.*

– Vamos lá, cara – incentivou Del. – Fale com a gente.

Não conseguia. Não era capaz de formar as palavras.

– Mack...

– Porque ela fica melhor sem mim.

As palavras saíram baixinho. Talvez porque as estava dizendo mais para si mesmo do que para eles. Talvez porque apenas precisasse dizê-las em voz alta. Precisava admitir. Assumir. Viver com aquele pensamento. De uma vez por todas.

– Merda – sussurrou Gavin. – Acho que agora estamos lendo nas entrelinhas.

– Por que você acha isso, Mack? – perguntou Del.

Mack abriu os olhos, mas não viu nada.

– Olha para nós – falou Malcolm, a voz baixa e autoritária.

Mack balançou a cabeça. Não podia encará-los agora. Com só uma olhada na expressão dele, os amigos veriam tudo. Veriam Mack *de verdade*. Veriam a fraude que ele era. Nada além de um garotinho assustado de 14 anos que se escondeu num armário quando o pai bateu na mãe. E o rejeitariam também.

– Por que Liv ficaria melhor sem o homem que ela ama? – perguntou Del.

– Porque ela amava uma ilusão. – Merda. Qual era o problema com a voz dele? Mal conseguia falar. – Ela amou um homem inventado, elaborado a partir de páginas de romance.

– Não. Você era mais real com Liv do que já o vimos sendo com qualquer outra mulher – retrucou Del. – Ela se apaixonou pelo Mack de verdade.

– Talvez seja isso que assusta – declarou Malcolm.

– Eu... – A voz dele falhou.

– Mack – disse Malcolm, a voz tranquila, os dedos apertando o ombro dele com uma certeza consoladora. – Conta para a gente sobre o seu pai.

Mack fechou os olhos de novo e tentou engolir em seco, mas um nó tinha se alojado outra vez na sua garganta.

– Eu morro de medo de alguma parte dele viver em mim. Acho que foi por isso que mudei de nome.

Meu Deus. A verdade o deixou tonto. Segurou a bancada com mais força para ficar de pé.

– Mudei de nome porque morro de medo de o sangue dele correr nas minhas veias. E se houver uma parte de mim que é igual a ele?

– Mack, você não é o seu pai – disse Malcolm.

A precisão afiada como uma flecha das palavras de Malcolm perfurou o pouco de aço que ainda existia em volta do coração machucado e maltratado.

– E você não é o que o seu pai fez.

Algo pingou do queixo de Mack. Ah, porra. Estava chorando. Droga.

– O fato de você ter começado a ler romances para aprender a ser um homem melhor do que ele demonstra que você já era um homem melhor do que ele poderia sequer sonhar em ser.

Gavin chegou mais perto.

– Você vive há tanto tempo com uma espécie de identidade secreta que esqueceu quem é de verdade: um homem bom e decente.

– Porra – rosnou Mack. – Porra!

Mack bateu com o punho na bancada, mas Malcolm passou dois braços gigantes em volta dele por trás. E Del também o abraçou, assim como Gavin, e de repente até o russo estava lá, formando um grande abraço coletivo com Mack no meio.

Seus amigos o abraçaram enquanto todas as coisas que ele vinha guardando desde seus 14 anos saíram em uma torrente de soluços que não teria conseguido segurar nem se tentasse. E deixaram que ele chorasse, deixaram que se agarrasse a eles.

Malcolm encostou a testa na nuca de Mack.

– Solta tudo, cara. Solta. A gente está com você pelo tempo que quiser.

Ele precisava dos amigos. Precisava tanto. Porque seus joelhos estavam tremendo e as pernas mal estavam funcionando. Mack perdeu a noção do tempo enquanto o peito liberava toda a pressão acumulada por uma vida de segredos e remorso, dor e arrependimento.

Até que o *ding-dong* agradável da campainha o interrompeu, seguido imediatamente de uma batida impaciente.

Ah, que ótimo. Quem... Calma. Poderia ser Liv. Mack se soltou dos amigos.

– Eu atendo – disse o russo, antes que Mack pudesse impedi-lo.

Ele voltou correndo trinta segundos depois, os olhos saltando de pânico.

– Alerta vermelho. Alerta vermelho.

Alerta vermelho? O que aquilo queria dizer?

Uma mulher diminuta e furiosa apareceu na cozinha.

Ah, porra. Alerta vermelho mesmo.

Um ruído coletivo de todos engolindo em seco preencheu o silêncio tenso quando Thea Scott cruzou os braços e fez cara feia.

– Ah, oi, querida – cumprimentou Gavin. – O que você...

– Não me venha com *querida* – disse Thea, ríspida.

Gavin calou a boca.

Thea disparou seu olhar de míssil diretamente para Mack.

– Olha só, isso me irrita demais. Eu venho aqui toda furiosa, pronta para xingar você de uns nomes bem criativos por ter partido o coração da minha irmã, quem sabe até dar um chute no seu saco, mas você tem a audácia de ficar aí, com essa cara. – Ela gesticulou na direção do estado geral de fracasso patético dele. – Como vou poder fazer você se sentir mal se você já está se sentindo assim?

Mack botou a mão na nuca.

– Thea...

– Para de falar.

Ele fechou a boca.

Thea apoiou as mãos na cintura.

– Eu juro por Deus, você e Liv vão acabar me matando!

O coração de Mack saltou.

– O... o que houve com Liv? Ela está bem?

– Eu mandei você calar a boca.

A lealdade dos amigos tinha limite. Todos foram na direção da porta dos fundos, menos Gavin, que ficou por perto como se não tivesse certeza do que geraria mais problemas: ficar ou ir embora.

Thea esticou os braços para impedir que os outros saíssem.

– Ninguém vai a lugar nenhum. Vocês são todos culpados por isso.

Gavin se aproximou hesitante, se sacrificando em nome do time.

– Culpados pelo quê?

Thea repuxou os lábios.

– Minha irmã vai atrás do Royce.

VINTE E NOVE

Mack ouviu um zumbido nos ouvidos.

– Eu... O que você disse?

Thea fez outro ruído frustrado.

– Alô! O lançamento do livro de receitas, sabe? Liv vai atrás dele.

Era o dia do lançamento do livro. Puta merda. Tinha ficado tanto tempo bêbado e deprimido que nem se dera conta. Sua boca ficou seca.

– Ela vai atrás dele *sozinha*?

– Não. Jessica e Alexis vão ajudar. E Hop e aquele Geoff esquisito.

– Qual é o plano? – Mack não conseguiu controlar a voz. Estava preocupado e se sentindo protetor em relação à mulher que amava. Quem quisesse que o processasse.

– O mesmo plano de antes, acho. Só que, em vez de vazar a fita, ela e Alexis conseguiram reunir sete mulheres da lista que concordaram em se manifestar. Cada mulher escreveu um texto sobre o que aconteceu, e Liv teve uma ideia maluca de fazer Riya e Geoff trocarem os *press kits* de todos os repórteres no último minuto e incluírem esses textos. – Thea levantou as mãos de novo. – Eu não sei os detalhes! Só sei que é maluquice, e a culpa é de vocês!

Emoções conflitantes fizeram as mãos dele tremerem. Orgulho, porque, caramba, Liv tinha conseguido. Tinha convencido mulheres a se manifestarem. Mas pânico, porque, caramba, ela não podia ir sem ele. Sem o apoio dos rapazes e, porra, do Noah.

Noah. Mack se virou e pegou o celular, desejando que estivesse ligado. Noah atendeu no segundo toque.

– Uau. Você está vivo.

– Cadê o áudio? Está em condições de ser vazado?

Noah fez uma pausa.

– O áudio de Royce? Por quê? Em que você está pensando?

– Estou pensando que temos que ir lá e fazer o que íamos fazer.

Mack ouviu um farfalhar, como se Noah estivesse se levantando e procurando alguma coisa.

– Quanto tempo temos? – perguntou Noah.

Mack botou Noah no viva-voz e olhou para Thea.

– Quanto tempo temos?

Ela balançou a cabeça.

– Não muito. O evento começa em uma hora. Só consegui sair agora.

– Eu consigo – disse Noah. – Posso aprontar tudo na van, mas temos que ir agora.

Um a um, os rapazes trocaram olhares, sorrisos e acenos de cabeça.

Del se aproximou e deu um tapinha nas costas de Mack.

– Está na hora do momento grandioso?

O coração dele disparou com esperança e medo.

– Está na hora do momento grandioso.

Estava na hora de recuperar a mulher que amava.

Não sobraria uma unha de Liv depois daquele dia. O plano era simples, mas os riscos eram altos. No fim do dia, ou Royce Preston teria sido exposto como o predador que era ou...

Ou todas as mulheres que tinham concordado em se apresentar iam enfrentar a fúria dele de novo, e Riya perderia o emprego e...

Liv parou de andar na entrada para carros e passou as mãos no rosto.

– Para de se preocupar – disse Alexis, descendo a escada correndo, vindo do apartamento de Liv.

– Tanta coisa pode dar errado.

– E tanta coisa pode dar certo.

– E se Riya não conseguir nos botar para dentro? E se Geoff não conseguir fazer a troca? E se...

Alexis tomou o rosto de Liv nas mãos.

– E se daqui a duas horas o mundo todo souber o que Royce fez com a gente? Pense só nisso. É nisso que eu estou pensando.

Jessica desceu a escada em seguida, os braços carregados das pastas que seriam distribuídas para os repórteres. Riya tinha conseguido roubar uma, para que encontrassem outras idênticas. Pouco antes de as portas se abrirem, Geoff faria a troca.

Aquele era o plano, pelo menos.

Liv pegou metade das pastas, e carregaram tudo para o carro de Hop. Ele ia dirigir, mas ainda não tinha saído da casa. Cada segundo que passava jogava a ansiedade dela num novo nível infernal.

Liv roeu outra unha.

– Por que ele está demorando tanto?

– Por isso – disse Jessica, apontando.

Liv se virou. Do lado de fora da porta dos fundos, Hop e Rosie estavam dando um abraço apaixonado e um beijo inebriante que seriam lembrados pela eternidade. A felicidade por eles conseguiu afastar a dor que sentia por Mack. Liv sorriu e apreciou a cena. Pelo menos alguém tinha conseguido seu final feliz.

– Uau. – Jessica suspirou. – Até gente velha se apaixona.

Liv devia ter feito uma expressão que revelou a direção dos seus pensamentos, porque Alexis foi para perto dela de novo.

– Tem certeza de que não quer ligar para o Mack?

Liv fechou bem os olhos. Não podia pensar nele agora. Precisava se concentrar.

– Tenho.

– Não é tarde demais.

As palavras de Alexis tinham dois significados: que não era tarde demais para Mack ajudar naquele dia ou que não era tarde demais para eles dois. Mas Liv não perguntou o que ela quis dizer antes de se sentar no banco da frente. Tinha que fazer aquilo primeiro. Depois o procuraria e diria que tinha sido uma tola. Diria que queria se desculpar, muito mesmo, por não ter tido a coragem de ouvir o lado dele da história, de aceitá-lo, de confiar nele.

De dizer que o amava.

Amava.

Braden Mack ou Braden McRae. Qualquer que fosse o nome dele, Liv o amava. Não sabia como era possível, mas tinha acontecido, e não sobreviveria se tivesse destruído tudo com suas inseguranças idiotas.

Hop se sentou ao volante.

– Última chance de pular fora – disse, bruscamente.

Alexis e Jessica se acomodaram no banco de trás e colocaram o cinto.

– Vamos nessa – comentou Alexis.

– Estou pronta – acrescentou Jessica. – Ele não pode mais ficar impune.

Liv esticou a mão para o banco de trás. Alexis e Jessica colocaram as mãos em cima da dela.

– Eu amo vocês duas – declarou, a voz carregada de uma emoção que não esperava. – Me desculpem por ter feito tanta besteira no começo…

– Para de pedir desculpas – mandou Alexis.

– Eu sei que pressionei demais.

Jessica balançou a cabeça.

– Nada disso estaria acontecendo se não fosse por você.

Liv sentiu o apoio e o perdão delas até o fundo da alma. E riu em meio às lágrimas.

– Tudo bem – disse. – Vamos nessa.

– Tudo bem – concordou Mack, colocando o cinto. – Vamos nessa.

Mack dirigiu a van com Malcolm no banco da frente. O russo estava na parte de trás com Noah, que trabalhava em desespero para preparar a fita de Royce. Thea, Gavin e Del foram atrás, no carro de Thea, porque tinham um jogo idiota depois daquilo. Mack teria rido se o coração não estivesse entalado na garganta.

O celular de Mack tocou na hora em que a pequena caravana entrou na via expressa. Seu coração pulou com esperança de ser Liv, mas era Gavin.

– O que foi? – gritou.

– Ela acabou de mandar uma mensagem para Thea. Estão quase lá. A gente tem que ir rápido.

Mack pisou no acelerador, mas a porcaria da van era tão velha que mal chegava a 100 quilômetros por hora.

Mack desligou o telefone e transmitiu a mensagem para Noah. Em seguida, retornou a ligação.

– Thea tem certeza de que a gente não deve avisar que está indo?

– Tem. Liv precisa...

– Fazer do jeito dela – concluiu Mack. – Eu sei.

Ele desligou e tentou fazer a van chegar mais perto do limite de velocidade. Carros passavam à esquerda e à direita. Quando aquilo acabasse, compraria uma van nova para Noah.

Na verdade, faria muitas coisas quando aquilo acabasse; quase todas envolvendo o que fosse preciso para conquistar Liv de volta.

O contorno da cidade apareceu depois de alguns momentos tensos.

– Mack, temos um problema – disse Noah, dos fundos da van, quando pegaram a saída.

Não eram as palavras que Mack queria ouvir.

– Que tipo de problema?

– Não consigo editar.

– Como assim?

– A parte sobre você. Não vou conseguir cortar a tempo. Se hackearmos o áudio deles, não garanto que consigo desligar antes...

Mack apertou o volante.

Antes que toda a elite de Nashville soubesse a verdade sobre ele.

Qual seria a sensação? De ficar livre da vergonha? De acordar todas as manhãs sem o peso esmagador do passado? Como seria a vida se pudesse finalmente se libertar da ilusão sufocante que era *Braden Mack dos infernos*?

Essa era a sua chance.

E a aproveitaria.

– Eu não me importo.

– Tem certeza? – perguntou Malcolm, baixinho.

– Tenho – respondeu, a certeza acrescentando uma ousadia em sua voz. – Já chega de andar disfarçado na minha própria vida.

Só rezava para não ser tarde demais.

Iam se atrasar.

Um quarteirão inteiro em volta do Savoy tinha sido isolado para o evento, o que não era nada surpreendente. Se Royce precisasse fechar a cidade toda para apreciar sua glória não merecida, era exatamente isso que faria. O tráfego quase parou a 3 metros do estacionamento onde planejavam encontrar Geoff. Hop soltou uma série de palavrões que deixaram Jessica de boca aberta; ao que parecia, ela não sabia que gente velha também xingava.

– Manda uma mensagem avisando – disse Alexis.

Liv digitou uma mensagem para Geoff e mordeu o lábio, esperando a resposta – que não foi boa:

Se eu não estiver lá dentro em quinze minutos, a gente já era.

Liv se virou no banco.

– Me passem as pastas.

– O quê? – perguntou Alexis. – Por quê?

– Vou descer aqui. Estacionem e me encontrem lá.

Alexis balançou a cabeça na hora em que Hop soltou outro palavrão. Desta vez, para ela.

– De jeito nenhum – disse Alexis. – A gente vai fazer isso juntas.

– A gente *vai* fazer juntas, mas Geoff precisa disso agora.

Hop devia ter percebido que não havia outro jeito e pisou no freio.

– Vai rápido.

Alexis entregou as pastas pela abertura entre os dois bancos da frente.

Liv as pegou e abriu a porta. Ela desviou dos carros e correu até a calçada, que estava lotada de turistas.

Segurou as pastas junto ao peito e saiu correndo.

Três quarteirões. Só tinha que percorrer três quarteirões. Aí poderia provar que aquilo valeria a pena.

– Você não verificou a porra do trânsito?

Mack desviou o olhar da rua para Malcolm, que quase nunca falava palavrões.

– Eu andei meio ocupado – disse Mack, ríspido.

O trânsito em volta do Savoy estava um pesadelo, mais parando do que andando.

A van não tinha se movido nos últimos três minutos. Mack passou a mão pelo queixo.

– Eu tenho que ir até Liv.

– Bota em ponto morto – ordenou Malcolm.

Mack olhou para ele.

– O quê? Por quê?

– Porque eu vou dirigir. Sai do carro e vai.

Mack botou em ponto morto, abriu a porta e pulou para fora enquanto Malcolm se sentava ao volante. Então correu entre os carros parados nas duas direções, até que ouviu o gemido da porta da van atrás dele. Virou-se a tempo de ver o russo saltar.

– O que você está fazendo? – gritou Mack.

O russo pulou por cima do capô de um carro e parou na calçada.

– É um momento grandioso – disse ele.

Mack sorriu e bateu no ombro dele.

– E nós sempre corremos para um momento grandioso.

Três quarteirões. Só tinha que percorrer três quarteirões. Aí poderia provar que aquilo valeria a pena.

...

Ah, Deus, Liv odiava correr. Odiava mesmo. Tinha tanta gente que corria por prazer e participava de maratonas, mas ela nunca entenderia essas pessoas. Nunca. Porque cada batida dos sapatos na calçada era uma tortura, principalmente porque não podia mover os braços.

Mas valeria a pena. Geoff trocaria as pastas. Os repórteres leriam a verdade sobre Royce. Então ela correria qualquer distância, por qualquer tempo, para ir até Braden e dizer a ele tudo que devia ter dito antes.

Mais... um... quarteirão.

Liv derrapou, dobrando a esquina. O prédio do estacionamento estava à vista. Finalmente. O suor escorria pelas suas costas. Seu coração latejava nos ouvidos, eclipsado apenas pela respiração pesada.

– LIV!

Ela girou. Devia estar alucinando por falta de oxigênio, porque pareceu...

Pareceu e era. Lá estava *ele*. Correndo na direção dela. Balançando os braços, movendo as pernas, pulando meios-fios ou canteiros.

E parou a 30 centímetros dela.

E a única coisa que ela conseguiu fazer foi sorrir e dizer:

– Braden McRae dos infernos.

De todas as coisas que Liv poderia ter dito quando o viu, aquela era a melhor.

Mack não pensou. Não enquanto diminuía a distância entre os dois. Não enquanto aninhava o rosto dela e a beijava até não conseguirem respirar. Não enquanto a puxava para o peito.

– Meu Deus, Liv. Me desculpa.

Ela se afastou.

– O que você está fazendo aqui?

– Thea contou. Estou tão orgulhoso de você.

Ela balançou a cabeça e apertou um monte de pastas junto ao peito.

– Eu tenho tanta coisa para dizer, mas não temos tempo. Preciso levar isto para Geoff.

Mack estendeu as mãos para as pastas.

– Me dá aqui. Aonde a gente vai?

– Para o estacionamento. Quarto andar.

Ele seguiu o dedo dela e segurou sua mão com a mão livre.

– Vamos.

Atrás deles o russo soltou um gritinho, seus passos sincronizados com os dos dois.

– Eu amo momentos grandiosos!

– Por onde você andou? – Geoff saiu de trás de uma coluna de concreto, com círculos de suor nas axilas da camisa.

Liv se curvou para a frente e ofegou.

– Trânsito.

– Aqui – disse Mack, entregando as pastas para ele.

Geoff as pegou e se virou.

– Encontre Riya na porta da cozinha em cinco minutos.

Ele correu na direção da escada e desapareceu de vista.

– Estamos com a gravação – disse Mack, sem fôlego. – Noah vai hackear o áudio reproduzindo a confissão de Royce.

– Mack, eu…

Ele tomou o rosto de Liv nas mãos.

– Eu sei. Eu sei. Vamos só fazer isso, aí poderemos dizer tudo que precisamos dizer um para o outro.

Eles uniram as mãos de novo e correram na mesma direção que Geoff.

– Onde está todo mundo? – perguntou Liv, ofegante.

– Noah vai ficar na van. Não sei onde está Malcolm.

O russo abriu a pesada porta da escada.

– Andem logo – disse, apressando os dois.

Os dois desceram a escada correndo, dois degraus por vez, os passos pesados e a respiração mais pesada ainda, os únicos sons reverberando nas paredes de concreto. O russo correu na frente e virou em um corredor no térreo.

Ele grunhiu de repente e praguejou em russo.

Liv e Mack se entreolharam antes de descer correndo os últimos degraus.

– O que houve? – gritou Mack quando eles dobraram o corredor.

O russo estava agachado sobre alguém no chão. Ah, merda.

– Geoff!

Liv ficou de joelhos. Geoff estava de lado, os olhos fechados.

– Ele está apagado – disse o russo. – Tipo jogador de hóquei que bate de cara no vidro.

– O que houve? – Mack deu tapinhas no rosto de Geoff. – Vamos lá, cara. Acorda.

– As pastas sumiram – sussurrou Liv.

Uma voz sinistra respondeu atrás deles:

– Estas pastas aqui?

Liv deu um pulo e se virou.

Seu rosto bateu num peito largo cheirando a salame.

Ela ergueu os olhos e viu o olhar azul-gelo a encarando.

TRINTA

— Eu sabia que vocês tentariam alguma coisa — declarou Sam, com desprezo, segurando as pastas na mão enorme. — O que tem aqui?

— A verdade — retorquiu Liv, a voz ecoando dentro da caverna de concreto.

Mack passou o braço pela cintura dela e a puxou para junto do peito. Geoff grunhiu no piso frio e sujo e rolou de costas.

— O que você fez com ele? — perguntou Liv.

Sam deu de ombros.

— Só uma batida na cabeça. Ele vai acordar mais cedo ou mais tarde.

— Não faz diferença nos segurar aqui — disse Mack. — Mesmo que você nos impeça de entregar as pastas aos repórteres, temos a confissão de Royce gravada.

Sam piscou. Era quase imperceptível, mas estava lá. *Medo*. Ele disfarçou desafiando-os.

— Você está mentindo.

— Não — disse Liv. — E com a ajuda do Geoff e da Jessica, você também vai se ferrar. Você vem encobrindo Royce e fazendo o trabalho sujo dele há anos.

O celular de Liv tocou no bolso. Sam olhou para ela.

– Não atenda.

– Tudo vai ser revelado, Sam – declarou Liv. – Acabou. Aceite e nos deixe ir embora.

Agora, o celular de Mack estava tocando. Todo mundo estava procurando por eles.

– É agora ou nunca, Sam – determinou Mack.

A testa de Sam estava coberta de suor.

– Eu que não vou me ferrar por ele.

– Isso é entre você e as autoridades. Nós só queremos deter esse predador. Você pode ajudar ou não, mas Royce vai se ferrar. Hoje.

Sam se virou e começou a andar de um lado para outro, o pânico alimentando os passos. Mack encarou o russo.

– Vlad?

O russo ergueu as sobrancelhas.

– Sim?

– Esmaga as bolas dele.

Os olhos de Sam registraram a ameaça uma fração de segundo antes de o punho do russo encontrar o rosto dele. Sam desmoronou, e as pastas caíram das suas mãos. Liv se agachou para recolhê-las, parando só por tempo suficiente para olhar para Sam.

– Ele está bem?

O russo jogou Geoff no ombro.

– Vai ficar. Vamos.

– Não quero que você fique encrencado por ter batido nele – disse Liv, olhando para trás enquanto Mack segurava a mão dela.

– Deixa que eu me preocupo com isso – disse o russo. Ou Vlad, como Mack o chamara. Parecia que ele tinha nome.

Correram para a viela atrás do restaurante, os pés esmagando o asfalto quebrado até a porta da cozinha. Riya estava do lado de fora com o uniforme do Savoy e o dólmã de chef, roendo as unhas e andando de um lado para outro. Quando os viu, ela quase desabou de alívio. Mas aí viu o russo com Geoff no ombro.

– Ah, meu Deus, o que houve com ele?

– Sam bateu nele.

A voz de Geoff soou acima do ombro de Vlad:

– O que está havendo? Por que estou de cabeça para baixo?

– Aqui – disse Liv, entregando as pastas para Riya. – Vai.

Riya balançou a cabeça, e o tempo parou quando Liv registrou a expressão da amiga.

– Não – sussurrou Liv. – Chegamos tarde demais?

– As pessoas já estão entrando. Não temos como trocar as pastas agora.

Não. Droga, não! Liv passou as mãos pelo cabelo. Mack bateu com o punho na outra mão e falou um palavrão.

– A gente ainda tem a gravação. Vou ligar para Noah.

Liv inspirou fundo. Precisava pensar. Precisava se reorganizar.

– Onde estão Jessica e Alexis?

Riya engoliu em seco.

– Elas tentaram te ligar.

O estômago de Liv se embrulhou de medo.

– Onde elas estão?

– Lá dentro. Elas vão confrontar Royce na frente de todo mundo.

– Respira.

Mack massageou as costas de Liv, que estava sentada em um banco no vestiário de funcionários, inclinada para a frente e tentando respirar. Riya escondeu os três lá dentro antes de voltar a assumir seu lugar no meio dos funcionários, mas passaram quinze minutos sem notícias, sem atualizações. Gavin e Thea tinham ligado dez minutos antes e dito que não conseguiram entrar. Nem Malcolm, que estava na van com Noah.

Liv ia vomitar.

Geoff estava deitado no outro banco, a cabeça no colo do russo. Vlad estava pressionando um saco de gelo na têmpora de Geoff.

– Não tem concussão – disse Vlad. – Eu entendo dessas coisas.

– Eu devia estar lá – falou Liv. – Fui eu que arrastei as duas para isso.

– Royce as arrastou para isso – retrucou Mack.

– Eu não posso ficar escondida aqui!

A porta se abriu. Riya entrou, uma expressão enlouquecida no rosto.

Liv ficou de pé.

– O que está acontecendo?

– Elas ficaram em pé nas cadeiras e gritaram que ele é um assediador em série e o caos se instalou!

Riya apertou alguns botões na unidade de áudio na parede que controlava os alto-falantes do restaurante. O vestiário de repente foi tomado por gritaria, surpresa e negações tempestuosas de Royce.

– Essas mulheres são ex-funcionárias recalcadas! Eu tive que demiti--las! Não deem ouvidos a elas!

Liv segurou a mão de Mack quando a voz de Alexis surgiu acima da cacofonia.

– Royce Preston me chantageou para ter um caso sexual indesejado…

– Cala a boca! – gritou Royce. – Não escutem essas mulheres!

– … por mais de um ano! – concluiu Alexis.

– Essa mulher por acaso parece ser o meu tipo? – disse Royce, com desprezo.

– Temos mais sete mulheres que se manifestaram! – gritou Jessica.

Liv levou as mãos à boca.

– Ah, meu Deus – sussurrou ela. – Escute só o que elas estão dizendo.

– Temos declarações escritas para todos os repórteres presentes – disse Alexis.

– Prendam essas mulheres agora! – gritou Royce, em meio ao barulho. – Vou processar vocês por calúnia! Sam! Onde está Sam?

Liv se encolheu junto ao peito de Mack, as costas contra as batidas fortes do coração dele.

O caos parecia um concerto nos alto-falantes: uma confusão de negações nervosas e perguntas de repórteres e, acima de tudo, as vozes confiantes e fortes de duas mulheres que tentavam recuperar o controle de suas vidas.

A porta se abriu de novo.

Royce entrou. Um búfalo beligerante, bufando e arfando. Estava tremendo do alto da peruca até os mocassins Berluti. O rosto mais parecia um tomate maduro.

– *Olivia*.

Mack passou o braço pela cintura dela.

– Eu sabia que você estava por trás disso! – Ele avançou, ameaçador, mas Vlad se levantou, deixando Geoff no chão de lado.

O russo pulou na frente de Liv.

– Você não vai se mexer – ordenou, secamente.

Royce engoliu em seco e recuou.

– Acabou, Royce. Você já era – declarou Liv.

Royce balançou o dedo para ela.

– Você não vai se safar disso. Vou processar vocês. Todos vocês. Acha mesmo que alguém vai acreditar em você e não em mim, sua vaca insignificante?

Mack ligou para Noah e, sem tirar os olhos de Royce, deu uma instrução simples:

– Pode reproduzir.

Os alto-falantes do restaurante chiaram com a estática, e uma voz clara e forte soou.

– *O que eu posso oferecer para você recuar?*

Liv sorriu.

– Eu estava gravando a nossa conversa, Royce.

O rosto de Royce perdeu a cor, o primeiro sinal de reconhecimento de que ele já estava perdido.

– *Uma declaração assinada.*

– *Uma declaração assinada dizendo o quê?*

Liv riu com o som da própria voz, tão mais calma do que como se sentia naquela noite. E bem mais calma do que se sentia no momento.

– *Que você não viu absolutamente nada.*

– *É assim que você faz? É assim que guarda seu segredinho sujo? Você intimida as mulheres até assinarem acordos dizendo que nada aconteceu, que nunca viram nada, que você não tocou nelas?*

– *Você acha mesmo que eu não sei como fazer isso depois de todo esse tempo?*

A última fala foi repetida. E outra vez. Sem parar. Um eco de pesadelo. Uma confissão que cavava sua cova.

Mack riu e encostou a testa na cabeça de Liv.

– Noah – murmurou ele.

Royce usou sua bravata uma última vez.

– Você não se esqueceu de um detalhe? Eu também esclareci uma coisa sobre você naquela noite, *Mack*. Vou cuidar para que todos saibam sobre o *seu* segredinho sujo.

Mack levantou a cabeça, espalmou a mão na barriga de Liv e a abraçou.

– Eu não ligo, Royce. Não quero mais esconder nada.

Liv se virou para ele e ergueu os olhos.

– Tem certeza?

Mack prendeu um cacho atrás da orelha dela.

– Eu quero recomeçar. Você merece.

A porta se abriu mais uma vez. O relações-públicas de Royce entrou correndo.

– Temos que sair pelos fundos, Royce – disse o homem, com o rosto esverdeado. – Está um caos lá fora. Os repórteres vão tentar nos encurralar.

Vlad botou a mão no peito de Royce.

– Você não vai se mexer.

– Deixa, Vlad – disse Liv. – Royce não tem para onde escapar agora.

O relações-públicas lançou um olhar cauteloso e talvez de desculpas na direção de Liv antes de segurar Royce pelo braço e puxá-lo para fora.

Liv não lembrava direito o que aconteceu depois. Geoff se levantou com um gemido. O russo correu para ajudá-lo. Riya disse que precisava ver como Jessica e Alexis estavam.

Liv só via e ouvia uma coisa com clareza.

Mack.

Ele a tomou nos braços.

– Você está bem?

Ela encostou a cabeça no peito dele.

– Agora estou.

Os braços dele a apertaram de repente, e Mack levou o rosto ao ombro dela.

– Me diz que eu não te perdi, Liv.

Liv se afastou e novamente olhou para ele.

– Você acha que a gente pode dizer aquelas coisas um para o outro agora?

Mack engoliu em seco e tomou o rosto dela nas mãos.

– Me desculpa por ter ido embora naquela noite, na casa da sua irmã. Eu devia ter ficado e te abraçado, mas falhei porque fui covarde...

Liv cobriu os lábios dele com a mão.

– Cala a boca.

Ele piscou, mas obedeceu.

– Quem falhou naquela noite fui eu. – Liv deslizou a mão pela mandíbula dele. Sua voz assumiu o tremor que refletia o que ela sentia. Nervosismo. Medo. Um arrependimento imenso. – Eu usei essa besteira do seu nome como desculpa porque estava com medo. Porque sabia que estava prestes a me apaixonar, e isso nunca aconteceu comigo.

Mack abriu um daqueles sorrisos, do tipo que dizia que tudo ia ficar bem.

– Ora, querida, que inferno. Talvez a gente devesse simplesmente tentar.

O coração dela disparou.

– Tentar o quê?

– Você não acha que está mais do que na hora de nos apaixonarmos?

Ela sentiu calor, alegria e segurança. A felicidade percorreu seu corpo quando ficou nas pontas dos pés para roçar os lábios nos dele.

– Ei, Braden?

Ele se abaixou para outro beijo.

– Hum?

– Eu *já* me apaixonei por você.

– Que bom. – Mack riu baixinho, o hálito quente junto aos lábios dela. – Porque eu também.

Ele apoiou a testa na de Liv e aninhou o rosto dela nas mãos como se nunca mais quisesse soltar.

– Ei, Braden? – sussurrou ela.

– Hum?

– Me beija, seu idiota.

Ele a beijou. Ah, como beijou. Devorou os lábios dela, derramou seu coração em cada movimento dos lábios, cada carícia com as mãos, cada promessa e jura murmurada. Liv enfiou os dedos no cabelo dele e o abraçou. Nunca mais o soltaria.

Um movimento alto de passos na porta os afastou o suficiente para se virarem e olharem.

Gavin, Del e Malcolm entraram no vestiário, seguidos de Thea.

– Ah, meu Deus! Não conseguimos entrar! – disse Thea. – O que perdemos?

Todos pararam ao mesmo tempo e olharam, observando as mãos de Mack nas costas de Liv, as mãos dela no cabelo dele, o inchaço recente nos lábios provocado pelos beijos.

– Ah! – exclamou Thea. – Ah, graças a Deus!

Del enfiou a mão no bolso e tirou a carteira. Adiantou-se e ofereceu um punhado de notas a Mack.

– O que é isso? – perguntou Liv, as sobrancelhas erguidas.

– Parabéns – disse Del. – Você finalmente tem uma namorada.

Liv recuou, as mãos na cintura.

– Como é que é? Vocês fizeram outra aposta sobre mim?

Mack enfiou o dinheiro no bolso, puxou-a de volta e silenciou os resmungos dela com um beijo. Pela primeira vez, Liv não se importou.

Alguém pigarreou, e eles se separaram de novo. Um homem que Liv não reconheceu tinha entrado no vestiário. Com sua camisa branca lisa e calça cáqui, o sujeito parecia ser repórter.

– Jessica e Alexis falaram que foram vocês que iniciaram isso tudo – disse o homem.

Liv se virou.

– A gente só ajudou.

O homem balançou a cabeça, olhando de um rosto para outro, o reconhecimento evidente quando viu Gavin, Del e até Vlad.

– Não entendo. Vocês todos são famosos. O que têm a ver com isso? Quer dizer, quem *são* vocês?

Liv observou a conversa silenciosa dos rapazes: sobrancelhas erguidas, movimentos de ombros, acenos de cabeça.

Mack sorriu para Liv. Ela riu e escondeu o rosto no peito dele.

– Quem somos nós? – retrucou Mack, se empertigando. – Nós somos o Clube do Livro dos Homens.

O repórter ergueu as sobrancelhas.

– Como é que é?

Mack segurou a mão de Liv.

– Eles vão explicar – disse, indicando os amigos. – Agora, se vocês nos dão licença, temos um "felizes para sempre" para colocar em prática.

EPÍLOGO

Seis meses depois

– Advogados anunciaram hoje que o chef Royce Preston, apresentador do reality show *Chefão da cozinha*, que caiu em desgraça recentemente, aceitou um acordo judicial pelas acusações de crime de periclitação, fraude e sonegação de impostos. Espera-se que Preston receba uma sentença de dezesseis a vinte anos em prisão federal...

Liv abaixou o volume da televisão em seu apartamento e se sentou no sofá ao lado de Braden.

– Nenhuma acusação de assédio sexual.

Braden levantou o braço para que Liv pudesse se aconchegar.

– Royce merece bem mais do que vinte anos.

– Foi gentileza da parte de Gretchen assumir os casos de todas as mulheres. Não acredito que elas precisam de proteção legal, mas ela pelo menos está fazendo de graça.

– Só estou feliz que acabou – disse Braden, encostando a cabeça na têmpora dela. – Estou pronto para finalmente me concentrar em outras coisas.

– Tipo o restaurante novo?

– E minha chef confeiteira gostosa.

– Parece arriscado – comentou Liv, se virando para montar no colo dele. – Contratar a namorada? Pode ser uma relação bem complicada.

– Estou disposto a assumir o risco. – Braden passou as mãos embaixo da camiseta dela. – Ainda mais se ela não for minha namorada.

Liv franziu o rosto.

– Que jeito esquisito de terminar comigo, Mack.

– Eu estava pensando mesmo em montar um negócio com a minha esposa.

Liv ficou paralisada.

– O quê?

– Eu estou pedindo você em casamento – explicou Mack, as mãos envolvendo a cintura dela, o coração nos olhos. – Quero voltar para casa e ter você comigo e trabalhar com você. Quero que você se aconchegue no meu peito no sofá e me conte como foi seu dia. Quero fazer amor com você todas as noites e brigar e depois fazer amor de novo.

Liv o encarou e sentiu um aperto no peito quando viu a expressão nos olhos dele. Como aquilo foi acontecer? Como tinha encontrado aquele homem? Cobriu os lábios dele com os seus. O beijo foi faminto, explorador. Liv o deixou perscrutar sua boca, mas por fim segurou a cabeça dele para que se acalmasse. Mack procurou o botão da calça dela, as mãos puxando com impaciência para tirar o jeans pelos quadris. Liv se despiu e se reclinou no sofá, o desejo de repente criando um inferno dentro dela.

Fizeram amor e promessas e, quando acabaram, Mack a puxou para junto do peito.

– Quer se aconchegar?

Liv encostou a cabeça no vale quente sobre o coração dele.

– Sim.

– Sim para se aconchegar ou sim para se casar comigo?

– As duas coisas.

Demorou um tempo para se aconchegarem porque, depois que ela disse sim, Mack fez coisas que a levaram a dizer sim de novo um monte de vezes, nua. Liv relaxou, exausta e satisfeita, em cima dele. Mack puxou um cobertor sobre os dois.

– Eu amo seu peito.

Ele deu um beijo na testa dela.

– É seu.
Liv cerrou o punho e o ergueu, para Mack dar um soquinho.
– Parceiros?
Mack levou o punho dela aos lábios.
– Para sempre.

AGRADECIMENTOS

Não vou mentir. Este livro quase me matou, e eu não teria sobrevivido sem a ajuda da minha agente tão paciente, Tara Gelsomino (você estava certa, Tara; este livro era mesmo ambicioso demais), e à minha editora tão criativa e tranquilizadora, Kristine Swartz. Obrigada por aguentarem meus ataques de pânico e por me ajudarem a dar vida à história de Mack e Liv.

Agradeço também a toda a equipe da Berkley. Bridget O'Toole e Jessica Brock, vocês são as melhores no que fazem. Tenho uma dívida eterna com as duas, por responderem a todas as minhas perguntas sobre marketing e publicidade.

E eu seria uma cretina se não gritasse um OBRIGADA para os copidesques que pegaram os detalhes importantes, inclusive alguns bastante interessantes sobre genitálias de galinhas.

Todo o meu amor e agradecimento ao meu grupo de escrita – Meika, Christina, Victoria e Alyssa – e à minha equipe hilária, Binderhaus. Como sempre, vocês preservam a minha sanidade.

Agradeço também à minha família. Amo muito cada um de vocês. Vocês tornam possível que eu viva esse sonho. Eu faço o que faço por vocês.

Por fim, agradeço às sobreviventes. Eu acredito em vocês. Sempre. #MeToo.

(Mas me recuso a agradecer a Randy, o galo. Você é um babaca, Randy. Deixa as galinhas em paz!)

CONHEÇA OUTROS LIVROS DA SÉRIE

Clube do Livro dos Homens

Gavin Scott é um astro do beisebol, devotado ao esporte. No auge de sua carreira, ele descobre um segredo humilhante: a esposa, Thea, sempre fingiu ter prazer na cama. Magoado, Gavin para de falar com ela e acaba piorando o relacionamento, que já vinha se deteriorando. Quando Thea pede o divórcio, ele percebe que o orgulho e o medo podem fazê-lo perder tudo.

Desesperado, Gavin encontra ajuda onde menos espera: um clube secreto de romances, composto por alguns dos seus colegas de time. Para salvar seu casamento, eles recorrem à leitura de uma sensual trama de época, *Cortejando a condessa*. Só que vai ser preciso muito mais do que palavras floreadas e gestos grandiosos para que Gavin recupere a confiança da esposa.

Estupidamente apaixonados

Alexis Carlisle se tornou conhecida depois de denunciar seu antigo patrão, um chef renomado, por assédio sexual. Com a fama, seu café se transformou em um espaço de apoio e acolhimento para vítimas de violência e assédio.

Mas ela nunca poderia imaginar que a fama atrairia uma nova cliente alegando ser sua irmã e fazendo um pedido muito difícil. Sem saber como agir, Alexis recorre ao único homem em quem confia – seu melhor amigo, Noah Logan.

Noah é um gênio da computação que deixou para trás seus dias de hacker para se tornar especialista em segurança cibernética. Quando Alexis lhe pede que use suas habilidades investigativas para ajudá-la, Noah se pergunta se algum dia conseguirá lhe revelar seu maior segredo: está perdidamente apaixonado por ela.

Os amigos do Clube do Livro dos Homens estão mais do que dispostos a compartilhar suas dicas para que ele consiga transformar sua amizade em um romance. Mas Noah precisa decidir se contar a verdade vale o risco de perder a melhor amiga que já teve.

CONHEÇA OS LIVROS DE LYSSA KAY ADAMS

Clube do Livro dos Homens

Missão Romance

Estupidamente apaixonados

Para saber mais sobre os títulos e autores da Editora Arqueiro,
visite o nosso site e siga as nossas redes sociais.
Além de informações sobre os próximos lançamentos,
você terá acesso a conteúdos exclusivos
e poderá participar de promoções e sorteios.

editoraarqueiro.com.br